JN017908

ポール・ヴァレリーの遺言

わたしたちは
どんな時代を
生きているのか?

Mizuho Hokari
保苅瑞穂

集英社

ポール・ヴァレリーの遺言

わたしたちはどんな時代を生きているのか？

目次

ポール・ヴァレリーの遺言

わたしたちはどんな時代を生きているのか?

1　パリが教えてくれたこと

――序に代えて

1

それはある初冬の宵のことであった。

その週末は冷たい雨になった。北から寒気が下って来て、都心を離れたここ武蔵野の片隅は、冬の寒さがもう目の前だった。

夜の庭で、さざんかのもろい花びらが雨に打たれている。朝になれば、根もとの黒く湿った土のうえを一面赤く染めて、無数の花びらが散っているだろう。

そんなことを鬱々と思いながら、いまではすっかり慣れてしまったひとりきりの夕食を終えると、わたしは肱掛け椅子に坐って見る気もなくテレビの画面を眺めていた。一週間の大学での講義とわずらわしい校務にからだより神経のほうがまいっていた。

そのとき、不意に、見覚えのあるセーヌ川が画面に映った。つづいて石造りのどっしりした構えの橋が現われた。

　するとカメラのアングルが移動して、こんどは河岸に沿って高さのそろったアパルトマンが立ち並ぶパリの整然とした街並みが、細密な銅版画を見るように画面に現われた。なんでそこにパリの風景が出てきたのか、途中からテレビを見ていたわたしにはわからなかった。しかしそんなことはどうでもよかった。わたしは思わずからだを乗り出した。

　橋は、シテ島の西側の先端でセーヌ川を跨(また)いでいる忘れもしないポン・ヌフだった。

　その橋を、はるか昔、留学生だったわたしはなんど渡ったか知れない。橋が中央で半円形に張り出しているところに名君として慕われたアンリ四世の騎馬像が建っている。その欄干にもたれて、青くさい若者の悩みなど寄せつけずに、太古の昔から悠然と流れるセーヌの水をいつまでも魅入られたように眺めたものだった。

　見つめていたテレビの画面はすぐに入れかわってしまった。いくら待っていても、もうパリの光景は現われなかった。まぼろしのように消えた映像をむなしく思い浮かべながら、情けないはなしだが、わたしは抑えようのない懐かしさに胸が潰されそうになった。と同時に、からだの芯に、眠っていた命をかきたてるような熱いものがあふれた。

　それからというもの、こちらの意識とは関係なくこの宵のことがふっと思い出されることがあった。さすがにさしこむような懐かしさは薄れたけれど、冷たい雨が降る季節がやって来て、さざんかの垣根で赤い花が三つ、四つと咲きはじめるのを見ると、失った貴重なものを思い出させるかのように忘れていた望郷の思いが胸の奥でうずいた。

いまでも鮮明に記憶に残っているのだが、あれはフランスでの留学を終えて、オルリー空港の搭乗口で、いよいよこの国を去らなければならない時刻が迫ってきたときのことだった。

「いつか、かならずパリにもどって来る」

自分に言いふくめるように、こころのうちで、とっさにつぶやいた。

帰国してからも、しばらくのあいだは日本での暮らしになじめなくて、いつか、かならずパリへもどろうと本気で考えていた。日本を発つときにはまったく想像もしなかったこころの変化だったが、三年近くにわたったパリでの生活はわたしをそんな気持ちに駆り立てたのだった。

帰国してみると、東京の街は姿を変えていた。一九六〇年代が終わろうとしていた頃のことである。やたらに背の高いあたらしいビルがあちらこちらに立ち並び、鉄骨をむき出しにした建設中の建物もあった。そのあいだをうねうねと縫うように高速道路が走っている。スピードと騒音がまるで東京の近代的変貌を誇るかのように街にあふれていた。人を突き動かすこのあわただしさは街の近代化に欠かせない活力なのだ、と言わんばかりに。

目まぐるしい勢いで日本の経済成長が始まっていたのである。

わたしがパリから持ち帰ったのはそんな街が受け入れそうもない暮らし方だった。実際パリという街では、外にいくら騒音が聞こえていても一歩アパルトマンに入ると暮らしは静かなもので、その静かさのなかで銘々がたがいの存在に煩わされずに孤独でいることを守って暮らしている。日に一時間でも独りでいられる時間を作って生きている。そこが人の出入りの多い賑やかなカフェであっても、その片隅に寛いで本を読んだり、外をのんびり眺めていたりする。そうして独りでいると、仕事や避けられない付き合いといったほかのあわただしい時間は消えているのだろう。はじめのうちわたしは、フランス人というのは働くのが嫌いで、なんという怠け者か、とあきれたものだった。ところが日が経つにつれて一人ひとりがそういう静かな日常を当然のことと思って暮らす生活があることをパリに教えられて日本へもどって来たのだった。

けれどもここ東京は、そんな悠長で、身勝手な、と思われかねない暮らしを許してくれる街ではなくなっていた。わたしは人と喧騒の渦に巻き込まれた。もがいてもどうなるものでもなかった。そうして目まぐるしい渦にのみ込まれたまま、長い年月が過ぎていった。

ふと気がついてみると、わたしはパリへもどろうという気持ちをいつの間にか失っていた。

パリは、もう遠い街だった。

ある日、大学の教室でフランス語の授業が終わったあと、一人の女子学生が教壇に近づいてきて、わたしにこう言った。

「先生は目が輝くんですね、パリのお話をなさるときは」

「えっ！　まさか、そんなことはないと思うけど」

と、虚を突かれて、思わず口走った。

しかしそれには取り合わずに、彼女は少しうきうきした様子でこう続けた。

「お話を聴いていたら、私もパリへ行ってみようかなって気になりました」

女子学生のことばに、わたしは隠れていた望郷の思いに図星をさされた気がして、すなおに本心を認めるほかなかった。

しかし、そのころは勤めや家の事情があって、パリへもどることなどどう考えてもむなしい夢だった。たしかに春や夏の大学の休みを利用すればパリへ行くこと自体はそうむずかしいことではない。それでも行く気にはなれなかった。たとえ数週間滞在したところで気休めにしかならないだろう。それではわたしのほんとうの気持ちを満たすことにはならないのだ。

運命の歯車がぐるぐるまわったのは、二十代の終わりに帰国してからざっと四十年というあまりに長い時間が過ぎ去ったあとのことだった。

わたしは大学の職を退いた。これで人生の大半はもう終わったも同然だと、肩の荷を下ろしたと思う反面、いままで張りつめていた気力が失せていった。晴れ晴れしたものを期待していたのに気持ちは沈んでいた。そして今日まで生きてくるあいだに死に別れた妻や親しかった友達のだれかれを想うたびに、人の世は無常迅速だと心底悟らされて、このさき生きるのに残された年月を数えた。もう幕を引いてもいい頃だろうと、人生を終える気持ちのほうがそれを生きつづける意欲より先に立っていた。

それまでの人生でやるべき仕事は多少はやり終えた。日本での暮らしが愉しくなかったわけでもなかった。この国のおだやかな風土と四季を愛し、古来の文化や文学、またそこに映し出された日本人の感性の繊細さをそれこそ無二のものと思っているから、そうした祖国に固有のものが、自分では気づかなくてもこころの拠りどころになっているはずだと思っている。故郷を棄てるなどと思い切ったことをする気はさらになかった。けれどもそういうこととは別に、どこかでこころの飢えが満たされずにいるのを感じていた。

ところが、まったく想像もしないことが起きた。運命はまるでわたしをもてあそぶかのようにパリにもどる機会を差し出したのである。

わたしを東京にひきとめるどんな係累も、どんな仕事も、すでになかった。そのときわたしは、古来稀（まれ）なり、といわれる年齢に近づいていたけれど、歳など問題でなかった。残りの人生を賭けるつもりで、半分は運命のめぐりあわせを受け入れて、もう半分は自分の意志で、力が衰えはじめたからだを、若さの盛りにあったわたしを見守ってくれたパリの懐にもういちどゆだねてみようと、こころを決めたのだった。

2

ある年の四月、わたしはおよそ四十年ぶりにパリにもどって来た。

ひさしぶりに見た街は、長い冬からぬけだして待っていた春の光にあふれていた。そのなかで、街路樹のマロニエが、真っ先にまぶしいような緑の若葉をいっせいに茂らせていた。昔も見たパリの春だった。

パリにもどってまだ間もないある日の朝、わたしはあらたに住むことになったアパルトマンを降りて通りに出た。そして近くにあるメキシコ広場という小さな広場に立った。

円形をしたその小さな広場は、偶然、はるか昔に留学生だったわたしが下宿していたアヴニュ・デロー三十三番地の目と鼻の先にあった。エッフェル塔をセーヌ越しに正面から見ることのできるパリでたった一つの通りである。

あの頃は、どこへ行くにもその通りをトロカデロの広い広場にむかって歩くのだが、そんなとき、

Bergère ô tour Eiffel le troupeau des ponts bêle ce matin
羊飼いのエッフェル塔よ　今朝は橋の群れがメーメー鳴いている、

と、広場の木立の上から顔を出していつもわたしを迎えてくれたエッフェル塔にあいさつを送ったものだった。

いくらパリが狭い都会だといっても、なじみのあるおなじ場所にもどって来るというのは信じられないような幸運だった。初夏になるとかならずおなじ場所にもどって来て巣を作る燕（つばめ）ではあるまいし、なにか運命的な帰還を思わずにはいられなかった。

メキシコ広場には、以前にはなかった小さな花壇が設けられていて、赤や白や紫の春の花が、澄んだ水のように流れる朝の光をいっぱいにあびて咲き誇っていた。

わたしは、長い歳月を隔てて、おなじその街の空気のなかにからだを浸した。実際浸したということばのほかに、それ以上そのときの感覚をうまく伝えられるものはなかった。

まだ冷たい春の外気が肌を愛撫し、からだの芯に染みとおった。それはみずみずしい森の空気にからだが洗われて、ほっと生きかえる思いをするのに似た、ほとんど官能的な肉体の目覚めだった。わたしは思いっきり空気を吸いこんだ。

それは精神にとってもおなじことで、気力を取り戻させる回春の沐浴だった。たしかにそのときの感覚は、快復期の病人が病後にはじめて味わう心身のさわやかさといっしょに、突然やってきた生命の復活だったのである。

わたしは春の風が流れる朝の街を歩き出した。

すると、留学生だった頃、ポン・ヌフの橋の上でセーヌの風に吹かれながら味わったある感覚を思い出した。たしかにパリに着いたばかりの頃は、フランス文学の研究という建て前はあっても、ほんとうは将来なにをしたいのか、いまこの街でなにをしたらいいのか、それさえも摑めずに気ばかり焦って、がむしゃらに本を読んだ。それにも飽きると、野良犬のように街のにおいを嗅ぎながら歩きまわったものだ。

ところが橋の上に来て、水を満々と湛えて流れるセーヌ川と、その上にどこまでも広がる大空を眺め、吹きわたる川風を胸いっぱいに吸い込むと、ちっぽけな悩みや焦りなんかうそのように消し飛んで、しばらくは気持ちが晴れ晴れとしたものだった。その感覚がもどって来たのだ。

からだに力が湧いた。そして道行く人たちにまじって、昔とおなじ商店街のにぎわいのなかを歩きつづけた。

そのとき、長年親しんだポール・ヴァレリーの詩の数行が、ふっと記憶によみがえった。

打ち破れ、私の肉体よ、その考えこむ形を！
飲め、私の胸よ、生まれ出る風を！
海から立ちのぼるさわやかさが
私に魂を返してくれる……　ああ、潮風の力よ！
波へ走って、生きるものとなってほとばしるのだ！
〔……〕
風が吹きおこる！……　いまこそ生きようと試みるときだ！
（「海辺の墓地」）

詩人は、海辺の風に吹かれるうちに、長いこと忘れていた脈打つ生命が、突然、身うちに湧きあがるのを覚えた。

ヴァレリーは知性の光を象徴するような地中海の陽光のもとで生まれた人だったが、若い頃、ある恋愛にからまる精神の危機に見舞われたのがきっかけになって、感情に左右されない厳密な思考に徹することをみずからに課した。それからというもの、その戒律を守って日々思索を重ねてきた。ところが精神の長いきびしい行使を経たあと、ふるさとのセートの海辺にもどって来て吹きおこる潮風に打たれたとき、生命が、考えこむ不動の姿勢を破ってあふれだし、魂がよみがえるのを知ったのだ。

全身が生まれかわったようなこの再生を、わたしはわがことのように感じて寿（ことほ）いだ。そして精神のたえまない行使に打ち込んできた詩人が、いまは「生きるものとなって」、あらたな生命の息吹きにほとんど狂喜するさまがわたしを言いようもなく奮い立たせた。そしてあまりに長かったむなしい待機のあとでパリの街を歩きながら、詩人の魂のよみがえりに共感したのだった。

そのよみがえりを、わたしがしきりに憧れる気持ちになったとすれば、それはここまで生きてきた人間の、単純にいって、老いが仕向けた命への切望なのかもしれない。それならその気持ちをすなおに受け入れることにしよう。このさきこの街でどんな暮らしを送るにしても、そうやって命の望むままに生きることが、ようやく内心の飢えを満たしてくれるあらたな生活の始まりになるのであれば、パリへの回帰はもう十分報われたのもおなじことになるだろう。そう思って昔も歩いた街を歩きつづけた。

＊

ただこんなふうに書いてみると、パリは、青春の頃にはじめて出会ったときから、わたしをとりこにした都会だったように思われるかもしれない。ところが現実はまったくそうではなかった。

第一、はじめて見たパリの街は美しくなかった。灰色にくすんでいて、陰鬱で、そのうえ人を寄せつけないきびしさがあった。それがこの街がわたしにあたえた最初の印象だったのである。

しかし、いまになって思いかえすと、はじめにそんな愛想のない素顔のパリに出会ったことがわたしにとって幸運であり、意味のあることだったということが少しずつわかってきたようだった。パリの奥深さはそう簡単にわかるものではなかったのだ。

その奥深さというのは、一見しただけではわからないパリの魅力のことである。それをパリのどこに感じるかは人さまざまであっても、いったんそれに捕まると、生涯その呪縛から逃れられなくなる、と言ったのは詩人のリルケだった。しかしそうした目に遭ったのは彼一人ではない。

ヘミングウェイは二十二歳のとき小説を書く修業のためにパリにやって来た。そして毎朝カルチエ・ラタンのカフェに通って短編を書きつづけ、最初の長編小説『日はまた昇る』を書きあげることができた。やがて名声がやって来た。そして晩年が近づいたある日、若い友人にむかってこう言ったそうである。「もし幸運にも、若者の頃、パリで暮らすことができたなら、その後の人生をどこですごそうとも、パリはついてくる」と。

わたしにもパリはついて来た。それはどんなパリだったのだろう。

その昔パリは、二千年という長い歴史を持っているだけに次第に人口が増え、家が建て込んで来て、おまけにそれが老朽化していく上に、狭い小路は階上から投げ捨てる汚物の捨て場所も同然になって衛生もなにもあったものではなくなった。

そんなパリの市街地を、十九世紀の中ごろになって当時セーヌ県知事だったオスマン男爵が改造に乗り出した。多くの建物が取り壊されて、ゆったりと道幅をとった見通しのいい道路が整備された。新しく建てられた建物は景観を美しくするために六階建てと高さが揃えられ、通りに面した正面のデザインも統一された、いわゆるオスマン様式に建て替えられた。

それがいまでは長い時間に磨かれて、適度に古色を帯びて旅行者を引き寄せるのに欠かせない現在のパリの美観を呈するまでになった。少し高いところに登ってこの「花の都」を眺めると、たしかにその幾何学的に整った美しさはフランスの知性と感性による美意識のみごとな発現であって、思わずその美しさに息を呑んだこともたびたびだった。

しかしその一方で、古いパリが根こそぎ取り払われたわけではなかった。それこそパリの古層といっていい古い場末のような街区は近代化に取り残されて大都会の片隅にいまも生きつづけている。

わたしはそんなパリの裏町が好きなのだが、そこには目を奪うような表向きの美しさはない。旅行者の目の届かないうらぶれたパリであり、庶民の暮らしの澱(おり)が染みついた人間の味を湛えたパリである。それゆえまたメリヨンやユトリロや佐伯祐三といった画家たちがそこに美を感じて彼らの目を魅了したパリである。古びたパリには、過ぎ去った時間が、幾世代とも知れない人間たちの生きた痕跡となって色濃く刻まれている。

そここそは、ヴィヨンが巷の娼婦の在りし日の白い肌を哀惜して、

Où sont les neiges d'antan ?
去年(こぞ)の雪いまいずこ

とうたった中世以来の、目に見えないパリの魂が生きつづけている場所なのだ。そんな

場所に入り込むと、昔からつづく人の暮らしの流れのなかに自分が立っていて、自分もそのひと雫（しずく）になって流れているのを感じて不思議に気持ちが落ち着いてくる。

だからそんなパリに惹かれるのは、なにも過去の詩人や画家にかぎった話なのではない。わたしのような異邦人もふくめて、パリに住んでいてその古層に触れたものなら多少はだれもがそうなるものなのだ。それゆえまた時間が染みこんだ人間らしい味のする裏町を愛するのは酔狂なのではなくて、人間が人間に惹かれてそれを愛さずにいられないという当然のはなしであって、そこに人間というものの本性をさえ見ることが許される。

そういうことにうすうす気がついたのはやがて留学も終わろうという頃だったように記憶している。ということは、わたしがはじめてパリで送った三年あまりの生活は、あの人を寄せつけないよそよそしい最初の印象から、パリに魅入られてそこを第二の故郷とまで思えるようになるまでの、こころの変化と経験の深まりが生じるのになくてはならない時間だったのである。

だからだろうか、その頃の記憶は、こうしてまたパリで暮らすうちにほんのささいなことでよみがえって来て、懐かしさでわたしを茫然とさせる。この街が、目抜き通りの現代風な改築を別にすれば、ほとんどなにも変わっていないせいもあるだろう。数百年たった建物にいまも人が住んでいる例はざらにある。パリの石造りの建物は住む人が替わっても、人間の一生程度の時間がたったくらいで変わったりはしないのである。

若い頃に住んでいた家の前に来たとき、わたしは魂を吸い取られた人のようにその場に立ち尽くした。窓辺のベランダの手すりに、昔も見た赤いゼラニウムが陽の光を射返すように咲いているのが、幻の花か、と思われた。

さらに歩くとよく新聞を買った家の近くのキオスクの前に来た。ニコッと笑うと目もとが優しかったキオスクの主人が狭い店の奥から顔を出す。あのころも歳を取っていたから、もう代がかわって彼がいるわけはないのに。

＊

家にもどって仕事部屋の机に向かう。まわりから物音が消えてひっそりと静かである。柔らかな光がレースのカーテンを透かして差し込んで来て、絨毯の細い毛足を金色にきらめかせている。

こうして机の前に坐っていると、今日までに流れた長い時間がうそのように消えて、昔のわたしに何の抵抗もなくもどっている。

昔のわたしと言ったのは、かつてパリで暮らすうちに、どうでもいい世間の雑音といった余計なものを殺ぎ落とされて、自分ひとりにされたわたしのことである。世の中に背を向けるためではない。静寂のなかで自分自身に向きあっている自分を見出すためにパリはわたしを孤独にしてくれたのだ。この街には人にそう仕向ける不思議なところがあって、そのせいか、ここに住む人間の顔にはどこか孤独の影が落ちている。

その日、わたしは仕事部屋で、ポール・ヴァレリーが喧騒とあわただしさに人が翻弄されて生きている現代社会の状況を批判した講演録を読んでいた。

そのとき、こんな一節がいきなり目に飛び込んできた。

しかし私が言うのは、時間で正確に測られる余暇とはまったく異なるこころのなかの余暇のことで、それが失われつつあるということです。われわれはあの存在の深みにある本質的な静かさ、値が付けられないほど貴重なあの無我の状態を失っています。生命のもっとも繊細な要素はそのなかでみずみずしくよみがえって活力を取り戻すのです。そして存在はいわば過去と未来を洗い落とされて、現在の意識や、中断された義務や、待ち伏せしている期待から洗い浄められるのです……。気がかりなことも、あしたを思いわずらうことも、こころにのしかかる悩みもまったくなくて、あるものといえば一種の無我の状態での休息であり、恵みゆたかな空白であって、そのおかげで精神は本来の自由を取り戻すのです。すると精神は自分のことだけに集中するようになって、実務的な知識への義務を解かれ、目の前に迫っていることへの気づかいから解放されるのです。こうして精神は水晶のように純粋な形をしたものを作り出すことができるのです。ところがいまや私たちの現代生活のきびしさ、緊張、そしてあわただしさがその貴重な安らぎをかき乱し、あるいは浪費しているのです。

（「知性の決算書」一九三五年）

わたしの目をとらえたのは「存在の深みにある本質的な静かさ」という言葉だった。前からずっと考えていたことがそこに意を尽くして書かれているではないか。わたしが探していたのはこの言葉だ！　いつの日かわたしの目にとまるのを待ちながらその言葉は綴られていたのだ、と思ったほどだった。

ここパリでも、東京とおなじく騒音と混乱が当たり前のことになって人がそれを異常とも感じなくなった現代の社会のなかで、人間にとってもっとも大切な内面の静かさが失われている。ヴァレリーはそれを指摘したかったのだ。

それだけではなかった。彼は「本質的な静かさ」の喪失を指摘するだけで終わるのでなく、その原因になったと思われる第一次世界大戦が社会にもたらした未曾有の混乱についても精細な分析を行っている。それは八十年以上も前のことになるけれど、いまわたしたちが機械と時間と騒音に攻め立てられて暮らしている現在の社会の状況を考える上でも示唆に富む分析なのである。

それゆえその言葉は、彼の同時代の読者や聴衆を越えて、未来の人間であるわたしたちに遺していった遺言ではなかったか、という気さえした。言うまでもないけれど、わたしが未来の人間と言うなかには現在の日本人も含まれている。それだけ彼の発言には広く二十一世紀の他国の人間にも通じる普遍性があるということなのだ。

そのときわたしは、ヴァレリーが当時のヨーロッパの知的混迷に関して語った一連の論文や講演の意味合いの深さに気がつき、それについて書いてみたい、いや書いておかなければならないという強い気持ちが湧いてきた。またそれが一種の呼び水となって、機械文明が異常に進化した現代社会に、たとえばＡＩなどのおそろしいほど有能な機械が秘めている有用さと危険性といった今日的な問題にも関心が広がるようになった。

ただ、ことの順序からいえば、若い頃に出会ってから、そこをふるさとともも思えるようになったパリでの暮らしのことや、なかでもフランスの文化の奥深さとそれを生み出したフランス精神の強靭さに身が竦むような畏怖を感じたこととか、あるいはいまもパリに住んでいて思うことなどを綴り、この街との出会いがなければあり得なかったいまの自分とその後の人生を思って、いわばパリの友誼に報いたいと考えた。

ポール・ヴァレリー、1930年代　© Rue des Archives／PPS通信社

そこへヴァレリーの言葉が、一瞬の閃光のように差し込んで来て、わたしのこころを摑んだ。いまも言ったとおり、それは現代世界の状況をも批判する文明批評家ヴァレリーの真に警世の言葉というべきものだった。そしてこれについてもぜひとも書いておかなければならないという気持ちが、はじめの思いと予想もしない形で結びつくことになったのである。

もう一つだけ後段のために言わせていただくと、ヴァレリーはこの現代世界が抱える問題を考えるのに先立って、「精神の危機」（一九一九年）のなかで、ヨーロッパ文明の源にさかのぼり、それを成立させたヨーロッパ的精神の由来と特質を分析している。彼の文明論中の白眉である。その精緻な分析はヨーロッパの一国であるフランスの精神とそれが築いた文化の成立を解き明かすものでもあって、この問題に前から関心を持っていたわたしの蒙（もう）を啓（ひら）いてくれたのである。

こうしてわたしのなかでヴァレリーの現代世界に関する考察と批判、あるいは文明論がわたし自身のパリでの経験と交錯するうちに、いま述べたいくつかの関心を数篇のエッセイに綴ってみようという構想が浮かんできたのであった。

さて、このあたりでもう一度、はじめてパリにやって来た頃の話にもどることにしよう。

3

「この飛行機は、いまから四十分後に、パリ、オルルリー空港に向けて着陸態勢に入ります」

機内に女性の声でアナウンスが流れた。

それからしばらくすると、雲の切れ目から、眼下にフランスのどこまでも広がる大地が見えて来た。やがてその大地に、広大な森や畑が見えた。畑のなかを長い畝（うね）が幾筋も美しい帯のように走っていた。

飛行機が大きく旋回して、翼が上に、下にゆっくり振れると、それに応じるようにして、地上でも森や畑がおなじように上下に揺れた。

これがフランスの国土なのだ。わたしは食い入るように眼下を眺めつづけた。畑のそばに人家がぽつぽつ点在しているのが見える。あそこにはフランスの農民が暮らしているのだ。畑のなかのまっすぐな道をおもちゃのように小さな車が、走るというよりのろのろ動いているのがはっきりと見えた。あの車のなかにはフランス人が乗っているのだ。わかりきったことなのに、なぜかそんなことを思っているうちに、突然、飛行機の車輪が、どどんと滑走路を打った。

それは、前の東京オリンピックが開幕された直後の一九六四年十月のことであった。

街の気配は、街路樹の葉が散りはじめて、もうすっかり秋になっていた。

そのころのパリは、いまとは比較にならないくらい寒くて、日本でだったら晩秋といっていい冷たさだった。それを知らずに外套を着ずに街に出た。思ってもいなかった空気の冷たさが、はじめての外国ということで張りつめていたこころとからだをことさら硬くひきしめた。

パリの街は、見るものすべてが目をひいた。なかでもどっしりとした石造りの建物が立ち並び、全体の調和など考えもしない日本の乱雑な街並みとはまったく異なる整った佇まいに目をひかれた。とうとうフランスにやって来たのだ。街には外国らしい独特の雰囲気が感じられて、漂ってくる匂いまでがパリのものに思えた。

たしかにわたしは、はじめてのパリに興奮していた。

が、そうかといって、前にも言ったように、パリはこちらの目をいちどに奪うような美しさではなかった。天気が崩れはじめる秋という季節のせいもあったかもしれない。とにかくわたしがこの街に最初に感じたのは一種の抵抗感だった。そこには日本の街とはどこまでも異質な、知的に洗練されたものがあって、さすがはパリだと思ったが、幾何学的でがっしりした石造りのパリは、木造の家屋のように人を迎え入れる優しさがなくて、すんなりとよそ者を受け入れる街ではなかった。

その印象は、やがてもっと決定的な形でわたしを襲うことになったのだが、このときも、肌の色が白や黄色や黒と、さまざまな人種の人間が行き交う街を歩いているのに、自分だけが異邦人であることを意識させずにはおかないものがこの街にはあった。

それほど異質なものというのは、煎じ詰めれば、街の外観にもあらわれるフランス的精神ということに行き着くことになるのだが、留学はその精神との対立という形で始まった。そのうち対立はある興味に変わっていった。フランス的精神とはなんだろうか、それはどんなふうに形成されていったのだろう、という根本的な疑問だった。その昔の宿題をわたしはこの機会に果たしたいと思っている。そしてこれについてもヴァレリーの精細な分析から多くを学ぶことになったのはすでに述べたとおりである。

ところで、いまわたしははじめて見たパリは美しくないと言ったが、人によっては最初からパリに魅せられて、ここは花の都だと思ってこころが浮き立つ人もいるだろう。シャンゼリゼの大通りやその先にそびえる凱旋門、エッフェル塔やその足もとを流れるセーヌ川、目を奪わんばかりに豪華な宝飾品や洗練された優雅な衣装が飾られた超一流のブティックを見れば、もうそれだけで来た甲斐があったと思う人もいるにちがいない。わたしにしてもパリの名所といわれる場所を見なかったわけではなかった。けれども、なぜか華やかなパリはこころを惹かなかった。へそ曲がりでいうのではないが、だれもが知っている名所は一度見ておけばそれで十分だという気がしたのである。

その上そんな思いで街を歩いてみると、あのころのパリは洗浄される前ということもあって、どの建物も何世紀もの埃をかぶって薄黒く汚れていて、有名なノートルダム大聖堂も（その繊細な尖塔が猛火のなかへゆっくり崩れ落ちてゆく光景をだれが忘れられるだろうか）、ルーヴル博物館も、おなじようにうすぎたなく煤（すす）けていた。空までがどんよりと雲が垂れこめて陰鬱そのものだった。わたしは東京にオリンピックをむかえて空高く澄みわたった日本の秋空を見て旅立ってきただけに、それは陰々と人のこころを滅入らせる冬の間近い北国の光景だった。

パリの詩人たちにしても、

低く垂れた重苦しい空が長い憂鬱に取りつかれて呻く
こころに蓋のように覆いかぶさるとき

（ボードレール「憂鬱」、『悪の華』所収）

とか、

私のこころになみだ降る、
巷に雨が降るように

（ヴェルレーヌ「無題」、『言葉なき恋歌』所収）

とか、

公園のベンチはどこも濡れていて、もう坐ることができない。
ほんとうに来年まではもう何もかもおしまいなのだ

（ラフォルグ「冬が来る」）

と言って、いちように憂鬱な天気を嘆いている。どんより垂れこめた秋の曇り空や、冬の冷たい雨が彼らの意識に染みついているから、自然とそれが詩にもあらわれることになるのだ、と陰鬱な空を見上げながら思ったりしたものだ。

ここで少し時間を先回りして言わせていただくと、これらの詩をわたしは日本にいたときすでに読んで知っていた。それが一篇の作品である以上それだけで読めるものでなければならないのは作品本来の自立性からいって当たり前の話で、作者の生活や作品の背景にある時代や土地や風景などの知識は詩の理解には必要ないという考えもある。

しかし人の手で作られる作品というのは人間の生活と地続きに続いているものなのであって、たとえばこういうことがあった。詩に出てくるパリの情景を実際に経験した上で読んでみると、わたしはその詩にある種の親近感を感じるようになったのである。

実際、巷に降る雨一つ取ってみても、京都の下京（しもぎょう）に煙る時雨（しぐれ）と、パリの裏町で濡れた落ち葉がはりついた石畳の道に降る氷雨とでは、おなじ秋の雨でも、その質感やそこから受けとる印象はまるで別のものである。その感覚的な違いを読みとるにはそれぞれの土地に住んで経験を積むほかはない。断っておかなければならないが、詩の背景となったパリの情景を知ったからといってそれでいっそうその詩をよく理解できたというのではまったくない。ただその詩が字面だけのよそ事ではなくなってそこに親しみを感じるようになったのである。それは詩の土壌ともいえる生活感情を詩人と共有していることから生まれた親しみであって、日本にいたときもこれらの詩を理解しているつもりでいたけれど、そのときには感じるはずもなかった親しみの感情だった。

それがパリで暮らすことが教えてくれた、考えてみれば当たり前の、しかし日本にいては気づかないことだった。

それに関連してもう一つ、この街に住んでずっとあとになって気づいたことがあった。それは、そうした秋雨の降る憂鬱な光景に自分のこころを見る思いがして嫌悪するにせよ、反対に静かに降る秋の雨に、ヴェルレーヌの、

Ô bruit doux de la pluie
ああ、雨が降るおだやかな音よ
（「無題」）

という詩句の響きが伝える安らぎを味わうにせよ、その情景が与える印象を生活感情にまで深めて生きるようになってはじめて旅行者であることを卒業してパリに暮らしていると感じるようになったということである。やがてそれさえも意識することがなくなって、ただその日その日を暮らしている。

いうまでもないことだが、生活感情の対象になるのは曇り空や晩秋の氷雨にかぎらない。さわやかな五月の光る青空でも、いつまでも暮れない夏の夕空でもおなじことである。あるいはそこに住む人間の思考や感情、生活の習慣でもおなじことである。ということは、人が生活しながら経験するいっさいの事柄について当てはまるということである。けれどもそうなるまではパリの街を歩いていても街と自分を隔てるものがつねに感じられて、街に溶けこめないでいる旅行者の違和感があった。

それがいつからともなく消えて、わたしは街の空気を自分のもののように感じながら歩いていた。街を旅することから街に暮らすことへと日々の生活の意識が少しずつ移り変わっていくなかで、いつかわたしはその街に住んでいた。

そういう経験と生活があったあとでこの街をやむなく離れたものが、やがてさざんかが雨に散るのを見て望郷の思いに胸を突かれることになったのは、散る花がこころのもっとも深い部分に触れたからであって、若い頃にパリに魅せられた人間にとって、それはごく自然な生命の反応だったのである。

＊本書中の引用文について特に注記のないものは保苅瑞穂訳です。

2 黒い壁
――フランス的精神とはなにか

1

冷たい雨が降る冬の夜、芝居の幕が下りて、わたしはルーヴル博物館に近い劇場から外に出た。

雨はまだ小止みなく降りつづいていた。無数の雨脚が、夜の闇を照らす街灯の明かりのなかを、筋を引いて降り落ちている。

街灯の下で、濡れた舗道が鈍く光っていた。

その日はめずらしく連れもなく一人だった。しかし連れがいたとしても、いつものように芝居がはねたあとの興奮を語り合う気分にはなれなかった。舞台に不満だったわけではない。予期していなかったものにいきなり遭遇して、どうにも気持ちの整理が付かなかったのだ。

コメディー・フランセーズ劇場／撮影＝保苅弘美

その晩、わたしが観たのは、長い歴史を持つコメディー・フランセーズ劇団によるラシーヌの『アンドロマック』だった。ラシーヌを本場の舞台で観るのはそのときがはじめてだったから期待にこころが高ぶっていた。

ところが、フランスの古典悲劇の精髄といわれるこの劇作家の舞台を観終わったあと、わたしが味わわされたのは期待していたカタルシスではなかった。魂の浄化とはかけ離れた内面の動揺だったのである。

たったいま幕が下りた舞台に、わたしは溶け込むことができなかった。まったく予想もしないことだったが、演劇という形を取ってあらわれたこの国の人間の精神の強さに撥ねつけられてしまったとでもいうよりほかなかった。

ヒロインの痛ましいくらい毅然とした態度のことをいっているのではない。トロイアの英雄ヘクトルの妻で、夫が戦場で命を落とし、祖国が戦いに敗れて滅亡したあと、敵国の国王ピリュスの妾にされる女の悲劇が問題なのではない。その悲劇をフランス古典劇の厳格な規則にしたがってここまで完璧に描き切ったラシーヌの劇作術のきびしさをいっているのである。あるいはそれをもっと広くいって、フランスの精神の強靭さと言い直してもいいかもしれない。

実際、その精神をあらわにした舞台をはじめて観て、それをどう受け止めたらいいのか。わたしはただ戸惑うばかりで、自分を突き放した舞台を観終わって、しばらく席を立つことができなかった。

そのときから数えて、早いもので半世紀をこえる年月が流れていた。それでいてあの夜の衝撃をつい昨日のことのように思い出すことができる。それほどあのときの舞台の印象は強いものがあって、これからフランスの文化や文学を現地で学ぼうと、はるばるパリまでやって来た若者の出鼻を挫(くじ)いてしまったのだ。

それは一九六四年の冬のことで、留学のためにパリに来てそろそろ二か月が過ぎようとしていた。

わたしはパリに着くなりパンテオンの近くにある寄宿舎をそなえた全寮制の学校に入ることになって、朝から晩までフランス人の教師や学生と鼻を突き合わせて暮らす気の抜けない生活がはじまった。

寮に入ってしばらくのあいだ、リノリウムを張った廊下を歩くたびに、どこから漂って来るのか、鼻につんと来る刺激性の匂いが気になって仕方がなかった。そうかといって学校の外に出ても、まわりに頼れる人もなくてたった一人だったから、見知らぬ街に放り出された仔犬も同然に、おそるおそる街の匂いを嗅ぎながら、地図を頼りに夢中で歩きまわった。フランスに来た喜びよりも不安と心細さで、どんなに情けない顔をしていたことだろう。

そのうちフランス人の友達もできてきて、ようやく夜はコンサートや芝居に誘われたり、週末には彼らの自宅に招かれたりして、のんびり外出するだけの気持ちのゆとりが出てきた。夜のカフェにあかあかと橙色の明かりがともるのも、旅愁の残るこころをなごませる光景だった。

そのころのパリには国立の大きな劇場がいくつかあるほかに、知らなければ通り過ぎてしまいそうな古い小さな芝居小屋がにぎやかな街中や裏町に数え切れないくらいあって、近現代の作品や新作を上演してどこも満員の客を集めていた。

なるほどパリは、その晩観たラシーヌが活躍した十七世紀の昔から演劇の街なのだ。十八世紀には、いまでこそ狂信的なキリスト教徒と戦った啓蒙思想家として知られるヴォルテールが、ラシーヌをしのぐ劇作家として活躍していて、彼の悲劇はパリ市民を熱狂させ、芝居好きのマリ・アントワネットの涙を誘ったものだった。

それが十九世紀になると、日本ではもっぱら『レ・ミゼラブル』の小説家として知られるヴィクトル・ユゴーが、それまで主流だった古典悲劇の理論を相手取って、絢爛(けんらん)としたロマン派的な作品を上演して古典派に戦いを挑み、血の気の多い若者たちの喝采を浴びていた。

そうした演劇の伝統はいまも続いている。パリの街角に円筒形のモリス広告塔というのが立っていて、新しい芝居のポスターが何本と知れず貼ってある。それを眺めるのがいまも昔もわたしのささやかな愉しみなのだ。プルーストの小説の語り手も、子供の頃、本物の舞台を観る前から芝居の熱にとりつかれて、「毎朝、私はモリス広告塔まで走って行って、そこに告げられている出し物を眺めたものだった」（『スワン家のほうへ』）と往時の思い出を語っていた。

サン＝ミシェル大通りから入った狭い小路にユシェット座という小さな芝居小屋がある。そこでイヨネスコの『禿の女歌手』やベケットの『ゴドーを待ちながら』といった前衛的な作品が何年という信じられないようなロング・ランを続けていたのを知って驚いたのもパリに着いた頃のことだった。わたしは日本にいたときから芝居が好きだったせいで、あるときはフランスの新作を、あるときはシェイクスピア、ブレヒト、ピランデルロ、ハロルド・ピンターといった外国の翻訳劇を毎週のように観て歩いた。そして舞台がはねると、連れの友達とカフェに入って夜の更けるのも忘れて語り合ったものだった。

ところが、あの晩ばかりは、そんな上ずった気分にはなれなかった。演出も、朗誦法も、演技の仕方も、よその劇場で観るのとは一味も二味もちがっていた。それは話には聞いていても実際には知らなかったフランス古典劇の伝統に立った正統的なもので、一寸のつけ入るすきも与えない舞台だった。だから虚構の幻影が生み出す舞台空間に引き込まれて自分を忘れかけるときもあった。

しかし、ほかの劇場で、たとえばジャン＝ルイ・バローやジェラール・フィリップやジユヌヴィエーヴ・パージュといった俳優たちの自由で生き生きとした演技やせりふ回しに接していたから、その現代風の行き方をあえて抑えるような演出のきびしさを異様なものに感じて、舞台のなかにすんなり入り込むことができなかった。舞台がわたしを拒んでいる。そう思うしかなかった。たしかに外国語という言葉の問題もあったかもしれない。だが、それがすべてではなかった。

幕が下りた。それまで息をつめて舞台を見守っていた観客からどっと拍手が起こった。フランス人の観客は、日本の歌舞伎好きの観客とおなじで自国の古典をなんども観ていて、今夜も俳優たちの朗々としたせりふ回しに満足しているのだ。そのなかでわたしだけが一人取り残されていた。

夜が更けた街を、わたしは雨に打たれながら、舞台に入り込めなかったにがい思いを抱えて歩いていた。やっとパリの街を自分の街らしく歩けるようになり、学校での生活にも少しずつ慣れてきた。そう思ったこころの隙を突くような、それは不意打ちだった。

劇場から遠ざかるにつれて大勢いた人たちが散って行き、人影がまばらになった。わたしはせっかく摑みかけたこころの落ち着きを乱された気分で夜のなかを歩きつづけた。

舞台装置は、垂れ幕を巧みに使って幾何図形のように簡素であり、それがあらたな照明を浴びると場面が転換して、その場の雰囲気をあざやかに一変させた。そんな舞台の上を、脚韻をふんだ十二音節のせりふが飛び交い、緩急自在の律動にのせて朗誦される。その肉声が登場人物の感情の高まりをあらわにし、俳優たちの肉体に命を吹きいれる。

そういうきっちりと計算された舞台を思い出しながら、結局わたしはあの興奮した観客たちのあいだで一人の異邦人にすぎなかった。こころが萎えそうだった。

そのとき、気落ちして歩いていたわたしの目の前に、ぬっと巨大な石造の建物が現われた。

それが、闇のなかに、闇よりもいっそう黒々とした巨石の塊になって、わたしの行く手を阻むようにそびえ立った。

いきなり異様なものが現われたことに、わたしは不意を突かれた。圧倒的な石の塊がわたしを無言で威圧してきたからだ。地を圧してそそり立つ途方もない石の重さがわたしをおし潰すかと思った。通るなら、この石を砕いて通れ、と言わんばかりに。

その建物を見上げて、思わず身が竦んだ。

まぼろしか、気の迷いかと思った。しかし現にそびえ立つような石の壁が降りやまない雨に濡れて黒々と光っている。建物は疑いもなくそこにあった。まだパリの街に不案内でなんの建物か知らないが、パリのことだから何百年も前からそこに建っているにちがいない。

石像のスフィンクスは、通りかかった旅人に謎をかけて、解けなかったものを頭から食い殺したそうだ。しかしわたしに突き付けられたのは謎ではなかった。目の前に立ちはだかった黒い壁そのものが不気味な謎のように思われた。

壁は、闇のなかで、どこまでも無言でいる。まさか食い殺したりはしないだろうが、それでもわたしは圧倒的な存在感で迫ってくる巨大な壁に恐怖を覚えた。子供ではあるまいし、なんでこんなものに怯えるのかと、自分をあざけりたくなった。

深夜、寝静まった学寮にもどった。二階の一八九号室の個室で机に向かう。さすがに少し冷静さをとりもどした。そして黒い壁に圧倒されて身が竦んだ体験を日記に綴った。

そのときの衝撃をそのときのまま伝えたいので、以下に日記を引用することをお許しいただきたい。

2

大学ノートの表紙はすっかり褐色に変色している。五十年をこえる昔の日記帳である。ノートを開いた。そこに万年筆で次のように書かれていた。

「ラシーヌを観ていて、なんとフランスは硬質な文化を築いたものかと、つくづく感じ入った。学校へ帰る途中、石造の建物を見ながら、この石とおなじほど硬い精神がすでにラシーヌのときから現代のフランス人のなかにまで流れ込んでいるのを知った。デカルトによって築かれた強靭な知性がフランス人ひとりひとりに住み着いている。この硬い土壌へ、ぼくのひ弱な精神は糧を求めて入り込むことができるのか。濡れて黒々とした、まるで鋼鉄のような建物はそうした精神の権化のように見えた。夜の人気のない街は不気味だった。こうした印象は渡仏以来はじめてのものだ。これがフランスの一番基本の姿かもしれない。おそらくまちがいあるまい。それほど今夜の体験は強く、恐怖に近いものをぼくに吹き込んだ」

これが、パリに着いて二か月がすぎた十二月なかごろのことであった。

一週間して、今度はこういう言葉が記されている。

「あの芝居を観てもどってくるときの、あの恐ろしい体験から、ぼくのフランス留学は始まったと悟った。ぼくは容易ならぬ文化の前に、文化のなかで生活していることに気づいた。フランスに学ぶという期待はだれしも口にし、それを目指しているようだが、この言葉は安易な気持ちでは決して口にすべきでないことを知った」

わたしにとって、パリは、いくら外見が美しく見えても内側になにを隠しているか知れたものでない街に思えてきたのだ。それだけに五感をいっぱいに開いて未知のなにかに備えるべき場所であり、まちがっても浮かれ騒ぐ花の都ではなかったのだろう。

それから一か月がすぎた。日記に「フランスの文化に同化するなどということはいまのぼくにはほとんど不可能というにひとしい」という言葉が綴られている。ここでもわたしは文化というものの分厚い壁に突き当たっていた。

これはフランスの文化にかぎったことではないが、およそ他国の文化というものは興味や憧れの対象、あるいは親善のために異国同士の文化交流の対象にはなっても、そう簡単に自分の精神のうちに取り込めるような生易しい対象ではないということである。

万葉や新古今の歌を読んでいて、あるいは近松の芝居を観ていて、それが何百年も昔のもので時代の差がもたらす風俗や生き方や考え方のちがいを感じることはあっても、そこに表現されたものを直感的に理解し味わうことができる。知的な理解にとどまらず、言葉

が語らずして漂わせる纏綿（てんめん）とした情感に浸ることもできる。藤原定家の、

春の夜の夢のうきはしとだえして嶺に別るゝよこぐものそら　（『新古今和歌集』）

と詠ずれば、春の夜が醸し出す夢とうつつの境にさまよい出て、ほとんど一分の隙もなく歌のこころに分け入ることができる。

またそれが、

かきやりしその黒髪のすぢごとにうちふす程はおも影ぞ立つ　（同前）

という狂おしい恋の歌であれば、いまも手に残る愛する女の黒髪の感触に身悶えする歌詠みのなかに自分の分身さえ見出すことができる。

しかしラシーヌやボードレールの詩句にどんなに打たれても、そこに自分の分身を見出すほど彼らのこころに分け入ることができるものだろうか。

La langoureuse Asie et la brûlante Afrique,
Tout un monde lointain, absent, presque défunt,
Vit dans tes profondeurs, forêt aromatique !
物憂いアジアと燃えるアフリカ、

遠い、不在の、ほとんど消え失せた世界が
そっくりお前の髪の毛の深みに生きている、かぐわしい森よ！
（ボードレール「髪の毛」、『悪の華』所収）

というのを読んで、恋人の豊かな髪とその強い香りが詩人を陶酔させることは理解できても、異国の美女の黒髪にはわたしの官能を超えたものがある。

しかしあの頃のわたしは、詩人の内面に分け入ることができるかもしれないと、こころの片隅で思っていたようだ。だから異国の作家たちに一途な思いで接していて、隅々まですっきり納得がいかないと気持ちが折れそうになった。要するに文学というものは、ある国の文明が熟して思考と感性が緻密になればなるほど、ますますそれを正確に反映するようになるから、その国の人間とおなじように味わい尽くすのは至難の技というほかはないのである。

それからまた二か月がすぎた。

日記を見ると、わたしはソルボンヌ大学の教授で、論文の指導に当たってくださるロベール・リカット先生とすでに何回か面談していた。そしてパリでやるべきプルースト研究の準備も整って生活のリズムができてきた。そんな折、ふたたび次のような長い感想が綴られている。そこにはパリとの「摩擦」が述べられているが、それこそはわたしが確実にこの街に生きはじめたことを告げるものだった。

「毎日パリで生活しながら、すこしずつフランスという国の特異性がわかってくる。滞在が長くなるにつれてパリの印象が薄れてくるという人が多いが、むしろパリの本質が日に日に明らかになってくる。ぼくが二十数年生きて来た日本の風土とはまったく異なる風土に生きる人間の精神がぼくの感受性をとおして日々に理解されてくる。フランスの精神が具体的な生活の体験のなかで、ぼくの感受性を痛めつけながら、ぼくの精神のなかに入ってくる。フランス（パリ）に生活するのがつらいのは、物質的な面においてではなく、物質的な面での体験が、ぼくの肉体をとおしてぼくの感覚に伝わるときに起こる感性的な摩擦によると思う。そしてそうした摩擦が徐々にフランスの精神の特異性についてぼくの目を開いてくれる。……それにしても夜のパリに黒々とそびえる石造の建物の群れほどぼくにとって衝撃的な事件はなかった。パリ到着以来、ぼくのなかにたまってきたいくつもの印象がラシーヌの劇を介して、あの夜、はっきりしたひとつのイメージに凝縮したのだった。ずっしりと重い石の質感が、冷たい夜気をとおして感じられた。……それは恐怖感としか名付けようがない決定的な感覚だった」

こういう個人的な体験は他人には意味がないということはわかっている。しかしこの体験が、まだ西も東もわからない若者にこの先パリで暮らしていくにあたってある覚悟を決めさせたことは事実だった。それは、この国の文化とその根底にある精神を理解することはできても、それをこころのうちに育んでその知的風土に同化することなど思いも寄らないということである。

わたしはそういう心境にたどり着いたようだった。すると、かえってなにかが吹っ切れたような気持ちになった。そしてなんの思惑も期待も持たずにこの街を生きはじめた。

パリではじめて迎える春が近づいていた。

たしかにフランスは、昔から日本人にとって憧れの国である。わたしは明治の時代にフランスに遊学した永井荷風のこの国に対する心酔ぶりを思い出す。彼は『ふらんす物語』のなかでこう書いている。

＊

旅人の空想と現実とは常に錯誤すると云ふけれど、現実に見たフランスは、見ざる以前のフランスよりも更に美しく、更に優しかつた。あゝ！　わがフランスよ！　自分はおん身を見んが為めにのみ、此の世に生れて来た如く感ずる。自分は日本の国家が、藝術を虐待し、恋愛を罪悪視することを見聞きしても、最早や要なき憤怒を感じまい。日本は日本伝来の習慣によつて、寧ろ其が為すまゝたらしめよ。世界は広い。世界にはフランスと云ふ国がある。此の事実は、虐げられたる我が心に、何と云ふ強い慰めと力とを与へるであらう。

わたしはこの真情を疑うものではない。この手放しの傾倒ぶりを羨望しさえする。しかし同時に、なぜここまで心酔できたのかをいぶかしく思った。また大学でフランス文学の手引きをしてくださった恩師たちの滾るような熱情を知っていた。が、そうしたやむにやまれぬ想いは薬にしたくてもできなかった。恩師だけではない。ほんの数年だけ年上の先

輩ですら、パリでいっしょに食事をする折なんかに、覚めた顔のわれわれに、

「お前たち、なにが面白くて生きてるんだ」

と、言ったものである。

実際、わたしの、あるいはわたしの世代の若者にとって留学の動機というのは覚めたものだった。本を読むのが好きな人間がたまたまフランスの作家にこころを惹かれて仏文科へ進学し、その作家を生んだ国をたずね、彼が住んだ土地を実地に見てみようと思い立って、しかしこころは日本にいたときとおなじ普段着のままやって来た。森鷗外のような明治の人間がヨーロッパに学んで国を興そうとした烈々とした大志も、反対にうわべだけ近代化を急ぐ「普請中」の日本を侮蔑した若い荷風のフランスによせた憧憬もなかった。この人たちはドイツやフランスへ行く前から果たすべき任務や慰撫すべき傷ついたこころを持っていた。要するに達すべき目的があらかじめ定まっていた。

ところが、パリに来たわたしには異国への若干の好奇心と未知への不安があるばかりで、ほかにはなにもなかった。だから先人たちと根本的に違うのは、わたしの内面に何かが起こるとしても、すべてはこの土地に来て暮らすなかで始まったということである。人や街との触れあいというよりそれとの「摩擦」から始まったのである。

なにが起きたかはひと口で言えるものではないが、とにかく数年がたって日本へ戻らなければならない日が迫って来たとき、ここを離れる前から感じていたこの国への郷愁は、荷風がもう二度と見ることのないパリを去るときに味わった悲痛な惜別の想いに劣るものではなかった。

あの雨の降る冬の夜に、日本のとはまったく異なる文化の質とその深さに畏怖したところは、パリで数年暮らすうちにこの街を第二の故郷と思えるまでに変わっていた。故郷といってみたが、果たしてこの言葉がふさわしいかどうかはわからない。けれども、もし故郷というのがいつかまたそこにもどって来て暮らしたいと切に思わせる望郷の土地を指すのであれば、パリはたしかにふるさとだった。

そこでの暮らしが具体的にどんなものかといえば、それは簡単なことで、よそからの雑音に煩わされずに自分と向きあって暮らす静謐な生活のことである。前にも言ったように、この街に住むうちに、人びとが他人の目を気にせずに独りで生きることが人間の本来の姿と心得て暮らしている、そういう生き方に気づかされたのである。

それにしても、そんなふうにこの国の人間が自分と向きあう姿勢を身につけるようになったのはどうしてなのか。

おそらくその背景にはキリスト教の影響があったのだろう。キリスト教は、この国に広まって以来、千数百年にわたって魂の救済のためにおのれのこころと行いを見つめるように内省することを義務づけた。信仰が薄れても内省するこころは生き残った。

次に内省を知った人間がデカルトとともに物事を自分の理性で判断して銘々が自分自身の考えを持とうとする性癖を育んだ。生徒に自分の頭で考えさせることを重んじる教育の方針がそれを後押しした。その結果がいまのフランス人になったということが考えられる。

ときどきフランス人の個人主義とわかったようなことを言うのを耳にするが、それが意味するのはせいぜいフランス人は自分勝手で他人に冷たいといった程度の理解である。しかし彼らの個人主義というのは、長年にわたって培われたこの内省と性癖に深いところで繋がっていて、自分勝手というのは自分の考えと生活を持っていることであり、他人に冷たいというのは自分の存在と同様に他人の存在を認めているからなのだ。そしておしゃべりと見えるのは論理的に話さなければ自分の意思を正しく伝えることができないからで、以心伝心という語らずしてこころを伝える日本人の美徳は彼らの知らない非論理である。

こうして自分が自分と向きあって暮らし、そうするには孤独であるほかはないということが人びとの生活態度の基本をなすに至ったのだろう。

その孤独は、内面生活に静寂をもたらしてくれる一方で、ときにはそれとはまったく反対に、荒野にたったひとり取り残されたような存在の恐ろしさに向きあわせることがある。芸術家はその恐怖の極限のなかで仕事をする。ときにはそれに耐えきれずに、わが身を屠(ほふ)るか、わが身を削る苦しみにこう哀願する。

Sois sage, ô ma Douleur, et tiens-toi plus tranquille.
大人しくしておいで、私の「苦しみ」よ、もっと静かにしておくれ

（ボードレール「沈思」、『悪の華』所収）

しかしそれは平凡な市井の人びとのこころのなかにも沁みとおっている。通りにはみ出したカフェのテーブルでおしゃべりに興じるのは、余計なものを切り捨てたこころの孤独

の裏側であり、社交好きと孤独はおなじこころの両面なのである。

いずれにしてもこの街にはそんな生き方をしているものがいるのであって、他人の噂で持ち切りのような日本の暮らしを思うと、パリでの生活を手放すのが無性に惜しくなった。雑音に悩まされる日本にいては味わえなかったひっそりとした生活があることを教えられたのが、結局わたしが留学で得たものだった。

おなじ頃パリに来た友人たちのように立派に博士論文を完成させるかわりに、そんな形のない風みたいなものを携えて帰国したのは日本を発って三年目の春のことであった。

3

それから気が遠くなるほど長い年月が流れた。

いまパリにもどって来て暮らしていると、例のラシーヌを観たコメディー・フランセーズ座のある界隈を歩くことがある。

この街は、歳月とともに老いていく人間とちがって不思議に思うくらい昔と変わっていない。パリのような歴史の古い街は、人間一代くらいの時間が経っても変わったりはしないから安んじてからだを預けて暮らすことができる。

ある日、そんなことを思いながら昔歩いたおなじ街並みを歩いていた。ここで青春を過ごし、年月が経っていまは老年を過ごしている。パリはそんな長い時間を背負って歩いているわたしを「親しげなまなざしで見つめている」（ボードレール「照応」）。他国の人間をそんな思いに誘うくらいこの街に親密な感情を抱くようになったというのも、めぐり合わせの不思議というもので、それがめぐりめぐってわたしの晩年を決めたのだった。

劇場の前を通りすぎた。

そのとなりに美しい回廊をめぐらしたパレ・ロワイヤルの庭園がある。ここはかつて王宮だった建物の中庭で、パリでわたしのお気に入りの庭の一つである。庭をとりかこむ気品ある回廊には、古美術や装飾品や流行に媚びない衣装を売る古い小さな店が、客の姿もなく、ひっそりと並んでいる。

回廊の片隅のカフェで一休みする。オペラ座に近い繁華街のど真ん中にいるのに、静まり返った貴族の館の庭でのんびり寛いでいるような気がしてくる。庭に咲く季節の花を眺め、噴水からふきあがる水が風に散るのを見ていると、ラシーヌの舞台にこころが動揺したことも、黒い壁に怯えた出来事も、もう遠い昔のことだった。

しかしわたしには、あれ以来ずっとこころの底でくすぶっていた問題があった。

あの黒い壁の体験の背後にはラシーヌの芝居があり、わたしはそれに半ば魅了され、半ば撥ねつけられたのだった。ラシーヌはもっとも純粋にフランス的な文学者の一人である。そのラシーヌを生んだフランスの精神の特質とはなにか。それはなにに由来するのか。そうした疑問がラシーヌの舞台を観た夜の体験をきっかけにして、どうしても自分を納得させずにはいられない問題になっていた。

なぜならその答えを知ることは、非ヨーロッパ人でありながらヨーロッパの、なかでもフランスの文化や文学に惹かれてパリへやって来て、今日までその道を一筋に歩いてきた人間にとって、その一生に結ばれた問題だったからである。

＊

その問題に明快な解答を与えてくれたのは、あるとき、たまたま手に取ったヴァレリーの本だった。

そのなかに「精神の危機」（一九一九年）という論文と、それにあとから付け加えられた「付記（あるいはヨーロッパ人）」と題する講演があった。講演がチューリッヒ大学で行われたのは一九二二年のことで、第一次世界大戦が終結した一九一八年から四年がたっていた。

わたしの疑問に答えてくれたのは特に「付記」のほうであるが、論文が書かれ講演が行われた時期は、それが世界大戦の終結から間もないときだった点でとりわけ重要な意味を持っている。なぜならこの時期というのは二千年に及んだヨーロッパ文明が物質的にも精神的にも成熟の頂点に上りつめた時代であり、それが世界大戦によって衰亡するかもしれないことをヴァレリーは予感したからである。

その重要な意味についてはあとでまた触れることにして、ヨーロッパ文明の成熟を文学にかぎっていえば、その頂点を示す代表的な例としてヴァレリー自身の長編詩「若きパルク」と「海辺の墓地」、また彼とおなじ年に生まれたプルーストの『失われた時を求めて』をあげることができる。

どの作品も成熟した文明の先端にあって数百年にわたる詩と小説の遺産を取り込んで書かれた究極の作品といって差し支えない。究極の作品といったのは、あとにつづく作家たちにさらにその先へ探究をおしすすめてそこに新たな成果を加える余地を残さないほど完璧な文学的達成だったからである。いいかえればフランス的精神のもっとも精緻な表現だったのであって、それ以降フランスの文学は、近代文学を代表するこれらの作品を境に明らかに様相を一変させて現代へ向かうことになった。

要するにヴァレリーの詩も、プルーストの小説も、文明の爛熟なくしてはあり得ない近代ヨーロッパの成果だったのである。

ではここで改めて問うてみよう。こうした作品の誕生を可能にするとともに、また広くいって人びとの思考と生活を貫くに至ったフランス的精神の由来と特質はどこにあるのか。ヴァレリーによれば、それはフランスが属するヨーロッパという特殊な地域にかかわる問題だったのである。

もともとヨーロッパというのは、歴史的に見て多くの人種や民族が雑居する地帯だった。さまざまな言語をはなす民族が隣接して居住し、さまざまな土着の神々がそれぞれの地域の民によって信仰される不統一な世界だった。それをヨーロッパとして統合した要因として、ヴァレリーはまず古代ローマ帝国の法制度とキリスト教の影響をあげた。

ご存じの方も多いと思うが、説得力のあるみごとな分析なので重要と思われる個所を次に引用してみたい。

最初はローマの影響です。ローマ帝国が支配したところ、その力が感じられたところ、帝国が恐怖と、讃美と、羨望の的になったところ、ローマの剣の重みが感じられたところ、制度と法律の威厳が、司法の機構と尊厳が認められ、模倣され、ときには奇妙に猿まねされたところ、――そうしたところでは至るところに、なにかしらヨーロッパ的なものがあります。ローマは組織化された揺るぎない権力の永遠のモデルなのです。

（「付記（あるいはヨーロッパ人）」）

これが、古代ローマによる法的統一である。すなわちローマ帝国がその強大な権力と武力を背景にしてローマ法を帝国の全域に行きわたらせ、その法のもとにすべての種族の民を従わせることによって、のちにヨーロッパとなるべき地域を法的に統一したのである。

ヴァレリーはつづいてこう述べている。

次にキリスト教がやって来ました。周知のとおり、キリスト教はローマ帝国が征服した領土のなかに徐々に広がっていきました。〔……〕その範囲は、今日でもなお、帝国の権威が行き渡った範囲とほぼ正確に一致していることがわかります。〔……〕都のなかの都ローマは、最後にはその内懐（うちぶところ）にほとんどあらゆる信仰を認め、もっとも辺境の地の、もっとも雑多な神々と、もっとも多様な祭礼さえも根づかせました。〔……〕

しかしキリスト教は、聖パウロの言葉によれば、ローマで白眼視されていたごく稀な宗教の一つだったにもかかわらず、ユダヤ国家から生まれたキリスト教はあらゆる種族の異教徒たちのあいだに広まっていきました。そしてローマが昨日の敵にローマ市民の称号を授けたように、彼らに洗礼によってキリスト教徒という新たな尊厳を授けたのです。キリスト教は徐々にラテンの権力が行き渡るところに広まっていき、帝国の諸制度を取り入れていきました。〔……〕ここにはすでにほぼ完成されたヨーロッパ人がいます。共通の法に共通の神。おなじ法におなじ神。現世にたった一人の裁き手、永遠の世にたった一人の「裁き手」という具合に。

（同前。以下、引用文中の傍点は原文イタリック）

キリスト教は、ローマ法の遵守が外面的な社会生活に浸透して統一をもたらしたのに加えて、おなじ神への信仰によって人間の内面生活のありように統一をもたらした。それによってかつてのローマ帝国の全域は、法的統一と道徳的統一によって均質化され、将来ヨーロッパとなるべき大地、いわば一個の巨大な有機体に変容したのである。

しかしこの有機体には、まだ頭脳部分、つまり精神にあたるもっとも重要な器官が欠けていた。ここでヴァレリーはギリシアから受け継いだ知的遺産に言及して、この講演の核心となるもっとも熱を帯びた発言をしたのである。

しかしながら、われわれはまだ完成されたヨーロッパ人ではありません。われわれの相貌にはなにかが欠けています。〔……〕われわれに欠けているのは、われわれの知性の最良のもの、われわれの知の繊細さ、堅固さの源となる微妙にして力強いあの原動力です。同様にわれわれの芸術と文学の明快さ、純粋さ、そして品格も、その力に負っています。こうした美質がわれわれにもたらされたのはギリシアからなのです。

〔……〕

われわれがギリシアに負っているものは、おそらくわれわれを人類のほかの地域の人間からもっとも深く峻別するものでしょう。われわれは「精神」の規律、あらゆる分野に見られる完璧さの並外れた手本をギリシアに負っているのです。（同前）

ギリシアこそはヨーロッパを知性の面でヨーロッパたらしめた「精神」の源流だったのである。

またこの一節でわたしの目を惹いたのは、ヨーロッパの文化、ひいてはフランスの文化がギリシアに負っているさまざまな分野の一つ、すなわちその芸術と文学の特質を、ヴァレリーが「明快さ、純粋さ、品格」にあるとしたことである。わたしはこれまでフランスの芸術や文学に接するたびにある特別な印象を感じていたが、それをはっきり特定するには至らなかった。それをヴァレリーはこの三つの特徴をもって定義したのである。わたしは目を洗われる思いがした。たしかにそこにフランス的という語に含意される特徴を見出すことができるからだ。

ところで、ヨーロッパの精神はその規範をギリシアから受け継いでいるといっても、そのギリシアが後世に遺した知的、芸術的遺産は多岐にわたっている。いったいそのなかでヨーロッパの精神がもっとも貴重な規範として受け継いだものは何だったのか。ヴァレリーによれば、それはギリシアが生み出した幾何学だった。

ギリシアの幾何学は、完璧であることをめざすあらゆる認識の不朽のモデルであるだけではありません。それはヨーロッパ的知性のもっとも典型的な特質の比類ないモデルでもあるのです。私は古典芸術を思うとき、その手本としてギリシア幾何学の金字塔をいやでも考えざるを得ません。これを打ち立てるにあたって通常もっとも両立しがたい、もっとも稀有な才能が必要とされました。それを築き上げた人間というのは、忍耐強い、洞察力に富んだ職人であり、深遠な思想家であるだけでなく、完璧さに対して絶妙な繊細さと感覚をもった芸術家でもあったのです。（同前）

文学者でありながら数学や物理学をこよなく愛し、夜明けとともに起きると、黒板に向かって複雑な数式の計算に没頭したという、いかにもヴァレリーらしい着眼である。実際この一節には、ヨーロッパ的知性のモデルとなったギリシア幾何学への並々でない讃嘆の念が込められているが、幾何学という学問の形式は、彼の目にこれまでになかったまったく斬新なものに映っていた。

その斬新さをより具体的に示すために、そこで働く精神のありさまについて彼は次のように述べている。

このほとんど荘厳な形式の斬新さ、その全体の構想においてこれほど美しい、これほど純粋な斬新さというものを考えていただきたい。「精神」が働くそれぞれの契機のこの見事な分割を考えていただきたい。理性のそれぞれの行為が明確にその場を与えられ、それぞれが明確に他と区別されるこの驚くべき秩序の感覚を考えていただきたい。ここにはすべての要素が目に見え、すべての要素がそれぞれの機能を発揮している神殿の構造、静止した機械を思わせるものがあります。（同前）

ヴァレリーはこのギリシア幾何学の整然とした体系から、おなじく厳密に考え抜かれた神殿の構造を連想した。さらにその構造の各部分を比喩的に使って、幾何学的精神についてこんどは次のように述べている。

目は負荷とその支え、負荷がかかる各部分、総量とそれが均衡をとるための手段を眺める。目はこれらの見事に積み上げられた総量を苦もなく分割し、統御する。するとその大きさそのものと強度はそれぞれの役割と容積にぴったりと適合します。これらの円柱、柱頭、台輪、柱の上部飾りとその各部分、それぞれの場所と適合性を逸脱することなくそこから演繹的に導き出される数々の装飾といったものを見ていると、私は、かつてギリシア人が構想したようなあの純粋科学の構成要素である定義、公理、補助定理、定理、派生定理、不定命題、問題を思い浮かべるのです……。それはすなわち目に見えるものとなった精神の機械、完璧に描き出された知性の建築そのもので

あり、――「言葉」によって「空間」に建立された神殿、しかしそれは無限に建立されつづける神殿なのです。（同前）

かくして、それまで非ヨーロッパだった地域は、ローマの法律とキリスト教の浸透に加えて、ギリシア幾何学に十全に実現された「精神」を受け継ぐことによって、ヴァレリーが考えるヨーロッパへと脱皮したのである。

以上が私が見るところ、真のヨーロッパ人、ヨーロッパ的精神がそこに余すところなく宿っている人間を定義すると思われる三つの本質的条件です。カエサル、ガイウス、トラヤヌス、そしてウェルギリウスの名が、モーゼと聖パウロの名が、アリストテレス、プラトン、そしてユークリッドの名が同時に一つの意義と一つの権威を持ったところ、そうしたところであれば、至るところそこはヨーロッパなのです。相ついでローマ化され、キリスト教化され、そして精神についていえば、ギリシア人の規律に従うことになったすべての人種、すべての土地は絶対的にヨーロッパなのです。（同前）

「絶対的にヨーロッパ」であると言い切ったところにヴァレリーがみずからの分析に抱いた確信が感じられる。

しかしそれにも増して自分自身がヨーロッパ人であること、すなわち彼がなによりも称揚したあのギリシアの幾何学的精神を生まれながらに身に宿したヨーロッパ人であることへの誇りが行間に感じ取れるような結語である。

じつをいうとわたしは、一九二二年に行われたこの講演を読んだとき、なぜヴァレリーがここまでヨーロッパ的精神の起源とその特質の探究に力を入れたのか、そのわけを推量せずにはいられない気持ちになった。

いまも言ったように、この講演は「精神の危機」にヴァレリー自身が「付記」として付け加えたもので、その二つが全体で一つの論考を構成している。したがってこの探究の背後には第一次世界大戦によるヨーロッパの破壊があり、それを目の当たりにしたことで自分の精神的ルーツであるヨーロッパ文明の衰亡が予感されて、その危機感からヨーロッパ人というものの由来と実像を見極めておきたいという切実な関心が彼のうちに芽生えたのではなかったか。そうわたしは推量したのである。

もしそうだとすれば、「ヨーロッパ人」とも題されたこの講演は、ヨーロッパ文明のほかの文明には見られない卓越性への頌歌(しょうか)であると同時に、衰亡の予感にみちた挽歌と受け取ることも許されるだろう。

実際ヴァレリーは、ヨーロッパ文明とヨーロッパ的精神の起源と特質を問うに先立って、その精神が戦争とその後の世界の混迷によってほとんど致命的な傷を負ったことを深く憂慮して、講演の冒頭でこういう前置きを入れていた。「どういう点で精神は世界の現状によって傷つけられ、打撃を受け、おとしめられ、辱められているか。〔……〕われわれがいま語らなければならないのはそのことなのです」(同前)

これが、ヴァレリーが講演に臨んで抱いていたもともとの意図だった。そしてこの焦眉の問題を、そのあとほぼ二十年の長きにわたって論文と講演を通して考察し、事態の重大さを同時代の人びとに訴えつづけることになった。その異常なまでの執念を思うとき、この講演の意義の射程は大きく伸びて、ヨーロッパ的精神が「危機」に陥ったあとの、わたしたちが生きている現代の世界にまで達しているのを感じないわけにはいかなくなった。

その世界というのは、現にわたしたちが見ているとおり、ヨーロッパ文明の危機のはるかな後遺症として、政治と経済の世界的混乱、個人生活の知的低迷、自然環境の破壊など、もろもろの問題が露呈する世界である。現代にまでおよぶその射程を読み取って、わたしたちが置かれている現在の知的、社会的な状況を見つめ直すことはヴァレリーが未来の読者にゆだねた責務であるように思われてならない。彼の講演の重要な意味といったのはそのことなのである。いまはそれだけ言っておいて、この問題については「機械文明のなかの人間」の章で改めて取り上げることにしたい。

ここで本題にもどって問題のフランス的精神に話を移そう。

結局それは、このヨーロッパ的精神が、フランスの多様な民族構成と多様な風土（第六章で後述）とによって特殊化された幸運な一変容と捉えることができるだろう。そのフランス的変容の質は、イタリア、スペイン、ポルトガルといったほかのラテン諸国の場合と比べても双方の違いが一目でわかるほど歴然としている。

フランスにおけるその具体的な顕現として最初に頭に浮かぶのは、美術の分野では、フランス各地に残る中世の大聖堂であり、パリのサント＝シャペル礼拝堂であり、「アヴィニョンのピエタ」であり、ロワール川周辺の城館であり、ニコラ・プッサンのいわゆる英雄的風景画であり、フラゴナールの風俗画やシャルダンの静物画、ついには印象派の絵画と枚挙にいとまがない。

一方、哲学の分野でいえば、一六三七年に世に出たデカルトの『方法序説』である。これはフランス的精神が哲学の分野で最初に発揮された記念すべき画期的な成果であり、それが後の思想や文学に与えた影響の深さ、大きさはあらためて言うまでもない。ついでに言えば、それから三十年後の一六六七年に、例のラシーヌの悲劇『アンドロマック』がパリで初演された。これもまたフランス的精神を抜きにしては考えられない「明快さ、純粋さ、品格」を備えた傑作なのである。そのわずか三年後に出版されたパスカルの深遠きわまりない『パンセ』についてもおなじことが言える。

わたしはヴァレリーの分析を読み終えて、長いあいだ温めていたフランス的精神をめぐる問題が氷解するのを感じた。そして今更のようにその精神が成り立つに至った歴史の深さを思い、どこまでも明晰と厳密を求めて止まない精神の強靭さに目をみはった。

しかし同時に、わが身をふりかえってこの幾何学的精神を共有していないことをつくづく実感させられた。たしかにその精神を意図的に学ぶことはできる。しかし非ヨーロッパ人である日本人としてそれをその血のなかに宿していない。非ヨーロッパ人であるわたしたちは方法の規範としてヨーロッパ的精神を受け入れることはできる。なぜなら方法の規範としてのヨーロッパ的精神は普遍的でありうるからだ。ヨーロッパでない地域、たとえば日本でその精神のもっとも顕著な発現である科学についていえば、幕末あるいは明治時代からその受け入れが始まり、現代に至ってヨーロッパに優るとも劣らないめざましい成果をあげていることは人の知るとおりである。

しかし文学や芸術となると、ヨーロッパ人を見習ってその本質を吸収し、自分のうちに根づかせることはどんなにあがいても無理なのだ。からだに染みついた日本的ななにかがそれに抵抗しさえする。厳密にいえば、幾何学を創始したギリシア人の知性と感性、またその幾何学的精神を受け継ぎ、それに育まれて形成されたヨーロッパ人の知性と感性は彼らだけのものなのだ。

ギリシア彫刻の気品ある美しさ、パルテノン神殿の神々しさ、ギリシア悲劇の崇高さを考えてみればいい。これらは模倣しようのない究極のものである。おなじことがフランスについても言えて、その例にパリとシャルトルの大聖堂や、いまも名をあげたシテ島のサント＝シャペル、またヴェルサイユ宮殿をあげることができる。

文学で言えば、ラシーヌをはじめとして、ラファイエット夫人も、ラ・フォンテーヌも、モンテスキュウも、ヴォルテールも、スタンダールも、バルザックも、フロベールも、ボードレールも、ヴェルレーヌも、ランボーも、プルーストも、そしてヴァレリー自身も、フランス的精神を分かち持った作家であり、彼らが生んだ真に多様な作品はどれもが、ある究極のものを持っている。それはフランス的精神と個人一人ひとりの天才的な資質の融合がもたらした唯一の作品なのである。

いま思うと、はじめてパリにやって来て、あの冷たい雨が降る冬の夜、ラシーヌの舞台を観て撥ねつけられる思いをし、そのあと巨大な石造の建物に圧倒されたとき、わたしはそうとは気づかずにこの絶対的にフランス的なものに遭遇していたのだった。あの晩わたしが黒い壁の前でおぼえた一種の恐怖感は、この究極のものが吹き入れた感情だったのである。

幸いというべきか、その感情もはるか昔に消えて、いまでは日常のなかで、なにかの折に優れたフランス人に出会ってその知性に打たれるとき、あるいは知性の結実である古今の作品を読むとき、フランスの歴史と文化の深さを改めて思う。その深さゆえに他者であるほかはないこの国の人びとにこれまでになく親しみと敬愛を感じる。わけても彼らが生み出した作品のほかに還元しようのない質の高さにすなおに感歎する。

こうしてわたしは、命の夕暮れにあって、若い頃にめぐり合ったフランスという国と、その文化と、パリの街を、いまはあるがままに見ながら愉しむ日々を送っている。

そんな日々のなかで、ふと自分のなかに宿っている日本人を感じることがある。ヴァレリーやプルーストの精緻な上に品格と優美を兼ねそなえたフランス語の散文を思いながら、日本語で文章一つ綴るときでも、その日本人が目を覚ます。それがペン先にのりうつる。そのときわたしは日本人であることを意識させられ、てにをは一つ書くにも日本人の感性が働き、そこに日本語に独特の感覚が息づくのを感じる。それが万葉や源氏からつづく日本語の伝統の力というものなのかも知れない。日本人であることの根深さを知るのはそんなときであって、そのことに気づかせてくれたのは日本を遠く離れたここパリでの生活だった。

もし仮に日本的精神というものが存在するならば、その由来と特質とは何だろうか。日本人の知性と感性はどんな性質のものなのだろう。そしてわたしたちが身うちに宿すそうした内的な資質が築いた日本の文化とはいったいどんな種類の文化なのか。

日本を愛する一人としてその答えを切望せずにはいられない。願わくは、いつの日か、わたしたちの存在にかかわるこれらの問題を、ヴァレリーのひそみにならって、明快に解き明かす人の現われんことを。

3 パリは沈まない
――戦争、レジスタンス、そしてテロ事件

1

家の近くの道端に、小さな花束が置かれているのに気づいたのは、おだやかな秋晴れの日の午後のことであった。

その日わたしは、オペラ座界隈で用事をすませると、ルーヴル博物館の脇を抜けてセーヌ川の川岸に出た。川面(かわも)の上いっぱいに視界が開けた。今日はこのまま川沿いの道をのんびり歩いて家路につくことにしよう。パリでわたしの好きな散歩道なのである。

晴れ晴れとした天気に誘われてそんな気分になったのも久しぶりのことだった。秋の空は吸い込まれるかと思うくらい澄み渡っている。その空にむかって川岸のプラタナスの並木が競いあうようにそびえている。風に揺れる葉の茂みはもうすっかり黄色く色づいて、透明な秋の光のなかにあった。

遠くセーヌ川の向こう岸に、エッフェル塔が優美な曲線を描いて立っている。そのまわりの樹々も、青い空のなかに黄葉して印象派の油絵を見るようだ。

深まってゆく秋の光は、季節の衰えを前にしてどこまでも静かに満ちていて、その光を浴びて、こがね色に色づいた樹々の葉はこの一年の最後の命を輝かせていた。

高台にあるシャイヨー宮の下まで来ると、夏には水を噴きあげる噴水のまわりに観光客がたむろしている。わたしはそこでセーヌ沿いの道を離れて、噴水を右手に見ながらゆるい坂道をのぼって街なかに入った。

このままパッシー通りを行けば、わが家のある街はもうすぐそこだ。いつも犬を散歩させる勝手を知った街角が見えてきた。

その街角まで来て、裏通りの道端で、あの小さな花束に気づいたのはまったくの偶然だった。いつもだったら地下鉄の駅から地上に出て、にぎやかな表通りを歩いて帰って来るところなのだ。

もともと人通りの少ない通りだけれど、花束が、舗道の隅に、建物の壁に凭(もた)せかけてあるのに気がついて立ち止まる人もいなかった。

わたしは足をゆるめた。どうしてこんなところに花束が、と不審に思ったけれど詮索しようもなくて、こころを残したまま家にもどった。

学校は先週から秋の休みに入っていた。

秋の休みと言ったのは、十一月一日の万聖節の祝日をはさんで二週間ほどの休暇のことである。

パリに来てからこの国の祝日にも慣れてきたが、万聖節というのははじめて知ったフランスの休日だった。ラ・トゥッサン La Toussaint、日本語でいえば、すべての聖人を意味することばで、諸聖人の祝日のことである。その日は、カトリック教会ではかつてキリスト教のために命を捧げたあらゆる聖人や殉教者の遺徳を讃えるために正式なミサが行われる。ヨーロッパのほかの国々とともに、カトリックの盛んなフランスがこの日を祝日に定めたのも当然のことで、敬虔な信者もそうでない人も、この日が来ると、翌日の十一月二日が死者の日ということもあって、思い思いに死んだ身内のものが眠っている墓地に出かけて墓に花を手向ける。そして死者たちの冥福を祈るのが習慣になったのである。亡き人を偲ぶこころに洋の東西はないということだろう。

ふとわたしは遠い子供のころのある情景を思い出した。

夏の盛りのお盆が来ると、祖母と母は、夕方になるのを待って、家の前に焙烙（ほうろく）という素焼きの平たい器を置き、そこにおがらの茎を載せて燃やし、迎え火にしたものだった。

祖母は、その火の上を、なんどもまたぎながら、

「この火の明かりでお盆ござれ。この火の明かりでお盆ござれ」

と低い声でくりかえし唱えた。こうしてお盆のあいだだけあの世からもどってくるという祖先たちの霊を、道に迷わないように小さなかがり火を焚いて家に迎え入れるのである。

薄暗くなった夕暮れのなかに、燃えやすいおがらの火がぱっと赤く燃え上がり、すぐに白い灰になってゆく。その情景がまるで昨日のことのように思い出される。幼いわたしも

祖母のまねをして、小さな足でその火をなんどもまたいだ。それから、おがらの火をろうそくに移したのを消えないように手で囲って、家の仏壇のろうそくに火を灯した。

仏壇には野菜や果物などの季節のものが供えられた。艶やかな茄子の腹に、四本の短く切った割り箸を差して馬の形にしたのもあった。この馬に乗って遠い冥土にお帰りなさいと、亡くなった人たちをいたわってあげるのですよ、と母が言ったのがまだ耳もとに残っている。


今日はその万聖節の日だったのだ。それで花が道端に供えてあったのだ。が、それにしても、なんであんな場所に花が供えてあったのだろうか。

翌日、もういちどその街角に立った。

花が供えてある通りの角の建物の壁に、ラ・ミュエットという町名を濃い青地に白い文字で記したプレートが取りつけてある。この名は地下鉄の駅名にもなっていて、この界隈ではよく知られた地名である。しかしそのプレートにテープでバツ印が付けてある。この町名はいまでは廃止されたことを住民に知らせる印なのだろう。

その下に別の新しいのが取りつけてあった。

マリエッタ・マルタン街。

それが新しい街の名前だった。まったく知らない女性の名だ。ところが、町名の下につぎのような短い説明がついていた。

「マリエッタ・マルタン。一九〇二—一九四四。レジスタンスの運動家。女流詩人。強制収容所に監禁されて死亡」

そのときかすかな痛みのようなものが、一瞬、胸のうちを走った。

マリエッタは、レジスタンス運動に参加した女性で、その戦いの渦中で短い命を落とした人だったのだ。第二次世界大戦のさなか、いまわたしが住んでいるこの界隈で対独抵抗運動に加わってナチス・ドイツのゲシュタポ、国家秘密警察の手で捕らえられ、強制収容所に連行されて、この女性は命を奪われた。いまから七十五年前のことになる。

戦争が遠い記憶になって薄れてゆく。だが、それだけの月日がたっても、この万聖節の日に、祖国のフランスのために命を落とした女性を思って、だれか知らないフランス人がその名の下に花束を供えて行ったのだ。

わたしは偶然知ったこのマリエッタという女性の生い立ちや生前の活動をもうすこし知りたくなった。以下に記すのはわたしが知りえたことのあらましである。


マリエッタは一九〇二年十月四日、北の街アラスに生まれた。四歳のとき、雑誌 Courrier du Pas-de-Calais の編集長だった父アルチュール・マルタンを喪った。

一九一四年八月、第一次世界大戦が始まってフランス北部がドイツ軍の攻撃を受けたとき、母と姉妹のリュシーとともにパリに逃れて来てここ十六区に避難した。そしてその地区のリセ・モリエールに入学した。

先日わたしはその学校がいまも現存していて、古くなった校舎もおなじ名で使用されているのを確かめてきた。卒業後、医学部に進学するが、のちに文学部に移った。多言語に堪能で、比較文学を専攻した。やがて肺を病んで、一九二七年から一九三一年までスイスのサナトリウムで療養生活を送った。

一九三八年、フランソワ・カプチーフ François Captif の筆名で詩集『さらば、時よ』をまとめた。一九三九年には、それまでのエッセイを集めて作品集『解放された子供時代』を編集した。

その年、第二次世界大戦が勃発した。やがてフランスがドイツに休戦協定を申し出て、国土の北半分をドイツ軍に占領されると、レジスタンス運動 La France continue に参加した。また秘密文書を発行する編集長ポール・プチ Paul Petit を助けて、十六区のラソンプシオン街三十四番地の自宅を編集室として提供した。一九四一年から翌年にかけて十二号まで数千部を刊行した。

一九四二年二月七日から八日の夜にかけて、ゲシュタポによって家宅捜索を受け、マリエッタが書いた政治文書「ド・ゴールとともに、イギリスとともに」が押収され、逮捕された。罪状は秘密出版の編集と配布、ならびに国家解放運動の活動家というものだった。

三月十六日、ドイツに強制的に送られ、一九四三年十月十六日、死刑宣告を受けた。ケルンの刑務所に収監されるが、衰弱のため担架でフランクフルトへ移送され、一九四四年十一月十一日、その地で死去した。

フランス政府は、ナチス・ドイツが崩壊したあと、マリエッタにレジオンドヌール勲章と戦功章を授与した。そして一九四九年、彼女の遺体をパリに送り返し、クリシーの墓地に儀杖礼をもって埋葬させた。

　また政府は、この戦争でフランスのために犠牲になった百五十七名の文学者たちへの敬意を記した記念プレートに彼女の名を刻して、フランスの偉人たちを合祀するパンテオンにおさめた。

　こうしてマリエッタの短い生涯が二つの戦争に翻弄されるかたちで浮かび上がった。それから数日して、かつて彼女が住んでいたラソンプシオン街三十四番地を探し当てて、家の前に立った。わたしの住まいから歩いて十分とかからない場所だった。

マリエッタ・マルタンの記念プレート。
プレートでは死亡日が11月12日となっている。
撮影＝保苅弘美

　建物の正面の壁に、つぎのような記念プレートが取りつけてあった。

「マリエッタ・マルタン。（一九）四二年二月八日、ここで逮捕され、フランスのためにフランクフルト・アム・マインで死去」

「ここで逮捕され」の文字が生々しい。わたしが住んでいるこの静かな住宅街が、ほんの一瞬、不穏な空気に包まれた占領下の街に変わった。おそらくゲシュタポの目がどこかに隠れていて、市民の動きをきびしく監視していたにちがいなかった。

いや、実際にそうだったのだ。そしてごく普通の市民がレジスタンス運動の一員として潜んでいて、いざとなればドイツの国家警察を相手に命の危険を冒して戦ったのである。たしかにフランスでは戦場で兵士と兵士が戦うのだけが戦争ではなかった。ヨーロッパは国と国が国境を接して隣り合っているから、いったん戦争となれば、いつ敵の兵士が家の戸口を押し破って侵入してくるかわからない。一家のものが捕らえられ、虐殺されるか知れないのだ。自分の住んでいる街がいつ戦場と化すかもわからずに、その恐怖のなかで息を殺して生きることが市民にとって戦争というものだった。マリエッタは身をもってそれを経験したのだった。

しかもヨーロッパでは、ある国が相手の国を占領し、その国を支配下におさめて併合し、最悪の場合、自分の祖国が消滅させられることもある。現に第二次世界大戦の際に、東欧はそうした危険に晒され、強国のエゴイズムに国の運命が翻弄された。ヨーロッパでは戦争の歴史は、敵国の征服と敗れた国の併合あるいは消滅の歴史なのである。あの強大な権力を誇った古代ローマ帝国でさえ、おびただしい国々を征服して巨大化したあと、最後には潰（つい）え去った。

わたしは真昼の街角に立っていた。この日も、あたりには秋の午後の平和な静かさが満ちていた。それが、無意識に、占領下にあったこの街の不気味な静寂と重なりあった。

2

　こうして偶然マリエッタの生涯を知ってから、わたしはおなじ戦時下のパリで、人びとがどんな思いで暮らしていたのか、その暮らしと思いをもう少し探ってみたくなった。

　といって仮寓も同然の住まいに特別な資料がそろっているわけではない。たまたま手もとに、いま読んでいるポール・ヴァレリーに関するかなり詳しい年譜があった。これはプレイヤード叢書の彼の『作品集』のために、娘のアガート・ルアール＝ヴァレリー夫人が父の未公開の覚書、手紙、帳面(カイエ) cahiers などを資料に編纂したものである。

　ヴァレリーは二十世紀の二つの戦争をどう生きたのだろうか。それを知ることは、あとにつづく幾つかの章で見るとおり、彼がこれらの戦争で破壊された現代世界の混乱を憂慮してそれに強い関心を寄せることになった状況や背景を知る一助になるかもしれない。そこでその年譜とほかの資料を手がかりに、戦時下における彼の生活と行動をたどってみることにした。


　第一次世界大戦が始まった一九一四年は、ヴァレリー四十三歳の年である。

　もう若くはなかった。しかし若い頃からの友人だったアンドレ・ジッドやピエール・ルイス、あるいは同い年のプルーストが積極的に作品を発表していたのとは対照的に、彼のほうはあまり人目に付かない雑誌に幾篇かの詩（のちに『旧詩帖』に収められる）を載せたり、『テスト氏との一夜』（一八九六年）や、レオナルド・ダ・ヴィンチに関する論文（一八九五年）などを発表したのを除けば、世間的には表立った仕事をほとんどしていないのに等しかった。

しかし傍目（はため）には無為とも思われかねないこの状況には理由があった。一八九二年、ヴァレリー二十一歳の秋、はげしい恋愛の危機を経験したあと、今後は感情に左右されない精神の厳密な行使による仕事のほかにはいっさい信を置くまいとする若くして抱いた決意の結果だったのである。世にいう「ジェノヴァの夜」の出来事である。その決意のもとで試みられた若干の詩や散文作品は、発表するためというより自分のために書かれたものだった。だから世間の目には無為に映ろうとも、彼がいたずらに時を過ごしていたのでないことは明らかで、詩や散文のほかにもおびただしい冊数の帳面（カイエ）というのを残している。

このいわゆるカイエは、一八九四年、二十三歳のときから最晩年までの五十一年間、夜明けとともに起きると、数式で埋め尽くされた黒板のある部屋に籠って数学や物理学の問題に没頭する一方、精神を集中させて思索したことを毎朝記録したものである。その記録は二百六十一冊にのぼる膨大な量のノートとなって残されて、彼の思索の全貌を伝える知的「大全」を成すに至った。

しかしここで見ておきたいのは、彼の詩でもそのカイエでもない。いまも言ったように、ヨーロッパの政治情勢が緊迫するなかで勃発した二つの世界大戦の日々を、彼が一市民としてどんな思いで過ごしたか、また「ヨーロッパの知性」として混乱する現代世界の状況を分析し、それにどう対処すべきかを問いつづけたヴァレリーの内面の動きとその行動である。

一九一四年七月、妻のジャニーが湯治に行っているゾリアンタル県へむかう旅先から兄のジュールにこう書き送っている。

「ここは雨と霧ばかりでほかにはなにもない。……いちばんやり切れないのは戦争のうわさがひきおこす胸を絞めつける不安だ。……もしこの傾向がこのまま勢いを増していけば、三週間としないうちに一千万の人間が戦争に駆り出されて、ヨーロッパ全体の崩壊が始まるのかと考えると不思議な気持ちがする。だれがどんな結果を期待するにしても、それは苦心と起こりうる破壊に釣り合うものではない」

ヴァレリーが四十三歳にしてはじめて知った戦争に対する「不安」である。やがてその不安は、戦争によってフランスのみならずヨーロッパの文明全体が早晩衰亡するかもしれないというもっそう深刻な不安へ深まっていき、「精神の危機」（一九一九年）をはじめとするその後のヴァレリーの仕事の性格を決定することになるだろう。

八月に入って、ドイツはフランスに宣戦を布告した。

ヴァレリーは旅先でそれを知ると、軍隊手帳を持参して来なかったことに気がついて居ても立ってもいられない気持ちになった。もし召集令状が届いても、その手帳がなければ直ちに召集に応じられないからである。戦争を愚劣と思う一方で、自分だけがむなしく取り残されることに深く思い悩んでいたのである。

そのときの気持ちを、友人のアンドレ・フォンテナス（奇しくもこの詩人はいまわたしが住んでいる建物で生涯を終えたことが入口の記念プレートに記されている）への手紙に、「この海の泡と青さとおなじくらいなんの役にも立たずにいると感じることが日に百回も私を苦しめる」と書いている。しかしまた、それにつづけて、「その上この戦争は長びくように思われる。ヨーロッパ全体が解放されなければならないのだ」とも書いている。

　おそらくヴァレリーはいま自分が生きている二十世紀初頭のヨーロッパがその長い歴史のなかで文明の頂点に達していると感じていたのだろう。そしてもしヨーロッパ各国がこのまま戦争をつづければ国々は深く傷つき、ひいては文明そのものが衰亡を免れないことを見通していたのだろう。それゆえ開戦と同時にいち早くヨーロッパ全体の解放を願ったのだ。

　十月、単身パリにもどってきた。「パリは様子がおかしい。〔ブーローニュの――以下、特に断りのない場合、〔　〕内の注記は引用者注〕森の入口で、鉄柵が板で覆い隠されている。改札口のような入口を通り抜けると、美しい堀が防柵で囲われている」

　ちなみに彼が住んでいたパリ十六区のヴィルジュスト街（現在のポール・ヴァレリー街）四十番地はブーローニュの森から一キロメートルと離れていなかった。

　一九一五年、ヴァレリーは相変わらず召集されることを予期して家に籠り、「修道僧」のような暮らしをしながら待機した。その間必死に仕事に集中することで自分をおしつぶす焦りと緊張に耐えていた。

「私は私の気紛れな頭が許すかぎり仕事をしている。そうやって戦争の強迫観念と明日に対するこの緊張から免れている。その緊張は、それが自分に課したなにか具体的な問題に向けられなくなると、無益で愚劣な消耗になるばかりだ」

　ここで仕事と言っているのは、おそらく一九一二年ごろから旧友のジッドに勧められてこれまで書いた詩をガリマール社から出版する計画のことと思われるが、そのために旧作に手を入れる一方で、あらたな詩の制作にも着手した。

　七月、その仕事と、そんな仕事を戦争のさなかにしている自分について、妻への手紙でこんどはこう書いている。

「こんな時期にろくでもない詩を苦労して書いているのを私はひどいことだと思う。爆弾を作ったり落としたりする代わりにということだ。世の終わりが来ても、自分がやっているドミノの試合が終わるまではほかのことにはいっさい目もくれない人間がいつの世にもいるものだ……。しかしこういう厄介な一行十二音節の詩を作ることが二十軍団の兵士が戦いあう勝敗の決まらない戦闘とおなじくらい大事なことであるのを証明する方法はいくらでもあるのだ」

　戦争のさなかにこんな詩を書いているのを「ひどいこと」と感じるのが彼の本心ならば、それがまた大規模な戦闘に劣らない「大事な」ことだと思うのも真実の感情であって、その二つの思いのあいだに矛盾するものはなかった。谷崎潤一郎が、戦争中に軍部による発禁処分にもかかわらず、というより軍部が彼の文学を戦時にあるまじき軟弱なものと見て発禁にしたことに反発して、密かに『細雪』を書きつづけた不幸な状況とそれはあまりに対照的だった。

　ここで少し注釈を入れると、この「厄介な」詩というのは、いまもいったように、あらたに書き始めた長編詩「若きパルク」のことで、数百枚もの下書きを書きすてた末にそれがようやく書きあがった。

一九一七年一月二十二日、凍りつくような厳冬の夜、ヴァレリーは訪ねて来たピエール・ルイスに、暖炉の火のそばでその詩を読んで聞かせた。四年におよんだ精神の苦闘が実を結んだのである。

四月二十八日、ガリマール社から初版が刊行され、翌日、友人で詩人のレオン＝ポール・ファルグはこの詩の朗読会を催した。「幸い私は舞台の袖にいて、聴衆のむき出しになった恐ろしい顔の上に自分を見なくてすんだ。それから男たちや女たちのどよめきが起こった」とヴァレリーは記している。

また詩の成功についてはこう書いている。

「この詩の晦冥(かいめい)さが私を光のなかに立たせた。そのどちらも私の意志の結果ではなかった。しかしそれが私を社交界に引きずりこむ、というか誘いこんで毎日のようにそこで気晴らしをする羽目になったことには変わりない」

実際ヴァレリーは、この詩の成功によって方々から誘いの声がかかり、社交界にも出入りするようになった。なかでもミュルフェルド夫人邸へは日ごとに訪れて、政治家、外交官、作家、芸術家、またパリ社交界の名士といった当時の著名人たちと出会うことになった。たった一篇の詩や見事な散文、あるいは卓越した才気が、ある人のその後の人生を決定するということは、人間の価値を地位や富でなく知性によって判断する文明の世界ではよくあることで、懸賞論文の『学問芸術論』で認められたルソーや持ち前の才気で一躍パリ社交界に頭角をあらわしたレスピナス嬢とともに、ヴァレリーの場合もその一例にほかならない。

しかし有名になったからといって戦争に対する憂慮が薄れたわけでないのは言うまでもないことで、その年つまり一九一七年の十一月十一日、召集されることになった甥のジャン・ヴァレリーに「あの奮起と諦めの矛盾した成分の配合薬というこの世でもっとも貴重なもの」を身につけるように諭している。

その上でヨーロッパが弱体化してみずから崩壊して行こうとしている現状についてこう書いている。「だれもわれわれがどこへ向かっているのかわからない。この無知は神々の恵みである。今日のヨーロッパは持続の相貌と不変の外見をほとんどすべて破壊し尽くして、いまや一個の人間と同様にあらゆる脆さを持っている」

ここに示されたヨーロッパの衰亡に関する認識は戦争終結のあとに発表される「精神の危機」に引き継がれて、この論文の冒頭近くにある「われわれは、一個の文明が一個の生とおなじ脆さを持っていると感じている」という一文を生み、すべての文明は滅びるという彼の認識に発展していったことを指摘しておこう。

一九一八年一月三十一日、ヴァレリーは家の窓から、隣家の庭に爆弾が落下するのを見た。「家にむかってまっすぐ流れて来る巨大な天体を眺めていたとき、束になった火花が私の視界を横切った。爆発！　月光の下で煙が立ちのぼる」

三月二十三日、百キロメートルの射程距離をもったドイツ軍の巨大なベルタ砲がはじめてパリを砲撃した。ヴァレリーは危険を察知して子供たちをパリから避難させた。

そのあと彼は何年も眠っていた古いカイエを開く。

「これは私の最良の年月の仕事だ。私は仕事といって、作品とはいわない。作品はそのなかに潜在している。しかしそれを発見できるのは私の目だけなのだ。もしこのささやかな貯えを失うことになれば、もう二度とそれを作り直すことはできない。なぜならそれは幾千もの瞬間を表現しているからだ」

パリは相変わらず砲撃の危険に晒されていた。「急激に募ってくる心痛のなかで一息つくためには理性で自分を抑えなければならない」と自らを諭した。

六月、一九〇〇年以来、彼が長年秘書を務めていたアヴァス通信社の幹部だったエドゥアール・ルベーとともに英仏海峡のイール＝マニエールに避難し、ついで九月になって家族がいるブルターニュへ行って彼らと合流した。

七月、フランス軍、イギリス軍、また前年参戦したアメリカ軍の攻撃の前に、ドイツ軍は敗北の色を濃くしてゆく。

十月、ヴァレリーは翌十一月十一日のドイツとの休戦協定の調印を待たずにパリに戻ってきた。

パリは戦勝に沸きかえっていた。彼は群衆がコンコルド広場に集まって熱狂するありさまを見た。しかしその胸のうちは民衆の興奮とはおよそかけ離れた不安な気持ちに包まれていた。休戦から四年たった一九二二年十一月に彼はある講演を行っているが、その冒頭、戦争がもたらした不安についてこう語っている。

嵐は通り過ぎました。しかしながらわれわれは、まるで嵐がこれから襲ってくるかのような不安と心配にとりつかれています。人間に関するほとんどいっさいのことが恐ろしく不確かな状況に置かれています。われわれは消滅したものを眺める。その消滅したものによってわれわれはほとんど破壊されてしまったのです。これからなにが生まれて来るか知りませんが、それを恐れるだけの理由は十分あるのです。われわれの希望は漠然としていますが、〔……〕しかし混乱と疑惑はわれわれのうちに、われわれとともにあります。（「精神の危機」につけられた「付記（あるいはヨーロッパ人）」）

一九一九年七月十四日、シャンゼリゼのバルコニーから勝利の凱旋行進を見物する。

こうしてヴァレリーは、休戦を迎えると、同時代への不安を抱えたまま、人生後半の執筆と講演によるもっとも活動的な時期に入った。その活動は、両大戦間とそのあとにつづく第二次世界大戦中のドイツ軍によるフランス占領時を含めて、その最晩年に至るまで途切れることはなかった。その間に幾つもの要職に就いて、ヨーロッパの知性としてほとんど休む間もなく働きつづけることになった。

そのあらましを記すと次のとおりである。

一九二四年十月十二日、アナトール・フランスの死によってペンクラブの会長に就任する。

同年十一月、アカデミー・フランセーズに立候補し、翌一九二五年十一月十九日、当選が決定する。

一九二六年八月、レジオンドヌール四等勲章を授与される。これ以後、時を追ってより高位の勲章を授与される。

一九三三年七月、地中海大学センターがニースに創設され、十二月一日、その理事に就任する。

一九三五年四月、ニースにおいて国際連盟の芸術・文学委員会の第五次会期の司会を務める。

一九三七年十月、コレージュ・ド・フランスの詩学講座担当の教授に就任し、十二月十日、あふれる聴講者を前にして、開講記念に「詩学とはなにか」に関する講義を行う。

これらの役職に伴う仕事のほかに、依頼された原稿の執筆と、フランス、イギリスおよびヨーロッパ各地に招かれて、それこそ数え切れないほどの講演を行っている。


ここで年譜にもどる。

一九二〇年六月一日号のＮＲＦ誌に新しく書かれた詩篇「海辺の墓地」が掲載された。

翌一九二一年三月十七日号の雑誌 Connaissance が行ったアンケートで、ヴァレリーは七名の現代詩人のなかでもっとも偉大な詩人に選ばれて名声はいっそう高まった。

一九二四年四月、ミラノとローマで講演する。ムッソリーニと面談し、現在の知的状況についてイタリア語で語り合う。妻への手紙にはこう書かれている。「きのうはウフィッィ美術館を見た。今日はファシストたちが歓呼してムッソリーニを迎えるのを見た。それから河岸で人形劇を見たが、大いに愉しませてくれた。この三つの事柄がローマのすべてだ。ローマは人間喜劇と神々の喜劇のえり抜きの舞台だ」

六月二十四日、ベルクソンと語り合う。彼は、「〔一八〕九〇年にそれまでの考えをすべて白紙に還元して、記憶を研究することによって体系を作り始めた」ことを語った。一方ヴァレリーのほうはその二年後、つまり一八九二年に、彼自身の哲学の構築に着手したことを告げてこう言っている。「そして私はその方法として精神にかかわる事柄を見る私の見方にしか信を置かないことにしました。資料というものに対して一種の嫌悪感をもっていますので」

一九二五年四月二十六日、物理学者シャルル・アンリの放射に関する研究を読んで、手紙で次のように書き送った。「あなたは相対性ということに誘惑をお感じになって、物質的だけでなく、感覚的、心的ないっさいのデータを完全に相互的であるようにしたいという意志を限界まで推し進めようとなさいました。これほど私の興味を惹きつけることができたものはなに一つありませんでした。と申しますのも、私の全生涯の思いは、全体がシンメトリックになるようなあの関係を思い描き、そこから文化に、また芸術にさえ適用できる結果を導き出そうと試みることだったからです」

一九二六年十月、ベルリンで行われたペンクラブの会合で、ヴァレリーは文学的回想を語ったが、満員の会場の二列目にアインシュタインの姿があった。ヴァレリーは、アンリ・ポアンカレやシャルル・アンリといった当時の数学者や物理学者の研究に強い関心を抱いていたが、なかでもアインシュタインの時空に関する理論には格別の興味があった。

おそらくヴァレリーは彼の相対性理論に関心を示し、それを理解した数少ない文学者の一人だったであろう。

一九二九年十一月八日、妻がピッチーニ街のクリニックで手術を終えたのを見舞う。たまたまおなじクリニックの隣の病室に入院していたベルクソンを見舞った。そして翌九日と十二日に行われたアインシュタインの講演会に出席し、そのあとこの天才的物理学者をともなって入院中のベルクソンをふたたび見舞った。

ヴァレリーは講演を聴いたあと、アインシュタインの印象をこう書きとめている。「彼が見せる態度は芸術家のものだ。ここにいるすべての学者のなかにあって、ただ一人の芸術家だ。自らの確信のなさと、建築に基づくその信念を事細かに語る」

一九三一年一月二十二日、ペタン元帥がアカデミー・フランセーズの会員に選ばれた際、元帥が謝辞を述べたのに対して、ヴァレリーは長い答辞をもって応えた。ペタン元帥は、第一次世界大戦中、ドイツとの国境に近いフランス北東部の小都市ヴェルダンの要塞を、ドイツ軍との激戦の末にこれを撃退して死守し、その後の戦いを有利に導いて国民的英雄となった名将である。その数々の目覚ましい功績に、ヴァレリーは言葉を尽くして讃辞を送った。

ところが、答辞の最後に来ると、この世界大戦で輝かしい武勲を残した英雄を目の前において、戦争を憎み、二度と人類が戦争の道を選ばないことをはげしく訴えた。昔のとは根本的に異なる現代の戦争に関するその冷静な分析と戦争を否定する姿勢とは、今日のわたしたち、とりわけ戦争を知らない世代の人たちにとって銘記すべき反戦の言葉だと思われるので、長さをいとわずここにその個所を抄訳する。

しかし、どうして正気を失わずにふたたび戦争を思い浮かべ、その結果に幻想を抱きつづけて、平和がもたらすことができないことを戦争に求めようなどと考えることができるのでしょうか。

どこまでも理性だけに従いましょう。かつて戦争は、要するにその結果によって正当化されることができました。戦争は、こういう見方はひどいかもしれませんが、武力によって、ある明確に定義された状況からおなじく明確に定義された状況へ移行することと見なすことができました。計算の対象になりえたのです。二つの軍隊のあいだで決着がつく両陣営間の取引でした。議論の内容は限られていて、持ち駒の数も数えることができました。そして最後に勝者が自分の勝ち取った利益を受け取り、強大になり、豊かになって、その優位を長いこと享受していました。

しかしながら政治の世界はすっかり変わりました。冷静な理性は、過去には血みどろの企ての恩恵を当てにすることができましたが、今日では数々の予測のあいだで迷走するしかないことを認めなければなりません。ということは、もはや局地戦も、範囲が決められた戦いも、閉じられた戦争形態もあり得ないということです。〔……〕強力な生産手段が数日にして強力な破壊手段に変わる時代に、どんな発見もどんな発明も、いまや人類に奉仕するとともに人類を脅かそうとしている世紀にあって、被害は甚大なものになるでしょうから、力尽きた敗者に要求できる賠償はせいぜい、使い果たされた膨大な資金のごくわずかな一部分にすぎなくなるでしょう。〔……〕
私は、われわれが見てきたこと以外にはなにひとつお話ししていないつもりです。すなわち二つの陣営にわかれた国々が、主要な敵国が最後に力尽きるまでたがいに相手を貪り食おうと努めたこと。あらゆる経済的、軍事的な予測は当てにならないこと。その状況からもその意図からも戦いに加わることからはるか遠くにいると思っていた国民がむりやり参戦を強いられたこと。古代からつづく強力な王朝が廃されてしまったこと。世界におけるヨーロッパの優位が危殆に瀕し、その威信が地に落ちたこと。精神と精神にかかわる事柄の価値が深く傷ついたこと。生活ははるかに厳しくなり、いっそう混乱した状態に陥ったこと。不安と苦痛が至るところに広がったこと。暴力的なあるいは前例を見ない体制がさまざまな国に押しつけられたことがそれです。
（「ペタン元帥への答辞」一九三一年）

これが、ヨーロッパ諸国を中心にほかの国々をも巻き込んで戦われた第一次世界大戦の結果だった。ヴァレリーはその現実をあらためて聴衆に喚起した。二度と戦争を繰り返さないために、忘れるはずのない苦難の記憶をあえて呼び戻したのである。
そのあとで彼は、「どうかだれ一人として、あたらしい戦争が人類の運命により良いことをもたらし、その運命を和らげることができるなどとは思わないでいただきたい」と言って、強く不戦を訴えた。なぜなら、ヨーロッパの政治の趨勢は彼が望む平和へ向かっているとは思えなかったからである。

そこで、こう言葉を継いだ。

しかしながら経験はこれでは十分でないようなのです。なかには殺戮の再開に希望を託している人たちがいます。悲嘆も失望もあれでは十分でなかった。破滅も涙も十分ではなかった。手足を失った人も失明した人も、寡婦も孤児も十分ではなかった。そう思っている人がいるのです。平和のむずかしさが戦争の残虐さを色あせて見せているように思えます。それなのにその残虐さの恐ろしい映像はあちらこちらで公表が禁止されているのを見かけます。

しかし死に物狂いで戦った国のなかで、大乱戦が恐ろしい悪夢にすぎなくてよかった、震えながら目を覚ますとすべてはもとのままで、取り乱していたがいまは落ち着きを取り戻したと、ほっと胸をなでおろすことを望まないような国がたった一つでもあるでしょうか。血みどろの戦いにまだ誘惑を感じる国のなかで、あえて自分の望むところを毅然として直視し、未知の危険を吟味し、いつ起こってもおかしくない敗北ならともかく、勝利がもたらすあらゆる現実的な結果を思い切って予測するような国がたった一つでもあるでしょうか——戦争が自然の大災害の猛威の域に達していて、国境の両側で、人口過密の領土の全域にわたって、生きとし生けるいっさいの生命を無差別に破壊することができるそんないまの時代に、ほんとうの勝利について語ることができるとしての話ですが。

なんという奇妙な時代でしょうか！　……というよりむしろ、こんな考えをいだく精神とは、なんと奇妙な精神でしょうか！　……良心にまったく恥じずに、明晰な意識をもったまま、ぞっとするような記憶を目の前にしたまま、数えきれない墓の傍らにあって、試練そのものからやっと抜け出したところだというのに、結核と癌の謎に情熱的に挑んでいる研究所の横で、人間たちはいまなお死のゲームに興じてみようと考えることができるのです。（同前）

ヴァレリーがこう訴えて戦争の再発を危惧し、それを食い止めようとしたのは第一次世界大戦からすでに十三年の月日が過ぎたときだった。いまからざっと九十年も昔のことになる。それだけの時間がたったいま、人間の叡智は世に広まって、人類を絶滅させるに足る現代兵器を使って死の戯れに興じようとする国家はあとを絶っただろうか。仮想の敵国を威嚇するためにヴァレリーの知らなかった核兵器を競いあって生産しつづける愚行さえ辞さない国などはもう存在しなくなっただろうか。……


同年六月十一日、パリで開かれたペンクラブの総会と委員会で司会を務める。

一九三二年四月三十日、ソルボンヌ大学の大講堂でゲーテについての講演を行う。

七月十三日、パリ十六区のリセ・ジャンソン＝ド＝サイイーの賞品授与式に出席して歴史について講演する。

一九三三年六月、カイエにみずからの性格の二重性を語った次のような言葉が記されている。「私には知的《統合失調症》がある。私は表面的には社交好きで、付き合いやすいのだが、こころの深みではおなじくらい自分を分離させている。この二重の傾向を理解するのが私にはむずかしい。一つは万人に向かい、もう一つは唯一の人に向かうが、この唯一者がきわめて絶対的なのだ」

一九三四年四月十日、ニースでジッドと夕食を共にする。「私は彼にこう説明した。私がうらやましく思った人間はワグナーだ。それは、彼が自分の巨大な音楽作品を構築し、組み合わせ、構成することに歓びを味わっていたからで、それ以外のためではない。私は関心を仕事に置いている」

五月、マルセル・プレヴォーが「あなたの天馬ペガサスが足を下ろしたところでは、もう詩の草は生えてきません」といって、ヴァレリーが「詩」を枯死させたことを伝えると、彼はこう答えた。「その理由は簡単です。私は休みなく仕事をしていましたが、あの人たちは即興的に書くことしかしていないのです」

一九三五年四月、これは前に述べたことだが、ニースで開かれた国際連盟の芸術・文学委員会で司会を務める。

一九三七年十二月十日、コレージュ・ド・フランスの詩学担当教授として、第一回目の講義を行う。

こうしてヴァレリーはほとんど体力の限界を超えて、自分に与えられた仕事を果たしていた。それがどれほど精神を酷使する激務だったかは、この年譜に彼が極度の疲労を訴えたことが記されていることからも推量されるのだが、それを自分に求められた使命と受けとめて全力を傾けつづけた。

その姿には、彼がそれほどの仕事に耐えることのできた強靭な精神の持ち主だったということにも増して、ヴァレリーが一人の人間としてなすべきことに最善を尽くしているという印象のほうが強くわたしを打った。人間が人間的であるのは当たり前だとわたしたちは思いがちであるが、人間がいつでもそうであるとはかぎらない。ナチス・ドイツがヨーロッパの制覇を企んでふたたび戦争に走ったとき、ヴァレリーはその首謀者の非人間的な行動を強く非難した。人間は野望のためにいつ態度を豹変させるかわからない。いつまでも「人間の顔」をしているわけではないのである。

3

一九三八年三月、ヒトラー率いるドイツ軍はオーストリアに入った。三月十一日、ヴァレリーは小説家ジュール・ロマンの家で夕食中に事態の急変を聞いて衝撃をうけた。

一九三九年三月、ついでヒトラーはチェコスロヴァキア全土を併合した。ヨーロッパはふたたび戦争に巻き込まれる危険に直面することになった。そして、ヒトラーとムッソリーニの領土侵略の野望によって先の大戦とは比べものにならない世界規模の緊迫した情勢に追い込まれ、ヴァレリーがあれほど恐れていた第二次世界大戦に突入した。イギリスとフランスがドイツに宣戦布告したのは九月三日のことであった。

九月十七日、息子のフランソワが召集された後、ヴァレリーはジッドにあてた手紙でそのときの悲痛な心境を述べている。

「私はこのことでこれほどつらい思いをしていることに自分でも驚いている。私はこころを病んでいて、とくにここ数日は神経がずたずたに破壊された状態にあるのを感じて驚いている。……私はここで自分を舵(かじ)っている。……やたらに煙草を吸い、何時間も面白みのない解けるあてもない計算に取り組んでいる。人間の愚劣さが私の息を詰まらせる。そして私の愚劣さがそれを要約し、その本質を凝縮するのを感じる。……私はきみのそばにいたい」

　息子の安否を気遣うあまり自分自身が崩壊しかけていることに気づいて、ヴァレリーは驚愕する。精神のきびしい行使に一切を賭けてきただけに、そのはじめての経験に直面して、日課のようにつづけてきたあの込み入った数式の計算に没頭するほかなかった。そうするしかない自分もふくめて人間の愚劣さに息が止まる思いをしているのだ。その愚劣の骨頂が戦争であることはいうまでもない。

　九月二十四日、そんな非常事態のさなかに、フランス詩朗読会がテアトル・フランセ座〔コメディー・フランセーズ座の別称〕で行われた。詩の朗読に先立って、ヴァレリーはこの日の会の趣旨を述べた。その冒頭に言う。

　本日の朗読会(マチネ)は通常の詩の朗読会とは異なり、本日の日曜日は恒例の土曜日の一日でないことは、諸君のお感じのところであります。情勢は本日の集りに殆んど厳粛な性格を与えるのであります。
今は、戦時です……。生活の全雰囲気は変わりました。一切の感情、一切の人間的価値は、戦争の巨大な慄るべき現存の強力な感銘によって一変され、高揚され、或いは支配されます。〔……〕
詩歌そのものも、かくも厳しい時に際して、持ち出され出現することを正当化しなければならぬでしょうか。〔……〕軍隊が相打ち、国民が苦悶し、あらゆる運命が情勢に懸っている時、われわれは詩人たちの自由な霊感の結実〔……〕を、味わっていられるものであろうか。
（「フランス詩朗読会式辞」佐藤正彰訳、『ヴァレリー全集』第十二巻、筑摩書房、一九七四年）

こうみずからに問うてから、ヴァレリーは挨拶の最後に、それに答えてこう述べたのである。

〔この朗読会は〕憂慮と懊悩と脅威のさなかにあって、又戦争によって課された困難な条件下にあって、かの精神の高度の自由の一部を、飽くまで保存せんとのわれわれの意志を明言するものであります。われわれは忘れますまい、この精神の自由のためにこそ、われわれは戦っているのだということを、そしてこれなくしては、フランス国民は人生を生き甲斐のないものと見るのであります。
（同前）

戦争をはじめとしてどんな過酷な条件下にあっても、精神の自由を守り抜くこと（詩の朗読会はその一つのあらわれである）が彼の生涯を賭けた使命だった。おなじ戦時下にあって、こうした精神の自由を尊ぶ言葉を残すことのできた日本人は何人いただろうか。そもそもあの軍国主義の体制下で国民に精神の自由を認める、というよりそれを鼓舞する見識と勇気を保持し得た政治家はどれだけいただろうか。

一九四〇年一月五日、例年にない厳しい寒さのなか、コレージュ・ド・フランスでの講義を再開する。言語と思考について語る一方で、フランスは「精神」に対して責任があることを訴えた。

四月から五月にかけて重い気管支炎を患い、パリ郊外のマルメゾンで静養する。

六月、戦況がフランスにとって悪化するなかで、ヴァレリーはドイツ軍との休戦協定が近く結ばれることを知人から知らされると、「フランスはいまの状態にあることの罪の贖（あがな）いをするのだ。私はこの日まで生きていなければよかったと思う」と覚書に書いて、祖国がドイツ軍に屈した屈辱に居たたまれない思いを味わわされた。

六月十七日、ヴァレリーは滞在していた英仏海峡に臨むディナールで、休戦を受け入れるペタン元帥の演説を聞いてこう書いた。

「人を打ちのめすほど簡潔な言葉だ。そして私は泣いた。泣きながら死んだようになった」

あるいは海を見ながら綴ったこういう言葉がある。

「私は考える。だから苦しむのだ。いまのありさまを考えることが私が見ているものを台無しにする。太陽と海の美しさが人を苦しめる。なぜなら苦しまなければならないからだ。そして美もまたそれに一役買っているにちがいない」

休戦協定は六月二十二日に調印された。

それによってフランスの国土は二分され、自由地区は国土の中央部と東南部に限られ、パリを含む北部一帯は占領地区となった。

七月十日、国民議会が招集され、政府は自由地区の温泉地ヴィシーに置かれた。そして第一次世界大戦でフランスを勝利に導いた八十四歳という高齢のペタン元帥に全権が委ねられた。

パリは、ほかの多くの都市とともにドイツ軍の占領下に置かれることになった。ここにフランスの憲法は破棄され、第三共和政は終わりを告げた。フランスはそれ以後、屈辱の四年間を送ることになった。

九月二十一日、ヴァレリーはディナールからパリの自宅に戻った。彼が住む界隈は有刺鉄線の防柵でバリケードが築かれて包囲されていた。近くのローリストン街九十三番地にゲシュタポの拠点が置かれた。ユダヤ人排斥のいわゆる魔女狩りが始まった。ヴァレリーは知る由もなかったが、その拠点で残酷な拷問が密かに行われていた。

一九四一年は、さらなる悲報によって新年を迎えた。

一月五日、ヴァレリーは親交のあった哲学者のベルクソンが亡くなったのを知ると、翌日自宅に赴き、アカデミー・フランセーズを代表して未亡人におなじ会員だった故人への弔意を表わした。

一月九日、アカデミーで哲学者を讃える思い切った追悼演説を行った。思い切ったと言ったのは、その冒頭でベルクソンが、十九世紀の思想界を絶大な権威をもって支配していたドイツの哲学者カントの、思考の限界を宣告する学説に強く反発して、生命と精神に基づく形而上学を構想したことを称讃したからである。

それにつづけて、「この名には精神の事柄における一種の道徳的権威が結びついていて、その名は普遍的でした。皆さんが必ずや記憶しておられるにちがいない状況のなかで、フランスはこの名とこの権威に救いを求めることを知っていたのです」と述べた。

その上ベルクソンがユダヤ系の哲学者だったことを考えれば、この讃辞だけでもユダヤ民族の撲滅をめざすナチス・ドイツにとって聞き捨てならない発言だったことは明らかだろう。

さらにヴァレリーはベルクソンが偉大な哲学者であると同時に「人間たちの偉大な友」でもあったことを指摘した上でこう述べている。「彼は全霊をあげて精神と理想の結合に努めました。そしてこの結合こそは政治組織と力の結合に優るべきものであると信じていたのです」

一見さりげない内容に見えるけれど、もしドイツ当局がそれを読めば、「政治組織と力の結合」という表現が、ドイツ民族の純血の確立とユダヤ民族の抹殺をめざす国家組織と、そのための「力」すなわち暴力との結合を暗に指していると受け取られる恐れは十分にあった。
じつはヴァレリーは戦争が始まった一九三九年に、ドイツのこうした傾向をきびしく非難した文書「精神の戦時経済」を書いていたのだが、そのなかに次のような一節があった。

われわれは（そして全世界は）知っている、彼らの精神に対する政策のすべては、十年前から、知性の発展を抑制したり、純粋な探究の価値を軽視したり、それに身を捧げてきた人びとを脅かすしばしば残忍な手段を講じたり、大学の教壇や研究所にまで侵入して精神的な豊かさを生み出す独立心の強い創造者を犠牲にして偶像の崇拝者を優遇したり、弾劾と恐怖に基づく権力が追求する功利的な目的を芸術や科学に押し付けたりするまでに立ち至っていること、あるいはそうすることに躍起になっていることを知っている。大学は、かつては彼らの国のもっとも大きな、もっとも正当な栄光だったが、いまはその最良の師を奪われて警察も同然となった党の管理に服従している。

（「精神の戦時経済」）

ドイツがそうした国家に変貌した以上、当局がヴァレリーの言動を警戒して、ひそかに身辺を探っていたとしても不思議ではなかった。
さらにヴァレリーは追悼演説の最後で、世界の現状を前にしたベルクソンの胸中を想像して、「これほど多くの美しい予見を崩壊させ、これほど迅速に、これほど暴力的に事態の局面を変えた事件〔戦争〕に直面して、この広大で深遠な知性はどんな状態にあったでしょうか。彼は絶望したでしょうか。われわれ人類がますます高尚なものになってゆく条件に向かって発展することを信じる信念を保持し得たでしょうか。私は知りません」と述べた。

そう述べたあとに最後の言葉が来る。「われわれがその影響を被っている全体的な災厄のために、彼がこころの奥底まで痛々しく傷つけられたことを私は少しも疑うものではありません」

これがベルクソンの胸中に託したヴァレリー自身の絶望的な思いでもあった。彼もまた戦争に深く傷ついていたのである。

この追悼演説は戦時中ということもあって国内では知る人も少なかったようであるが、同盟国イギリスに密かに伝わって、ヴァレリーの「信条告白と勇気ある行為」として迎えられた。また翌年には南米のボゴタの劇場で俳優のルイ・ジュヴェがこれを朗読した。観客は全員立ち上がって耳を傾け、朗読が終わると場内に拍手と喝采が起こった。

その後、占領下のフランスではドイツへの抵抗運動が激しくなって行くのだが、ヴァレリーの演説は言葉によるレジスタンスの最初の行動だったという見方をすることも許されるだろう。

*

その間にも、パリの上空で、イギリスとドイツの戦闘機が空中戦を演じ、地上では砲撃が街を破壊していた。

一九四二年四月六日、ヴァレリーはこう記している。

「こうしたいっさいの大騒ぎの愚劣さと来たら驚くべきものだ。そうしたものが《歴史》を作り、歴史を出たり入ったりし、何の意味もなく、世間をうんざりさせたり恐怖させたりするだけで、商品とエネルギーを浪費させて、いずれはそれが美しい名を帯びることになるだろう」

一九四二年七月、ドイツ占領軍はヴァレリーの『悪しき思想』Mauvaises Pensées の出版に使用する紙の供給を拒否する。九月になってようやく紙の供給が許可されて、初版が刊行された。

十月、疲労がはなはだしく、ほとんど何もすることができない。

一九四三年十月二十二日、ヴァレリーのエッチング展が、ロワイヤル街の貴金属店クリストフルで開催される。

十月二十五日、フランス学士院において、自作の「木についての対話」を朗読する。

一九四四年、戦局が変わってドイツ軍の劣勢が明らかになる。

六月、連合国軍によるノルマンディー上陸作戦が功を奏してドイツ軍の敗色は濃厚になった。

ヴァレリーは、戦争のさなかにも、コレージュ・ド・フランスで講義をつづける一方で、ヨーロッパ各地での講演も引きつづき行っている。

八月なかば、アメリカのパットン将軍が率いる装甲車隊がパリに向かって進撃を始めた。だが、二十日と二十一日、パリでは依然として市街戦がつづいていて、ヴァレリーはこう書いている。「不安が広まっている。パリのあちらこちらで銃撃戦が行われている。説明のつかない砲撃がつづく。一羽の雄鶏が鳴いている。相変わらずドイツ兵がいる」

八月二十四日、フランスの戦車団が首都に到着し、翌二十五日ドイツ軍は降伏した。こうしてパリはついに解放された。

二十五日、ヴァレリーは、家の窓から、戦車団が凱旋門に通じるヴィクトル・ユゴー大通りに到着するのを眺めた。そして翌日はフィガロ社のバルコニーの上からシャンゼリゼ大通りを通るド・ゴール将軍の凱旋行進とそれを迎える大群衆の群れを見た。

ところで、パリ解放の日の夜、彼はラジオから時ならず流れてきた歌声に聴き入って、手記に忘れがたい言葉を記している。

「昨夜、ここでは大砲と、耳をつんざく機関銃の音と、ヌイイー方面の火災の風音しか聞こえなかったとき、崇高な歌声が、ベルリン歌劇場で、なにか知らないイタリアの音楽を歌っていた。そのメロディーの清らかさと優美さは、混乱と暴力と愚行を背景にして、まるで一輪の花のように浮かび上がった」

この「一輪の花」のように美しい歌声は、戦争の愚劣さに傷ついていたヴァレリーのこころに染み入った。パリ中が勝利に沸きかえるなかで、予断を許さない厳しい未来を前にして、彼の犀利(さいり)な頭脳はほとんど絶望していたからである。

しかしまた、自分にはまだなすべきことが残されているのを知っていた。そしてパリ解放からわずか一週間後の九月二日のフィガロ紙に一文を寄せた。「自由は一つの感覚である。それは呼吸される」ではじまる「呼吸する」Respirerという記事であった。

先の第一次世界大戦が終わったとき、ヴァレリーはヨーロッパの特質を分析し、その本質であるヨーロッパ的精神、すなわちその一つの結実である科学の成果が世界に拡散することでヨーロッパ文明がその特質を弱められて早晩滅亡することを予感した。しかし第二次世界大戦が終結した現在、彼が知ったのはヨーロッパのみならず世界が前の大戦のときとは比較にならない規模の危機と混乱に直面していることだった。

目の前の街路には、バリケードや木の防柵、トーチカの残骸、ばらばらに解体された戦車が無言で放置され、建物は砲撃で蜂の巣のように穴だらけになっている。どれも一週間前までの戦いを物語るものだ。

しかし、いまは勝利の喜びに浸るときではない。戦争という途方もない事件が精神に与えた衝撃から立ち直るときなのだ。そのとき大切なことは、過去の歴史が与える教訓に頼ることであってはならない。ヴァレリーはフィガロ紙に寄せた文章のなかでこう書いている。

事件というものは事態の泡沫にすぎない。事件についてめぐらす省察は人を欺くもので、そうした華々しい事実から引き出されるいわゆる教訓は恣意的であって、危険がないわけではないのだ。われわれは一九一四年とおなじく一九四〇年に、先立つ戦争の《教え》がわれわれにどれほどの代償を支払わせたかを知っている。

（「呼吸する」一九四四年）

これは歴史の教訓を否定する思い切った明察のことばである。過去の教訓が役立つほど現代の状況が単純なものではなくなっていること、またそれが先例のまったくない、それゆえ先例が何の役にも立たない事態であることをヴァレリーは明確に認識していた。だからフランスの精神に呼びかけてこう訴えた。

しかし精神は今日、その明晰さのすべてを守らなければならない。もしフランスの知性がよくいわれる明快さの美質を所有しているならば、それを行使するこれほど差し迫った機会はかつて一度も与えられたことはなかった。問題はまったく新しい時代というものを思い描こうと試みることである。われわれは目に浮かぶ映像と難題からなる世界的な混乱の前に立たされている。やがてまったく未曾有のおびただしい状況と問題が起こってくるだろう。それを目の前にするとき、過去がわれわれに教えるほとんどいっさいのことは考察すべきものであるより危惧すべきものなのだ。（同前）

ヴァレリーの精神の目が見つめている「まったく新しい時代」とは、過去の教訓がいっさい無効になるような文字どおり未曾有の時代であり、「以前には立てることができた予測や伝統的な計算はかつて一度もなかったほど空しいものになってしまった」。それゆえいま必要なことはこういうことである。

なすべきことは深く掘り下げた現在の分析から出発することである。それは事件を予測するためではない。人は事件について、あるいはその結果についてつねに思い違いをする。予測するのではなく事件に備え、事件に抵抗し、事件を利用するのに必要なことを準備し、配置するためなのだ。（同前）

人間はこれまで困難に見舞われると過去の事例を教訓にしてそれに頼ってきた。過去の教訓がそのときどきの問題の解決に有効だったのは、政治でも経済でもその展開に類似性、いいかえれば予測を可能にした共通する要素が保たれていたからである。

だが二十世紀の世界では、あらゆる政治現象は複雑に絡み合い、重要な出来事は直ちに各地に伝播して世界を巻き込まずにはおかない。それゆえ世界の政治情勢はいっさい予断を許さないものとなり、間違っても過去の歴史に救いを求める過ちを犯さないことである。ヴァレリーは十二年前、リセの生徒たちに語った言葉をふたたび繰り返した。

「後ずさりしながら未来へ入って行くことに用心しようではないか」

これが二十世紀を経験したヴァレリーの歴史の見方であり、この一文を締めくくる最後の言葉となった。

十二月十日、ソルボンヌ大学の大講堂で、ヴォルテールの生誕二百五十年を記念する講演を行った。注目すべき講演なので章をあらためて取り上げることにする。ヴァレリーはその講演の最後で、第二次世界大戦が引き起こした現代世界のカオス的な状況に言及することになるのだが、その言葉は彼の苦悩を語って稀に見る悲壮なものとなるだろう。

一九四五年は、ヴァレリー最後の年である。

一月、雪の降るなかを歩いてコレージュ・ド・フランスへ行き、講義をつづけた。疲労がはげしくなり、そのあとの講義を三月まで休講にせざるをえなくなった。

三月九日、講義を再開した。しかし十分な準備ができなかった。その穴埋めに、家で病を養いながら読んだヴォルテールの書簡に感銘を受け、三回にわたって彼について語ることになった。

五月、病がさらに悪化して、「地獄のような朝」を過ごした。それでも五月までは執筆や外出をつづけた。

五月十二日、「最後の言葉」を雑誌 Carrefour に発表したが、その表題どおり、それが彼が公にした最後の文章となった。

五月三十日、カイエの最後の帳面には、死期を悟ったヴァレリーのこういう文が綴られている。

「私の人生は終わったのだ。つまり私には明日を必要とするものがなに一つ見えない。そんな感じがする。これからは生きるのに私に残されているものはもはやむだな時間になるほかはない。とにかく私は自分になし得たことを行ったのだ」

彼は体力が尽きたことを知った。これ以上生きたとしてもそれは何の役にも立たない「むだな時間」であることを冷静に認めた。しかしまた一生を顧みて、「自分になし得たことを行った」という確かな事実も確認した。

実際ここまで読んできた年譜の内容はヴァレリーの自負を裏付けてあまりあるものがあった。

五月三十一日、病床に就いた。しかしふたたび起き上がることはなかった。

六月あるいは七月、彼の最後の言葉が、おなじくカイエに鉛筆の薄い文字で書かれている。「誤謬（ごびゅう）を犯す機会は十二分にある。さらにひどいことに、悪趣味や下品な安易さに走る十分な機会はそれを憎むものとともにある」

七月二十日午前九時、ポール・ヴァレリーは息を引き取り、永遠の休息についた。

葬儀は、ド・ゴール将軍の強い希望によって国葬をもって行われることになった。それに先立つ七月二十四日、葬儀が、四十五年前に結婚式をあげたのとおなじヴィクトル・ユゴー広場に面したサン＝トノレ＝デロー教会で行われた。

その夜、パリ市の衛兵に担われた棺は、翌日の国葬に備えて、教会からトロカデロ広場へ松明（たいまつ）の灯りに守られて運ばれて行った。そしてシャイヨー宮の広いテラスに設けられた三色旗に包まれた霊柩台に安置された。

弔問の人の列は、夜を徹して途切れることがなかった。

明かりの消えたパリの夜空に、フランスの偉人たちを祀るパンテオンの丸屋根だけが、明々と照明されて浮かびあがっていた。

パリが、ナチス・ドイツに対するレジスタンス運動を経て解放されてから七十数年がたった。

わたしは思い出す。二〇一五年の凍てつくような冬のことであった。

その日、シャルリ・エブド Charlie Hebdo という風刺新聞を発行する新聞社がテロリストの襲撃を受けて数名の編集者たちが虐殺された。

衝撃がパリ中を走り、フランス全土に広がった。テロリストは直後に射殺されたが、テロは新聞がイスラム教を諷刺し侮辱したことを口実にあげて行われたのだと伝えられた。フランスは、フランス大革命以来、精神の自由とともに言論の自由をもっとも尊ぶ国の一つである。その自由が踏みにじられたのだ。

翌日、パリで大規模なデモ行進が行われた。だれもが「私はシャルリ」のプラカードを掲げていた。参加した人たちの数は大通りを埋め尽くすほどのおびただしいものになった。わたしは、パリが一夜にしてこういう事態になろうとはまったく予想していなかった。

バス停の広告用のパネルに、いつもは宣伝用に美しいモデルの肢体が躍っていたりするのに、この日は「私はシャルリ」の連帯の文字だけが大きく浮かんでいた。いったいだれがこの文字を流したのかわたしは知らない。だが、これがフランスという国の国民性なの

4

である。普段は銘々が自分の意見に固執して譲らないのに、いったん国の根幹を揺るがす事態が起きると彼らは一つに結集する。それを示す現実の情景がわたしの胸を熱くした。

　もしこれが日本でだったら、これほどはげしい抗議の盛り上がりが一気に国中に広がっただろうか。たしか、かなり前に日本でも、ある大手の新聞社の地方支局がテロリストに襲撃されて記者が射殺される事件が起きた。しかし政府の閣僚たちが、暴力による言論の自由への侵害を重く見て、直ちに官邸に集まることはなかった。記憶に間違いがあるかもしれないが、メディアがいち早く事件を報道したほかには、街のなかに犠牲者を悼む怒りと悲しみの連帯の言葉も運動もパリほど大規模には見られなかったようだ。

　一方パリの大統領官邸には、このテロ事件をうけて閣僚や多くの国々の首脳たちが集まった。そしてあのデモ行進が始まったのである。当時大統領だったオランドと各国の首脳たちを先頭に、レピュブリック（共和国）広場からヴォルテール大通りを通って、ナシオン（国民）広場へ何万という人の群れが黒い川のように流れた。

　この一連の広場と通りの名は、その近くにあるフランス革命発祥の地バスチーユ監獄に因んでバスチーユと名付けられた広場とともに、いずれも人権宣言を謳いあげた革命を記念する名称である。

　ヴォルテールの名が大通りに付けられたのは、もう二百数十年も前になるが、彼が宗教権力をかざし無辜（むこ）の新教徒を迫害する狂信的なキリスト教徒を相手に、精神の自由、思想と表現の自由のために戦った思想家だったからで、それを顕彰するための命名である。

　フランス人が、いざというとき、テロに立ち向かって結集するのをこの目で見て、わたしはナチスに対するレジスタンス運動もこうした人びとが行ったのだと知って歴史の事実を現実に見る思いがした。

次いで、おなじ二〇一五年十一月十三日のことである。バタクランという劇場が武装した数名のテロリストに襲撃され、八十九名もの観客が射殺された（翌日と合わせた犠牲者は約百三十名）。鎮まっていた恐怖と怒りがふたたび市民を襲った。その惨劇のあとを映像で見て、わたしは全身に恐怖が走った。

専門家は、フランスにテロが多いのは元植民地出身の移住者が多数フランスに来て最低の生活を強いられているからだと言う。十分な教育も受けられずにいるのを不満に思い、テロの勧誘に乗せられてテロリストの手先になるからだと分析した。生活のために各種の手当てを保障し、教育の機会を与えれば雇用が生まれてテロは少なくなると勧告した。たしかにそうかもしれない。だが、最大の問題は意見の異なる他者を憎悪し、虐殺をも辞さない狂信的な首謀者がいることであって、狂信と不寛容が存在するかぎりテロが根絶することはないだろう。

テロのあった翌日、バスチーユ広場に犠牲者を悼んで次々に人びとが集まって来た。広場は多くの死者たちに捧げられた花束でうずまった。

それから数日して、パリの書店で不思議な現象が起きた。ヘミングウェイの『パリは祝祭』という本が飛ぶように売れているというのである。

この本の原題は『移動祝祭日』で、日本でもその題名で親しまれている。ヘミングウェイは若い頃、文学の修業のために新妻とともにパリにやって来ると、毎朝カルチエ・ラタンのカフェに通って小説を書きつづけた。たまにはラム酒のセント・ジェームスを弾んで仕事の疲れを癒すのが愉しみだった。貧しかったけれど、気持ちは充実していてパリの生活をこころから愛した。はじめての長編小説『日はまた昇る』が成功して名が売れはじめ、やがて壮年になってノーベル文学賞を受賞して、名声は世界中にひろまった。パリに来れば豪華なホテル・リッツで豪遊することもできる身分になって、ホテルのバアはそんな彼に因んでヘミングウェイと命名されるまでになった。

しかしパリを愛し、パリを思う存分に生きたのは若くて無名だったころのヘミングウェイだったように思われてならない。実際どんなに金がなかろうと、どんなに空腹を抱えていようと、あの本に書かれていたとおり、そこは毎日彼のこころを満たしてくれた街であり、毎日そのパリを祝祭だと思って暮らせたのはそのころの彼だったと思うからだ。この本は、自決する前にそんな青春の日々を思って書いた回想録であって、パリでの暮らしを精細でみずみずしい感覚でとらえたパリ讃歌の本である。

その本が、なぜテロの直後に売れたかといえば、広場に花を手向けに来た人のなかに一人の中年の女性がいて、こう言ったのがきっかけになったのだそうである。

「いま大切なことは、死んだ人びとに花を手向けることです。それからこの本を読むことです」

そう言って彼女が取り出したのがヘミングウェイのこの本だったのである。

まだテロの恐怖が鎮まらない街で、彼女が言いたかったことはこういうことだったらしい。たとえパリがテロに襲われても、パリはそんなことでは屈しない。いつもの暮らしを変えたりもしない。いつものようにパリの暮らしを愉しむことが大切なのです。なぜなら日々パリは祝祭なのですから。

おおよそこんな内容の話がメディアを通して巷に伝わると、パリっ子は本屋に飛んで行ってその本を買った。そしてなにごともなかったように、いつもの行きつけのカフェへ行って、あえて体をテロリストに晒すかのように舗道に置かれた椅子にすわってその本を読んだ。なにがあっても愉しく生きることが一番の抵抗なのだと言わんばかりに。

いままでにパリについて書かれた本なら、それこそ数え切れないほどあるだろう。しかしそのなかで、パリが悲劇に見舞われたその日、悲しみと怒りを乗り越えるために、そのパリの女性の胸に真っ先に浮かんだのが『パリは祝祭』だった。彼女がほとんど本能的に見せたこの選択こそはこの本の生命と価値を物語るものでもあった。なぜならヘミングウェイがパリでの暮らしをなによりも愛したというこの本に託したメッセージを彼女はしっかり読み取っていたからだ。

そのヘミングウェイのパリへの愛をもっとも簡潔に、しかしもっとも真実な感情をこめて語ったことばがある。前にも引用したことがあるけれど、いまはヘミングウェイに寄せたあのパリの女性の共感を思いながら、もう一度引いてみよう。

「私たちがだれであろうと、パリがどう変わろうと、……私たちはいつもパリに帰った」

*

そんな動きが巷に広がっていたとき、あの襲撃で最愛の妻を殺されて、幼い子供と二人だけ残された若いフランス人のジャーナリストがいた。彼はテロリストにあてて手記を書いた。すでに読んだ人もいるかもしれないが、わたしはこれを読んでこころが震えた。手記にはなんの説明も不要であろう。忘れないために以下に一部を訳しておく。

「きみたちは私の怒りを買うことはないだろう。金曜日の夜、きみたちは二人といない人の命を奪った。私の命の恋人であり、私の息子の母である人の命を。しかしきみたちは私の怒りを買うことはないだろう。きみたちがだれなのか私は知らないし知りたくもないが、きみたちは死んだ魂の持ち主なのだ。もしきみたちがそのためにめったやたらに人を殺すあの神が私たちをその姿に似せて作ったとしたら、妻の体に入っている銃弾は一つ一つ神の心の傷になっているはずだ。

だからきみたちを憎むというあの贈り物はしない。きみたちはそれを探し求めた。しかし憎しみに怒りで応えたら、きみたちとおなじ無知に屈することになるだろう。〔……〕

今朝、妻に会えた。幾夜も幾日も待ったあげくにやっと会えた。あの金曜日の夜に出て行ったときとおなじように美しかった。十二年以上も前に気が狂いそうになるくらい好きになったときとおなじように美しかった。たしかに私は悲しみに打ちのめされている。きみたちがあの小さな勝利を収めたことは認めよう。でもそれは長続きしないだろう。彼女は毎日私たちのそばにいて、私たちがきみたちの近づけないあの自由な魂の天国でまた会えることを私は知っている。

私たちは息子と私の二人きりだ。しかし世界中のすべての軍隊より強いのだ。でも、もうこれ以上きみたちに割く時間はない。メルヴィルが昼寝から目を覚ますからそばにいてあげなければならない。やっと十七か月になったばかりだ。もうすぐいつものようにおやつを食べて、二人は遊ぶのだ。そしてこの幼い男の子は幸福で自由であることで生涯きみたちを辱めることだろう。なぜならきみたちはこの子の憎しみを買うことはないのだから」（以上、保苅訳。邦訳全文はアントワーヌ・レリス『ぼくは君たちを憎まないことにした』土居佳代子訳、ポプラ社、二〇一六年）

これが勇気というものである。普段はそんなものが自分の体のどこに潜んでいるかと思う。その昔モンテーニュが言ったことだが、人間性のなかには悪も残虐も狂気も宿っている。大量破壊兵器も、強制収容所も、テロリズムもそこから生まれた。しかし勇気もまた宿っていて、それが逆境のなかで目を覚ます。マリエッタ・マルタンの抵抗も、ヴァレリーの深い洞察を示す論文や数知れない講演も、カフェで何事もなかったように本を読むあの女性の態度も、この若い父親の手記も、おなじ勇気の表われなのだ。

それを言った上でわたしが注目したいのは、彼らの勇気に共通する特徴が、個人一人ひとりの意志の表われであると同時に、戦争であれ、テロの襲撃であれ、国が不当に攻撃されたその不正に抵抗する国民としての意志の表われでもあったということである。

アンドレ・モロワがフランスという国のある特質について『フランス史』のなかでこう書いていたのを思い出す。

「フランス人は、敗北の経験がある。祖国は時として、優勢な力に転覆される危険に遭うが、又、その征服は決して永続きせず、その都度、敵はフランスの外へ、追払われた。侵入されれば、フランスは組織される。抵抗はその歴史上の、古典的現象である」（『フランス史』下巻、平岡昇他訳、新潮文庫、一九五七年）と。

　これがフランス人の変わらない心性であって、ひとたび国が危機に見舞われると、彼らは、いつもは意見のまとまった例しがないのに、直ちに結束して抵抗へと動き出す。

　この特筆すべき国民性に前から着目していたのがほかでもないヴァレリーその人だった。それは、それを無視すればほとんどフランス人の本質を見逃すことになると言っても過言でない「神秘的な」国民性なのである。彼は一九一四年に第一次世界大戦が勃発したとき国民が一斉に取った行動を思い出してこう語っていた。

> この国の国民は議論をするときは論理的ですが、行動となると、ときには意表を突く行動に出ることがあるのです。〔……〕
>
> われわれの国家は、もっとも多様な性格をもった国家であり、その上もっとも意見が分裂している国家ですが、その国家が、一瞬にして、一人ひとりのフランス人に、唯一無二のものとなって出現したのです。われわれのはげしい意見の対立はどこかへ消し飛んでしまい、〔……〕すべてが溶けて純粋なフランスに変貌したのです。〔……〕
>
> しかしそれだけでなく、国に対するこの国民的感情は、われわれにあっては、さらに人間（ユマニテ）への感情を容易に受けいれるものなのです。すべてのフランス人

は、自分は人間であると感じています。おそらくその点こそがフランス人がほかの国の人間たちともっとも大きく異なるところなのかもしれません。多くのフランス人たちはあのときこんなふうに夢見ていました、血まみれになって戦う原始的な仕来たりや、武器で解決をはかる残虐な行為とはこれできっぱり手を切ろうと。そう思って最後となるべき戦争に出かけて行ったのです。

（「ペタン元帥への答辞」）


このヴァレリーの指摘はフランスの国民性について語られたもっとも深い、もっとも真実な言葉の一つである。なかでもフランス人が「私は人間である」と感じる彼らの感覚を指摘した点は彼の炯眼（けいがん）を示すものであって、ルネサンス時代のモンテーニュから二十世紀のヴァレリーに至るまで、人間（ユマ）主義（ニスム）がフランスでその真の伝統となりえた心理的土壌を明らかにしたもっとも注目に値する指摘なのである。


ある日、日本から観光に来た若い女性から、

「パリって散歩するのが愉しい街ですね」

と言われたことがあった。ほんとうにそのとおりだ。目抜き通りも裏通りも、疲れているのを忘れて歩いてしまう。あの万聖節の日に、わたしがセーヌ沿いの道を歩いて帰る気になったのもそんなパリの誘惑があったからかもしれない。二千年の歴史がパリをそんな街に育てたのだろう。

だが、パリはそれだけの街ではない。

パリ市の紋章／撮影＝保苅弘美

歩くのが愉しいこの美しい舗道は、長い歴史のなかで、幾たびバリケードが築かれ、戦う市民たちの血を吸ったか知れない。この建物の壁は銃弾を撃ち込まれ、この教会の屋根にはドイツ軍の砲弾が落下したことがあった。美しいパリは敵に占領されて崩壊しかけたことさえあった。パリはそういう苦難を生き抜いてきた街なのである。

それらの傷跡もいまは消えてしまった。しかしパリの街でよく目にする、建物の壁面に取りつけてある数々の記念プレートは、血と銃弾の記憶をいまも静かに物語っている。

そのパリ市の紋章は、遠い昔から一艘の帆船である。通りを歩いていると、学校などの公の建物の正面に、水に浮かぶ船がレリーフに彫られているのを見かけることがある。船が激浪に翻弄される姿である。だが、この船は、幾たび荒波に弄ばれても沈まなかった。

テロがあった日の翌朝、外に出てみた。さすがに街は静まり返っていた。その人影のない舗道の広告用のパネルに、だれが選んだのか、パリ市の銘文である、

Fluctuat nec mergitur（揺れ動けども沈まず）

のラテン語の文字が掲げてあった。それを見て、思わずわたしはその場に立ち尽くした。フランス人の知性と誇りを見る思いがしたからだ。

そのわずか三語からなる銘文は、街の深い静かさのなかで、パリの決して揺らぐことのない抵抗の意志を、無言で告げていたのである。

4 機械文明のなかの人間

1

パリは、待ちかねた夏の休暇に入ろうとしていた。

その日、ポール・ヴァレリーは、パリ十六区の地元の学校、リセ・ジャンソン＝ド＝サイイーでの賞品授与式、日本風にいうと学年末の終業式に主賓として招かれて、これも日本風にいって祝辞を述べることになった。

フランスの革命記念日である国の祭日、日本でいう巴里祭を翌日に控えた一九三二年七月十三日のことであった。

リセというのは、ちょうど日本の高等学校にあたっているから、壇上に立った彼の前には、十代後半の若い生徒たちがびっしりと坐っていて、著名な文学者の祝辞に神妙な顔つきで耳を傾けていたことだろう。

先日、近くに用事があって学校の前を通った。ちょうど下校時間だったので、せまい舗道に生徒たちがあふれていた。だれもがわれ先にと甲高い声でおしゃべりに興じている。かつてヴァレリーの祝辞を聴いた生徒もこういう元気いっぱいの若者たちだったのだろうかと、そっと顔をのぞきこみながら脇を通り抜けた。

祝辞といったけれど、彼がその日述べたのは、通り一遍の祝辞ではなかった。

晩年のヴァレリーの最大の関心事は、ヨーロッパが第一次世界大戦でうけた致命的な痛手と近代科学の急激な進歩によって日常生活はおろか、当時のヨーロッパのあらゆる分野におよんだ未曾有の変貌と混乱を徹底して分析し、ヨーロッパが危機的状況にあることを読者や聴衆に伝えることにあった。ただそれほどの事態であっても百年も前のことことなれば、いまのわたしたちには関係のない遠い昔のことのように思う人もいるかもしれない。が、果たしてそうだろうか。ともかく彼の目にヨーロッパの混迷の度合いはそこまで深刻に映っていたのである。

そこでヴァレリーは、この日も、将来のフランスを担う若者たちに、この焦眉の問題を話の終わりに織り込むことにして、講演の主題としては、前々から疑問に思っていた歴史というものへの一般の見方を批判したうえで、彼自身は歴史をどう見ているか、その見方を語ることにした。なぜ、いま、歴史について語るのか。その深い理由については、このあとで明らかになるだろう。そして「歴史についての講演」という演題を掲げると、おとなでさえその緻密な内容を理解するには十分な知性と、かなり高度な予備知識を要する講演を行ったのである。

パリにいると、ときどきフランス人の挨拶や講演を聴く機会がある。そんなときつくづく思うのだが、彼らは十分な準備もなくその場の思いつきで話したりは決してしない。なかでもヴァレリーの講演は、あらかじめ考え抜かれた原稿をもとに話しているので、内容も表現もそのまま印刷にまわせるくらい推敲されている。これは一般にフランス人が行う講演について言えることで、彼らの言葉によるパフォーマンスは肉声となった思考そのものに接する体験であって、ときには一冊の本を読み終えたあとのような感動を与えられることがある。おそらくその背景には古代ローマ以来の雄弁術の伝統がいまも根強く残っているからなのだろう。

それはさておいて、ここで彼の歴史の見方というのを手短に紹介しておくと、こういうことになるだろうか。

歴史というのは、有史以来、数千年にわたって人類が経験した出来事の集積とそこから抽出された知恵の宝庫と一般には思われがちである。ところが歴史として後世に残された出来事は、それこそ無数といっていい出来事のなかから、歴史家がそれぞれ重要だと判断した度合いにしたがって選択されたものである。選択がある以上そこには何らかの判断が働いている。彼がある一つの歴史的事実、たとえばフランス革命を取り上げて、それについてどれほど良心的で公正で、要するに客観的であろうと努めても、事実について何らかの判断を下すとなれば、それぞれの歴史家に固有の個性を脱ぎ捨てるわけにはいかない。みずからの「人格や、本能や、興味や、独自の物の見方を排除すること」は、彼の人間性を放棄するのとおなじことでほとんど望めることではない。それゆえ歴史において「重要性というものはまったく主観的なのであり」、「確かなものはあいまいであり、現実とされるものには無限の解釈を施すことができるのである」。歴史が、ヴァレリーの精神にとって、幾何学や物理学のように、ついに厳密な科学になり得なかったのは「観察者を観察される事柄から、歴史を歴史家から分離することが不可能」（以上、「歴史についての講演」一九三二年）だからなのだ。要するに、彼にとって「歴史は知性の化学が入念に作り上げた危険きわまりない産物」（「歴史について」一九三一年）であるほかはなかった。

これはしかし、科学としての歴史を否定しているのであって、歴史そのものの否定ではない。歴史がかつてあったことは、否定するしない以前の自明のことである。問題は純粋な事実と思われる事柄をどう解釈するかにかかっているが、解釈されたある事実が現実の歴史的事実だったかどうかはだれにも保証することはできない。

こうしてヴァレリーは、歴史の客観性に徹底して批判的な見方を語っておいてから、ヨーロッパにとって焦眉の問題である現代社会の変貌と混乱に話を進めたのである。

ところで、ヴァレリー自身がリセの最終学年にあたる修辞学級（レトリック）、現在の最上学級（プルミエール）というのに在籍したのは一八八七年のことであった。

ちなみにこの西暦年を日本の暦に直すと明治二十年にあたる。後進国の日本が西欧化を推し進めるなかでその動きの象徴ともなった鹿鳴館が落成したのはその四年前のことにすぎない。一方ヴァレリーがリセで最後の年をすごしたのは西欧の文化が円熟しきったいわゆる世紀末の時代であり、祝辞を述べた年をさかのぼること四十五年も前のことであって、壇上に立った彼はこのときすでに六十歳を越えていた。

ヴァレリーは、講演のなかで、その遥かな昔を回想した。

あの頃のパリは、街の大通りを行くのは馬や馬車ばかりで、自動車などというものは影も形もなかったのです、と語って、若い生徒たちの想像を世紀末のパリへといざなった。

しかしそれは古き良き時代のおもかげを彼らの脳裡に浮かばせるためではなかった。そのかつての時代とヴァレリーが講演を行った日を隔てる半世紀ばかりの年月は、人類の文明の歴史にそれまで想像もできなかったまったく新しい科学的発見や発明をもたらし、それによって従来の生活習慣から物の考え方や感じ方に至るまですべてが一変していた。彼がまだ若かった往時を語ることは、その後のはげしい変貌の実際を若い生徒たちに実感してもらうためだったのである。

そんなわけでヴァレリーは、人知が驚くほど短い期間に競いあうようにして実現させた、たとえばアインシュタインの時空の観念に革命的な変化をもたらした相対性理論や、身近なところではレントゲンによるX線の発見など、多岐にわたる発見や発明を巧みに話に織り込みながら、自分がリセの生徒だった世紀末の、まだどこかに牧歌的な趣きが漂っていた街のありさまを回想して、こんなふうに語って聞かせた。

このおなじ〔一八〕八七年には、大気はどこまでも本物の鳥たちだけのものでした。電気はまだ電線を無くしてはいませんでした。固体はまだ十分に固かったし、不透明な物体はまだあくまでも不透明でした。ニュートンとガリレオは平和にこの世に君臨していました。物理学は幸福でしたし、その規準は絶対的だったのです。「時間」は平穏な日々を送っていました。つまりどの一時間も「宇宙」を前にしてすべて同一だったのです。「空間」は無限であり、均質であることを享受していて、その厳かな懐のうちで起きるいっさいのことには完全に無関心でいました。「物質」は正しい善なる法則のもとにあるのを感じていて、よもや極小の世界では法則を変更することになり、——この分割の深淵にあっては法則の概念すら失うに至るとは夢にも思っていなかったのです。

（「歴史についての講演」）

こう語ったあとで、彼の話はいまの時代にもどって来て、ニュートンやガリレオの法則がまだ行き渡っていた世紀末の穏やかな時代が一気に変貌してしまったことを告げたのである。

こういう状況はいまではもうすべて夢まぼろしにすぎません。すべては変わってしまいました、ちょうどヨーロッパの地図や、地球の政治的な表面や、私たちの街の外見や、私のリセ時代の友人たちが「名だたる著名人に」変わってしまったのとおなじようにです。

（同前）

こうしてヴァレリーは二つの時代のあいだに生じた著しい変化を生徒たちに強く印象づけた。それにはある狙いがあった。

世の中の変化というものは、時の流れにつれていつの時代にも見られることであっても、世紀末から二十世紀の二、三〇年代にかけて見られた変化は尋常一様なものではなかった。一八八七年の時点で手に入るあらゆる知識を動員し、想像力の限りを尽くしても、果たして現在の変貌のありさまを予測できた人がいただろうか。狙いというのは、時代の変貌を予測することが近代ではまったく不可能になったことを目の前の若者たちにわかってもらうことだった。

一八八七年のもっとも偉大な学者でも、もっとも深遠な哲学者でも、もっとも見通しに明るい政治家でも、わずかに四十五年がすぎたあとで私たちが現に目にしていることをせめて夢想するだけでもできたでしょうか。いったいどんな精神の働きがあれば、一八八七年に蓄積されたあらゆる歴史的な資料を扱って、過去のもっとも該博な知識から、たとえごく大雑把にではあっても、一九三二年の現状がどうなっているかを推論することができたでしょうか。そんなことは思いも寄らないことなのです。

（同前）

それにしても、なぜヴァレリーは、過去の知識から未来を予測するのが不可能になったことをこれほど強調しなければならなかったのか。その理由というのは、わたしたちが当然と思っている歴史に対する態度にあった。彼はその態度をこう説明する。

もし「歴史」が単なる精神の気晴らしに終わらないとすれば、それは私たちが歴史からあれこれ教訓を引き出せると期待しているからです。私たちは過去の知識から何かしら未来の予見を推論できると考えているのです。（同前）

理由というのは、われわれがとってきたこの歴史依存の態度がもはや通用しなくなったことを肝に銘じさせるためだったのである。実際、ヴァレリーは「歴史について」のなかで、「先の〔第一次世界〕大戦によってなにが打ち砕かれたかといって、予見できるという思い上がり以上に打ち砕かれたものはなに一つなかった」と書いていた。それほど世界は根底から変貌してしまったのである。だからいまの危機的な時代に重要なことは、その「思い上がり」を捨てて、過去にその例を見ない現代の世界を冷静に見つめることなのだ。

たしかに十九世紀の初めまでは過去の歴史は未来を予測するのに有効だった。それは世の中の動きが十年一日のごとくゆるやかで、歴史がおなじことの連続に見えたからである。それが十九世紀とともに科学が急速に発達しはじめて、二十世紀に入るとその科学技術の影響をうけて世の中は目まぐるしいばかりの変化を来して、過去の教訓は現在の混乱した状況を乗り越えるためにも、未来の変化を予測するためにもなんの役にも立たなくなった。

ところが、人びとは旧態依然として歴史に教訓を求めている。それは歴史は繰り返すものと思いこんでいるからだ。ヴァレリーはその認識の危うさにいち早く気づいて警鐘を鳴らしたのである。

そういうわけで私は予言するのを差し控えようと思います。これはほかのところでも言ったことですが、私たちは後ずさりしながら未来へ入ってゆく。そういう感じがして仕方がありません。私にとってそれこそが「歴史」のもっとも確かな、もっとも重要な教訓なのです。なぜなら「歴史」は繰り返さない事象の学問だからです。

（「歴史についての講演」）

わたしたちは、過去を振り返りながら未来へむかって進んでいると思っている。しかし現実には過去の歴史を頼りにして過去へ後戻りしている。それに気づかないのは、歴史は繰り返すものだと思い込んでいるからだ。しかし、いまや歴史は繰り返さない。それゆえ過去の歴史に教訓を求めることは徒労なうえに危険でさえある。かといって未来を予見することも封じられている。ヴァレリーは、われわれの精神がいわば過去と未来を絶たれた、文字どおり未曾有の状況に立たされていることを生徒たちに強調しておいて、最後に、現代の世界は彼ら若者たちの手ですべてを考え直し、やり直す必要があることを告げて、彼らをこう激励したのである。

親愛なる若者たちよ、いまや生活に乗り出し、やがては仕事にとりくむことになるのはあなたたちなのです。やるべき仕事には事欠きません。芸術でも、文学でも、科学でも、実務的な事柄でも、果ては政治でも、すべては考え直し、やり直す必要があるとあなたたちは考えることができますし、またそう考えなければならないのです。

皆さんはかつてのわれわれよりはるかに自分自身を頼みとしなければならなくなるでしょう。ですからあなた方の精神を武装しなければならないのです。これは知識を身につければそれで十分だという意味ではありません。活用し、自分の思考に結びつけようとも思わないものを持っていたところで、そんなものには何の価値もありません。

〔……〕

最後にひと言申しましょう。歴史はわたしたちに予見することをほとんど許しません。しかしながら歴史は自主独立した精神と手を結ぶとき、物事をいっそうよく見ることを助けてくれるものです。現在の世界をしっかり見つめてください。フランスを注視してください。（同前）

ヴァレリーは生徒たちに世界の現状を、とりわけ祖国フランスの現状をよく見よと言って、演壇を降りた。

＊

その言葉を、いま、こうして読んでいると、じつは内心に忸怩（じくじ）たるものを感じないではいられなかった。というのも、わたしのようなヨーロッパを外から眺めていた外国人は、リセの生徒たち以上に、第一次世界大戦後のヨーロッパが直面していた変化と混乱をほとんど認識していなかったのではないかと反省させられたからだ。

その反面、目に見える文化的な成果、近代ヨーロッパ、なかでも近代フランスが見せた文学や芸術の輝かしい成果が海を渡って来ると、日本人はそれに強い憧れを抱いた。ボードレールを筆頭に、マラルメ、ヴェルレーヌ、ランボーの象徴派の詩や、それを受け継いだヴァレリーの詩、あるいはプルーストの小説、ベルクソンの哲学、美術ではモネやセザンヌたちの印象派の絵画、音楽ではフォーレ、ドビュッシー、ラヴェル、あるいはフランクたちの曲をとおして文明の輝きにこころを奪われた。

実際、シャンゼリゼ大通りを馬車が行き交い、エッフェル塔の上を鳥だけが舞っていた世紀末から二十世紀初めの二、三〇年頃までの時代は、二千年におよんだヨーロッパの、とりわけフランスの文明が成熟しきってその絶頂期を迎えていたのである。ヴァレリー自身もそれを認めていて、大戦直前の時期を思いかえして、「精神の危機」のなかでこう書いていた。

一九一四年のヨーロッパはおそらくこの近代主義の限界に達していたのだ。〔……〕精神が生み出した数々の作品が見せる対照や相反する衝動の豊かさには、当時の首都の常軌を逸した照明の効果を思わせるものがあった。目は疼き、困惑するほどなのだ。これほどの乱舞が可能になり、それが人類の至高の叡智と勝利の形として確立されるためには、どれほどの資材が、どれほどの仕事と、計算と、略奪された諸世紀が、またどれほどの異質な生の積み重ねが必要だったことだろう。

（「精神の危機」）

事実、人びとは、精神的にも物質的にも、溢れんばかりの多様さと豊かさを享楽していたのである。

またアンドレ・モロワは『フランス史』のなかで過去の輝かしかった時代を引き合いに出してこう記している。「かくて、一九一四年のフランスは、ルイ十四世や、文芸復興期のフランスを、羨むべきものは何もなかった。いかなる国も、これ程の光輝と、正当な名声とを持ったことはなかった」（平岡昇他訳、前掲書）と。

それゆえ古くは永井荷風や、画家の黒田清輝、後には藤田嗣治といった日本人も含めて、ピカソ、モディリアニ、シャガールといった異国の若い芸術家たちが近代フランスが築き上げた芸術の精華に惹きつけられて続々とパリにやって来たのも当然といえば当然の話だった。画家たちが好んで集まったモンパルナスやモンマルトルに外国人からなる一種の美術家集団ともいうべきエコール・ド・パリが生まれたのもフランスが放った美の輝きゆえだったのである。

しかしながら、わたしたちはその美的栄華の輝きに幻惑されるあまり、近代ヨーロッパの精神的な実情を正しく把握するにはすこしばかり目が眩（くら）みすぎていたのではなかったか。当のフランス人、あるいは広くいってヨーロッパ人でさえ多少はそうだったのではあるまいか。そうでなければヴァレリーがわざわざ「精神の危機」を書いて、ヨーロッパ文明とそれを生んだヨーロッパ精神に迫っていた危機の実態をあれほど執拗に訴え、人びとに警鐘を鳴らす必要はなかったはずだからである。

いまではヨーロッパ文明論の古典と言っていいこの名篇が発表されたのは一九一九年のことである。いまからちょうど百年前のことになる。しかしその考察は現代の社会の状況までも見通す先見性に富んでいて、とても百年前に書かれたものとは思われない。わたしはこの論文とそれにつづく四篇の論文（そのうち三篇は講演）を読んで、いまわたしたちが住んでいる世界のけわしい国際情勢や日常生活に隠された不安な実態をなんど思ったかしれない。それゆえそれらの論文を取り上げて、そこに示された分析の深さ、正確さを測りながら、難題を抱える現代のために彼の警鐘に耳を傾ける気になったのである。

2

一九一八年、フランスは、イギリスやアメリカなどの連合軍の支援を受けながら、度重なる苦戦の末に第一次世界大戦に勝利した。そして、かつて普仏戦争でドイツに奪われた因縁のアルザス、ロレーヌ地方を奪還した。ドイツとの休戦協定が、パリの北、コンピエーニュの森のある町で調印されたのはその年の十一月十一日のことであった。

昨年の二〇一八年は、休戦から百年目の節目の年にあたっていた。

パリはその日、朝から冷たい秋雨が降っていた。マクロン大統領は、かつては敵国だったドイツのメルケル首相と並んで、おおぜいの各国の首脳たちとともに、雨に濡れたシャンゼリゼ大通りの、いつもは車が通る広い車道を、休戦記念の式典が行われる凱旋門広場へゆっくりと無言で歩いていた。だれもが黒い傘をさしていた。まるで葬列のような粛々とした歩みだった。

一方、百年前のヴァレリーは、群衆がパリのコンコルド広場に集まって熱狂するありさまを目撃した。無理もないことだが、フランスは勝利に酔っていた。兵士も市民も四年にわたった苦しみを経て、ようやく勝ち取った勝利だったからである。

おそらく「精神の危機」という論文はその渦中で執筆されたのではないかと思われる。「パリは沈まない」の章で多少見ておいたとおり、彼は戦勝国の人間でありながら、その胸のうちは戦争による殺戮と破壊に傷ついていて、自国の勝利に酔うにはあまりにも絶望が深かった。フランスのみならずヨーロッパの文化が、格段に破壊力を増した近代兵器によって崩壊するのを目の当たりにしたからであって、未来に希望をつなぐには彼の精神は明晰でありすぎた。

そんなヴァレリーの癒しようのない悲しみを伝える次のような一節が「精神の危機」のなかにある。

> 希望というのは精神が下す的確な予測に人間が示す不信感にほかならない。希望が暗にほのめかすことは、人間にとって都合の悪い結論はいっさい精神の誤りにちがいないということである。事実は、しかしながら明白で容赦ないものである。何千という若い作家と若い芸術家が死んでいった。ヨーロッパ文化という幻想は潰え去り、知識ではそれがなんであろうと救えないという知識の無力が証明された。科学はその精神的野心を打ち砕かれて致命傷を負い、その応用の残酷さゆえに辱しめを受けたも同然だった。
>
> （「精神の危機」）

他方、論文の冒頭はといえば、弔鐘を思わせる沈痛な一文をもって始まっている。

われわれ文明というものは、いまや自分が死すべきものであることを知っている。(同前)

これは、広範な歴史認識と正確な現状分析からヨーロッパ文明がいずれは衰亡を免れないことを予感した人間の言葉である。

かつてどれほど強大だった文明も滅びなかった例しはなかった。古代エジプトも、古代中国の幾つもの王朝も、古代ギリシア・ローマも消滅した。そして、そうした幾多の文明が滅びていった背景にはそれぞれに特有の滅亡の原因があっただろう。天災も、人災も、偶然さえもが関わっていただろう。しかし、もしヨーロッパの文明が滅びるとしてその原因に考えられることは一つしかなくて、それは「精神」である。この文明の根幹を形作ったのは精神であり、それを滅ぼすかもしれないのもまた精神である。おそらくそこにヨーロッパ文明の、ということはそれを築き上げたヨーロッパ的精神のもっとも特異な性格がうかがえる。

わたしは、ヴァレリーがこの精神の誕生の起源が古代ギリシアの幾何学に発していること、またその精神の特質について行った分析を「黒い壁」の章ですこし詳しく見ておいたので、それをここで繰り返すことはしない。

しかし触れることができなかった重要な問題が残されている。近代の、そして現代の機械文明によってわたしたちの精神はどんな深刻な影響を受けたか。それをこの章で探ってみたいのだが、そもそも機械文明を招来させたヨーロッパの近代科学がどうしてヨーロッパの地に誕生したのか。まずそれについて考えるために、「精神の危機」から次の一節を引用することから話を始めることにしよう。

ヨーロッパは、地表に占める面積が狭いうえに豊富な地下資源にも恵まれていないにもかかわらず、世界のほかの広大な地域、アメリカやアジア大陸や中近東に対して、科学の分野で、それをもっと広くいって、知的分野で、絶対的な優位を維持しつづけた理由は何だったのか。ヴァレリーはヨーロッパ人の「質」をあげてこう述べている。

　われわれはさきほど人間の質がヨーロッパの卓越性の決定因であることを示唆した。それを詳細に分析することは私にはできないけれど、しかし大まかな検討によってこんなふうに思っている。旺盛な貪欲さ、私利私欲のない燃えるような好奇心、想像力と厳密な論理の幸福な融合、悲観的にならないある種の懐疑主義、諦めでない神秘主義……こういったものが、ヨーロッパの「魂（プシケ）」にいっそう特有の積極的な性格なのである。

（同前）

ヨーロッパが生み出した優れた人物や作品に多少とも親しんだことのある人ならば、ヴァレリーが指摘したヨーロッパ人の「質」が実例に当てはめてどれも納得がゆくものであることに思いあたるのではないだろうか。わたしなどはヴァレリーその人がここにあげられたヨーロッパ精神の「質」のいくつかを体現した典型のように思われるのだが、どうだろうか。しかしそれはそれとして、これらの特質がヨーロッパがほかの世界に対して保持しえた知的優位のそもそもの要因だったのである。

そして、そうしたヨーロッパの特権的な優位の現象がもっとも顕著に現われたのが科学の領域でのことだった。

なぜ、そういうことになったのか。ヴァレリーはみずからに問い、みずからに答えて次のように述べた。

ここでも私はおなじ例を引こう。つまりギリシア人たちの幾何学である。私は読者にお願いする。この学問が時代を追ってどんな結果を生み出していったかをじっくり考えていただきたい。見られるとおりこの学問はすこしずつ、非常にゆっくりと、しかし確実に、大いなる権威を帯びていった。そのために、あらゆる探究、あらゆる既得の経験は、否応なく幾何学から、その厳密な論理の進め方、「素材」を切り詰める細心なまでの節約、自動的に一般化されるその性質、精緻なその方法、そして途方もなく大胆な思考さえも可能にするあの限りない慎重さ……こういったものを借用するようになっていった……。近代科学はこの大掛かりな教育から生まれたのである。

（同前）

科学がほかのいかに優れた文明からもついに誕生し得なかった理由がここに明らかにされている。実際、科学はヨーロッパ精神の真の申し子だったのである。

ここでヨーロッパ精神の危機という視点から見て問題となるのは、科学がその生みの親である幾何学から受け継いだ特質の一つ、すなわちその力が自動的にあまねく世に行き渡るという科学の普遍性である。なぜならヨーロッパ文明の危機は、皮肉なことに、この普遍性に由来していたからである。

つづく一節で、ヴァレリーはめざましく発展した近代科学を待ち受けていた運命を次のように分析した。

われわれの科学は、ひとたび生まれ、ひとたびその物質面での応用によって保証され報われると、力の手段、具体的な支配の手段、富の刺激剤、地球上の資本開発の道具と化してしまって、一つの《自己目的》としての営み、芸術的活動であることをやめてしまう。それまで消費価値であった知識は交換価値に変わり、知識の有用性は知識を商品に変えてしまう。商品となった知識は、もはや何人かのずば抜けて優秀な愛好家に好まれるのではなく、「世の万人」から好まれるようになる。

こうした商品は、したがってますます扱いやすく、ますます受け入れやすい形で準備されて、ますます数を増してゆく顧客たちに分配されるようになるだろう。そして「貿易」品目となって、ついには世界の至るところで模倣され、生産される品目となるだろう。

（同前）

すると、どういうことが起きるのか。それまでヨーロッパが独占してきた科学の成果は、その普遍性ゆえに科学的に見て後進国である世界各国に伝播され、模倣される結果を生じ、双方の力の差は縮まる一方となって、ヨーロッパの優位は徐々に失われるのを余儀なくされるだろう。

ここで、その実例として日本の場合を取り上げてみたい。

日本は当時、そうした後進国の一つであり、明治の世になって近代化を急ぐ極東の小国にすぎなかった。そんな日本がなんと大国である清国に戦いを挑んだのである。一八九四年に始まった日清戦争である。それがアジアを遠く離れたヴァレリーに「格別な印象」を与えることになった。なぜか。彼にはその出来事が単なる偶発事ではなくて、「なにかの兆候あるいは発端」と思われた。それをもう少し具体的にいうと、「その意味合いがそれ固有の重要性と見かけの影響力を大きく超えた意義深い事実」と映ったからである。

なぜ「意義深い事実」かといえば、ヴァレリーは日本の戦争行為を「ヨーロッパ式に再編され、装備されたアジアの国が最初に行った武力行使」（『現代世界を眺める』の序文）と理解したからである。いいかえれば、やがて訪れる科学技術の伝播と模倣という彼の予測は、早くもこの時点で、遥かな極東アジアの片隅で的中していたのである。彼が「格別な印象」を受けたといった理由はそこにあったと見てまちがいないだろう。

もう一つ、日本の科学の近代化についていうと、森鷗外は一八八四年、明治政府の命を受けて軍医としてドイツに留学して衛生学を修め、四年後に帰国してこれを日本に根づかせることに力を尽くした。はじめは兵士たちの健康を管理するのが目的だったその医学的知識は、やがて国民一般の健康の管理にも広がっていくことになった。

話を進める前に、ここでヴァレリーの経歴について興味深い事実を一つ補足しておこう。彼は一九〇〇年七月に、それまで勤めていた陸軍省を辞めて、アヴァス通信社のもっとも有力な経営者の一人で体が不自由だったエドゥアール・ルベーの私設秘書になり、一九二二年まで彼の仕事を助けてその職にあった。おかげで一日に二、三時間働くだけで、あとは自分の仕事に打ち込むことができた。その間多くの財界人の知遇を得るとともに、仕事の性質上、世界中の出来事にも通じるようになった。

おそらくそうして得た国際情勢に関する知識によるものかと思われるが、ヴァレリーは、「日本は衛生学を導入したおかげで、三十五年間にこの帝国の人口を倍増させたのです！……幾つかの基礎知識が三十五年間に一つの巨大な政治的圧力を作り出したのです」（「知性の決算書」一九三五年）と指摘している。これは科学的知識の急速な拡散とそれによって後進の国家が近代化にむかって急激な変貌をとげたことを示した一例である。そのこと自体はヨーロッパの近代科学が広く人類にもたらした恩恵の一つと言うべきであるが、西欧人から見れば、ヨーロッパの優位を脅かす現象だったのである。

実際、後進国日本が、ヨーロッパの科学的成果をなんとしてでも導入して近代化を進めようとしていた貪欲な姿を、ヴァレリーはどう見ていただろうか。次の短い言葉がそれを端的に物語っている。
「日本にしてみれば、ヨーロッパは日本のために作られたのだ、と考えているにちがいない」(「生きている思い出」一九三八年、『現代世界を眺める』所収)

これと似たような近代化の現象がヨーロッパ以外の国々でつぎつぎに発生するようになったとき、いったい世界各国のあいだで優位を決定するあらたな要因とはなんだろうか。ヴァレリーはそれに答えてこう予測した。「自然のままの物質的な大きさ、統計上の諸要素、数——すなわち人口、表面積、天然資源、こうしたものが最後にはただそれだけで地球上の地域のあの等級付けを決定する」(「精神の危機」)と。

いまから思えば驚くべき先見の明である。「質」に代わって「量」がものを言う時代がやって来るというのである。

たとえば、「精神の危機」が書かれた当時、アメリカはまだヨーロッパ精神が生み出した「一つの恐るべき被造物」にすぎなかった。ところがこの新大陸は「ヨーロッパ精神から普遍的な価値のある生産物を抜き取り、一方ではその精神に含まれているあまりに因襲的な、あまりに歴史的なものはそのまま「旧大陸」に置き去りにする」ことで見る見るうちに成長をとげた。これは「アメリカ、ヨーロッパ的精神の投影」(一九三八年)という論文に見られる指摘である。その結果、広大な国土と豊富な天然資源にものを言わせて、世界の政治と経済と、ときには武力衝突の危険性までも左右する大国に成長した。わたしたちが知っている現在の超大国アメリカである。この論文の発表からまだわずかに数十年しか経っていないときの出来事である。

ヴァレリーの先見性を証明するのはアメリカの場合だけではない。最近では中国の例がある。一九七八年頃までは経済成長率が二パーセント弱にすぎなかった中国は、ロシア、カナダに次ぐ広大な国土と十四億近い膨大な人口を背景にして、いまや国民総生産では日本を抜いて世界第二位に躍り出た。予想によれば、近い将来に共産主義を掲げるこの国が第一位のアメリカに代わって最大の超大国となって君臨するというから、そのとき世界の政治と経済、そして精神にかかわるもっとも微妙な問題である思想や生活上の倫理はどんな影響を被ることになるのか。だれに予測がつくだろうか。

インドの人口はまだ若干中国におよばない。しかし数年後には中国を抜いて第一位になるという予測もある。そうなるとインドの国力と国際的影響力がこの先どう拡大するか。これもまったく予断を許さないものがある。

国土も人口も言うに足りない中近東の国々が、豊富な天然資源、だれもが知る莫大な石油の産出量をもって世界の経済を揺るがしているありさまは毎日の新聞を読めばわかることだ。世界を動かしているのはもはや精神の質ではなく物質の量である。……

話がわきに逸れてしまった。じつはこんなことを持ち出すつもりはなかった。世界の現状が幸か不幸かヴァレリーの予測をみごとに裏づけていることに驚嘆するあまり、その現状に言及せずにいられなかったのである。

ここでもう一度、ヴァレリーの論文が発表された第一次世界大戦後の時代にもどることにする。

しかし読者は、その時代を百年も昔のことだからといって他人事のように思わないでいただきたい。なぜなら現在わたしたちの精神をほしいままに左右し、密かに蝕んでいる（ようにさえ思われる）機械化の進行は、すでにこの時代に端を発していたからである。日本のいまの生活は享楽的で一見平和そのもののように見えるけれど、一歩人びとのこころのうちに踏みこんだとき、その実態は真に平和だと言えるだろうか。享楽のなかの退廃や知的低迷はさらに進んでいるように感じられる。百年前のヨーロッパの知的混迷の状況をふりかえりながら、わたしがここでもっとも取り上げてみたいと思う問題もそのあたりなのである。

3

戦争が終わればふたたび平和が戻って来るだろう。勝者も敗者もひとしく願うことである。ところが現実はそう簡単に願いが叶うことを許しはしない。異常だった戦争中の状態が戦争前の安定していた状態に復すのに長い時間を要するのはつねのことである。

しかし、第一次世界大戦が特異だったのは、旧に復することがもはや問題ではなくなったことである。戦争が、爛熟期にあったヨーロッパ文明に終止符を打つことによって、それまで精神が何世紀もかけて築き上げたもろもろの価値――文学、芸術、哲学、科学、政治、経済といった分野で認められてきた価値を疑問に付してしまったからである。戦争は国土や人命を犠牲にしただけでは終わらなかった。もっとも深く傷ついたのは精神だったのである。

ヨーロッパの知性と称され、事実もっとも優れてヨーロッパ的人間だったヴァレリーが、その戦争でもっとも憂慮したのもまさしくそのことだった。講演のなかからその声を聴いてみよう。

この世界の本質的に重要なものは、戦争によって、より正確にいえば戦争の状況によってことごとく痛手を受けたと言うことができます。消耗が人体の再生しうる部分よりもっと奥深くにあるなにものかを食い尽くしてしまったのです。全般的な経済の混乱、諸国家の政治の混乱、個人生活そのものの混乱がいかなるものかは皆さんがご承知のとおりです。要するにそれは世界中に蔓延する困窮、戸惑い、懸念です。しかしこれらすべての傷ついたもののなかに「精神」があります。「精神」こそは真にむごたらしい傷を負っているのです。精神は精神をもった人たちのこころのうちで呻き声を上げ、わが身を省みて悲しみに沈んでいます。精神は深くおのれ自身を懐疑しているのです。

（「付記（あるいはヨーロッパ人）」）

精神が精神自体を懐疑しなければならない最悪の事態がすぐれて精神の人であったヴァレリーをどれほど絶望させたかは、われわれの想像を超えるものがある。

この一節に吐露された暗澹とした思いは、これ以後二十年にわたってヴァレリーに「精神の危機」を含めて五篇の主要な論文を書かせることになった。そして、そもそも精神とは何か、精神はいかに傷ついたか、その結果われわれの生活はどう変わったか、という根本的な、それゆえ二十一世紀のわたしたちも無関心ではいられない問題の深さを訴えつづけることになった。それは彼が責任あるヨーロッパの知性として晩年のすべてをかけて果たした使命だったが、後世の人間から見ると、ヴァレリーが遺していった思想的遺言とも受け取れるのである。

正直なところ、そのすべてを取り上げるには思索の深さに加えて内容が多岐にわたっていて、とてもわたしなどの手に負えるものではない。この章では、わたしが現に見聞する現代社会のありさまをこころの片隅に置いて、とりわけ今日の状況にも関わりがあると思われる事柄だけを素描するものであることをお断りしておく。

＊

人間とはどんな生きものなのか。その生きものの内部で精神はどんな働きをしているのか。ヴァレリーは問題を根本に立ちもどって考えることにした。

そこで彼は、いわば精神の萌芽ともいうべきものを探るにあたって、人間の原初の状態における行動原理について動物の場合と比較して次のように考えた。

動物は環境に順応することで生きている生きものである。すなわち必要となれば自分が環境に応じて変身し進化することで生存を維持しているのであって、反対により良い生存への欲望を叶えるために環境を変貌させて環境との調和を乱すような習性をもともと持っていない。万に一つ調和を乱すようなみずからの本性に反した行動に出れば、ただちに自滅に繋がるからである。

　ところが、人間というのは現状に満足することのできない風変わりな生きものであって、その点でほかのあるゆる生きものと対立している。人間は満たされない欲望を満たすために進んで自分を取り巻く環境に手を加え、必要となれば環境との調和を破ることも辞さない。それが人間が内部に秘めている習性なのである。

　そこでヴァレリーは人間に特有のその習性を次のように分析した。

> しかし人間は、自身のなかに、自分の環境に対して保持してきた均衡を破ろうとするなにかを秘めています。それまで自分を満足させていたものに不満を抱かせずにはおかないなにかを秘めています。彼は一瞬ごとにいまの自分とは別の自分になります。彼は欲求と欲求の満足からなる閉じられた体系を作ったりはしません。満足すると、彼はそこからその満足感を覆すなにか得体の知れない過剰な力を引き出すのです。肉体とその欲望とが満たされると、すぐさま彼のもっとも奥深いところでなにかが立ち騒ぎ、彼にひらめきを与え、命令を下し、突き動かし、密かに彼を操るのです。それが「精神」なのです。あの尽きることのないあらゆる問いで身を固めた「精神」なのです……。　（同前）

この永遠に満たされることのない欲望を満たすために、精神は果てしなくつづく夢の連鎖を編んできた。それこそは人間の誕生とともに始まった人類の原罪ともいうべき飽くなき欲望の歴史である。その連鎖はアダムとイヴにとり憑いた知恵への欲望や、不死への渇望、あるいは天にも達するほど高いバベルの塔の建設の野望から始まって、今日のわれわれを突き動かしているＡＩなどの最先端の技術へのあらたな欲望にまでおよんでいる。

それらの欲望はこれまで人間にどんな夢を見させてきたか。レオナルド・ダ・ヴィンチをはじめとして数多くの著名な科学者たちの名が次々に頭に浮かぶ。科学史や文化史を繙けば、人間がこれまでに見た夢の一覧表を作成するのは造作もないことだ。試みにヴァレリーはその夢のいくつかを列挙してみせる。

> 遠隔操作を行う。金を作り出す。金属を変質させる。死を克服する。未来を予測する。われわれ人類には近づくことが禁じられた領域のなかを動き回る。世界の両端にいて話をし、姿を見、耳を傾ける。宇宙の星々を訪ねてゆく。永久運動を実現する、などなどと枚挙にいとまがなく、――われわれはあまりに多くの夢を見てきたので、その一覧表は終わることがないでしょう。〔……〕
>
> あまねく広がる征服と支配の企ては、物質的なものであれ、精神的なものであれ、すべてその表のなかに現われています。われわれが文明、進歩、科学、芸術、文化……と呼んでいるものはすべてこの異常なまでの夢の生産に関係し、直接それに依存しているのです。
>
> （同前）

わたしたちはあまりに長いあいだ文明の世界に生きてきてその恩恵に浴しているために、それを自然なことだと思って人間の夢の本来の性質、つまり夢は自然に逆らって見られたものだということを忘れている。動物が生まれたときに与えられた環境に順応して生きる生きものであるのに対して、人間だけは原初の生存の条件に満足できず、与えられた条件に逆らって自然を人工的に変貌させ、そうすることでより良い条件のもとで生きようと努めてきた。

この反自然の欲求から生まれたのが人間の夢である。だから夢は自然界のどんな生きものにも宿らなかった高度な精神が育んだ禁断の欲望であって、自然界から見れば異端者か反逆者の思い上がりであり、考えられない妄想なのである。

> こうしたすべての夢はわれわれの定められた生存のあらゆる既定の条件に歯向かうものだと言うことができます。われわれは自分の生存領域に自分から変更を加えようとする動物種なのです。どの夢もわれわれの生の原初の条件のどれかに挑むように作られていて、夢をそう考えることによってこれらの夢の一覧表、体系的な分類表を作成することだってできるでしょう。重力に逆らう夢があり、運動の法則に逆らう夢がある。空間や持続に逆らう夢もある。同時遍在、予言、「若返りの泉」はもうすでに夢見られましたが、いまでもまだ科学的な名称のもとで夢見られています。（同前）

ところが、人間の精神が自然に逆らって営々と紡いできたこの夢の連鎖に、あるとき、まったく性質の異なる変化が起きた。

ヴァレリーの指摘するところによれば、一八〇〇年、ボルタによる電池の発明と電流の発見がそれであって、彼はその発明を「世界の様相を変えることになる新事実の時代」（「知性の決算書」）の幕開けと位置づけた。その後、放射線やX線、電信や遠隔映像送信（テレヴィジオン）など、物理学上の発見が相次ぐことによって「われわれの物理学の知識がすべて疑問に付せられ、思考の習慣までが見直される」羽目になったことに注目して、それに強い懸念を表明した。

ヴァレリーは一九三五年に「知性の決算書」と題した講演を行っている。「精神の危機」を書いてから十六年がたっていた。その間に最初の論文で指摘したあらゆる分野における混乱はいちだんと深刻さを増していた。彼はその事態を踏まえて二十世紀に入ってから起きた、かつていちども前例を見たことがないこの時代の変化を取り上げてこう述べたのである。

> しかし、私たちが生きて来た三十年あるいは四十年のあいだに、あらゆる分野であまりに多くの新しいことが導入されました。あまりに多くの意表を突くこと、創造、破壊、発展が突如としておびただしく現われて、前にお話ししたあの知的伝統や連続性を容赦なく断ち切ってしまったのです。そして日を追って数を増していく問題、まったく新しい予想外の問題が、政治、芸術、科学を問わず、あらゆる方面から持ち上がってきたのです。人間に関するいっさいの事柄においてカードというカードはすべ

て切られ交ぜられたのです。哲学者であろうとなかろうと、だれもがいままで夢にも思わなかった多くの問題に、人間は攻め立てられています。だれもが不意を突かれたのも同然なのです。すべての人間が二つの時代に属しているのです。　（同前）

人間の歴史には二つの異なる時代が接しあい、重なりあい、せめぎあう時期があった。日本の歴史でいえば明治維新がその代表的な例である。フランスの歴史でいえば、中世からルネサンスへ移り変わる時期、あるいは絶対王政から共和制へ移り変わるフランス革命の時期がそれである。しかしそこでせめぎあった新旧の思想や制度のうち、新しいものはすでにその兆候が前の時代のなかに萌(きざ)していて、次に来る時代を準備していたのが歴史の通例である。たとえそれがいかに時代を画する大きな変化であっても、時間をおいてふりかえるとき、そこには起きるべくして起きた変化の条理が見えるはずである。暗黒時代といわれる中世の末期にはルネサンスの知的胎動が予感され、絶対王政の治下にあった十八世紀にはすでにフランス革命を準備する人間の自由と平等を謳った思想が説かれていた。

　ところが、ヴァレリーが語っている二十世紀前半に世界を襲った未曾有の変化は、まるで世の中が突然変異に見舞われたかのように変化の条理をたどる余裕さえもわれわれに与えなかった。いや、はじめからこの変化には条理は存在しなかったのだ。だから混乱は必定だったのである。くりかえしていえば、その混乱は「世界を変貌させた強烈な知的発展の明らかな結果」にほかならなかった。

いまのわたしたちには想像もつかない事態を、ヴァレリーは目の当たりにした。そしてそのときの印象をこう語っていた。

こうして精神の活動は、猛然と、熱に浮かされたように見境もなく強力な物質的手段を創造して、世界中に波及する桁外れの大事件を生み出したのです。そして人間の世界にもたらされたこれらの変化は、秩序も、あらかじめ考えられた計画もなく押しつけられ、そのありさまと来たら、とりわけ人間の生きている本性も、人間の適応力と進化の遅さも、生まれ持った本来の限界もまるで眼中になかったのです。（同前）

ヴァレリーは数学や科学を愛好し、アインシュタインの最新の相対性理論に強い興味を示し、物理学の世界に精通した稀な文学者の一人だっただけに、人間の生命と生活を無視して暴走する科学の発展の狂乱ぶりを憮然とした面持ちで見つめていたことだろう。そうかといってこの狂乱ぶりも、知力の行使に奔走する人間の精神が引き起こした事態であれば、それを収拾するのも精神の務めでなければならない。

そこで彼は緊急の課題をみずからに提起してこう話をつづけた。

いまわれわれは一つの問題の前に立っています。その問題というのはこういうものです。世界は、あまりにも多くの力があまりにも不用意に適応されたために驚異的な変貌をとげましたが、しかしそれはすさまじいばかりの激変でした。そんな世界は果たして合理的な地位を獲得できるでしょうか。均衡のとれた耐えうる状態にすみやかに復することができるでしょうか。むしろそうした状態にすみやかに到達することができるでしょうか。〔……〕
したがって私が提出した問題はすべて次の問題にもどってきます。人間の精神は精神が行ったことを克服できるのか。人間の知性はまず世界を救い、次いで自分自身を救うことができるのか。（同前）

これこそはいまのわたしたちがヴァレリーにその解決策を、あるいはせめてその手がかりなりを示唆してもらいたいと願う問題にほかならない。しかし彼の明晰な頭脳は問題の複雑さをだれよりもよく認識していた。それゆえ自分にできることといえば、精神が現代の激変した生活に影響されて、どれほど疲弊しているかを指摘することに尽きることを承知していた。

いえいえ！　この問題を解決できると私が思っているなどと期待なさらないでください。そんなことは論外です。まして皆さんにそれを完璧に、明快に、手っ取り早くお話しできるとは思っていません。この問題が頭に浮かんでからというもの、ますます問題の複雑さに気づくようになりました。〔……〕そこでこの目的を果たすためには、現代生活が、つまり大多数の人間の生活が彼らの精神をいかに扱い、いかにそれに影響を与え、いかにそれを刺激し、疲労させているかを指摘すればそれで十分ではないかと思います。申し上げておきますが、現代生活が人びとの精神に対してどんなにひどい扱いをしているかを見ますと、知的分野で価値をなすものを保存することに大きな危惧を抱くのも当然のことなのです。

〔……〕正直にいって私は、知的生産と消費の一般的な様相のなかに認められる（と私には思われる）退廃と衰弱のある種の兆候に強い懸念を感じていますので、ときには未来に絶望することがあります！　申し訳ないのですが（自分でもひどいと思っていますよ）、ときどき私はこんな夢想を抱くことがあります。人間の知性と、人間が動物的な生の水準から遠ざかるのに役立っているいっさいのものとが、いつの日か衰退して、人類は気づかないうちにもとの本能的な状態に舞いもどり、ふたたび猿のような気まぐれで愚にもつかない姿に陥るだろう。知性はすこしずつ無関心と、不注意と、移り気に引き込まれていくだろうと。こうした傾向は、多くの事例が現代世界とそこに見られる趣味や、その風俗や、その野心のなかにはっきり表わしていることであって、早くもそんな事態に強い不安を抱かせているのです。（同前）

ヴァレリーは、こう率直に絶望的な気持ちを告白してから、激変した現代人の生活が彼らの精神を翻弄して、どれほどその知的能力を低下させているかというこの講演の核心へ話を進めた。

4

ヴァレリーが最初に取り上げたのは精神そのものではなかった。わたしたちのなかにあって精神に先立って働く感受性であった。

たしかにわたしたちは危機に立たされた精神といわれても、すぐにはその実態を理解しない。しかし感覚の働きとなれば、それは日々の生活そのものであり、だれもが刻々に経験していることである。感受性というのは感覚の感度、あるいはその繊細さの度合いのことである。ヴァレリーはそういう感受性の役割とその精度というわたしたちが日ごろの生活のなかで経験しているはずの身近な事柄にまず聴衆の注意を向けさせた。

なぜかといえば、精神を始動させる「真の原動力」となるものは感受性だからである。もしその感受性が混乱した現代生活のあおりを受けてその働きに変調を来せば、こんどは精神がその変調の巻き添えになるのは避けがたいからである。したがって精神や知性に関わる問題もその発端は感受性の問題に始まっているのである。

感受性というと、わたしたちは音楽や絵画を味わい愉しむときに働く美的感性を考えがちであるけれど、本来の機能は生きものの生命を保持することにある。感受性は、たとえば周囲の状況になにか不審な変化が起きれば、ただちにそれに敏感に反応して変化の原因を探り、必要となれば状況の変化に応じた行動に出ること、すなわちヴァレリーがいうところの精神の「変換力」la puissance de transformation の発動を精神にうながす。それが感受性の根本的な機能なのである。作曲家が曲を作る場合にもおなじことが起きていて、ある情感なり、ある音楽的創意なりを曲に変えるときもこの精神の変換力が働く。画家がある対象や印象を形や色彩によって画布に描く瞬間にもおなじ精神の変換力が機能する。

だからヴァレリーは人間も含めた動物一般にそなわったこの感受性の働きに強い関心を寄せていて、この講演以外でもたびたびこれを取り上げてわれわれの注意を喚起した。たとえば「精神の政策」（一九三二年）という講演には動物に例を取ったきわめて示唆に富む一節がある。

> 静かに横たわっている動物が異様な物音を聞きつける。それが出来事なのです。彼は耳をそばだて、おもむろに首を持ち上げる。不安が彼を襲う。変換力が全身に広がり、彼を立ち上がらせる。耳が彼に方向を指示する。すると彼は逃げ出す。微かなざわめきがあればそれで十分だったのです。同様にして現象に非常に注意深い精神、習慣によって感受性が鈍っていない精神は、平凡な出来事（たとえば物体の落下）によって覚醒し、引きつけられる。知的不安が精神を襲う。すると不安はさまざまな疑問と条件からなる精神の仮想システム全体に伝達される……ニュートンは二十年間、探究の組合わせの森のなかに留まっていました……。
>
> （「精神の政策」）

それゆえ仮に動物の耳の感度、つまり感受性がわずかでも鈍くなって微かな物音や、不審な気配に気づかなくなれば、それだけですでに動物にとって生死に関わる問題なのである。科学者の場合でも事情はまったくおなじであって、感受性の鈍化はただちに研究者としての生命を脅かすことになるだろう。

そういうわけで精神に最初の火花を与えてくれるのは感受性なのです。その感受性から精神は無くてはならないあの不安定さという特徴を受け取り、それにうながされて精神の変換力を発動させるのです。（同前）

かくしてニュートンの精神は、敏感な感受性の働きを介して、りんごが落下するという日常的な、しかし考えてみれば不可解な出来事に「知的不安」を感じて、その謎を突き止めるために動き出す。そして考えられるあらゆる原因の「組合わせの森」のなかで考えつづけた末に、ついに目に見えない重力の存在を仮定し、それを実証するに至った。

これが感受性と精神の親密な関係なのである。

そこでヴァレリーは、人間の感受性が、一九三〇年代に世の中がはげしく変貌したとき、生活のなかでどんな過酷な目に遭わされ、どう変質したか、その実態を自ら見聞している社会現象のなかにつぶさに観察した。現代の消費生活の状況は昔に比べてどう変化したか。はじめに問うのはこの問題だった。前に触れた「知性の決算書」という講演のなかで、彼はそれについてこう語っている。

われわれの現代世界は、自然エネルギーをつねにより効果的に、より徹底的に開発することに無我夢中になっています。現代世界は生活に欠かせない永遠の欲求を満たすために自然エネルギーを探し求めて消費するだけではありません。それを浪費するのです。そして浪費することに熱中するあまり、これまで知らなかった（夢にも思わなかったような）欲望を一から考え出し、存在しなかったそうした欲望を満足させる手段まで考え出してしまうのです。いまわたしたちが置かれている工業文明にあっては、すべてはまるである物質を生み出しておいてから、その特性に応じて、その物質で治癒できる病気や、それで癒せる渇きや、それで無くせる痛みを生み出すといったふうに事が運ばれているようなものです。したがって企業の富裕化のために、わたしたちの深い生理的な生命に根差したのではない、意図的に押し付けられた心的あるいは感覚的な興奮から生まれる嗜好と欲望にわたしたちを感染させるのです。

（「知性の決算書」）

これは一九三〇年代にかぎった話ではない。それどころかヴァレリーの指摘はいまの社会の状況をいっそう的確に言い当てている。現代の工業化された世界は、それが存続し繁栄するために、誘惑的な宣伝によってわたしたちの欲望をさらに貪欲にさせ、あるいはまったくあらたな欲望を吹き込むことで消費を増大させる。わたしたちは肥大化された欲望に支配されて、必要以上に消費することを感覚のあらゆる面で強いられている。それはもはや必要な消費ではなくて無用な濫費なのである。

現代人は濫費することに酔っています。速度の濫用。光の濫用。強壮剤、麻薬、興奮剤の濫用……。印象をうけとる頻度の濫用。多様性の濫用。反響の濫用。安易さの濫用。驚異の濫用。装置を起動させるあの驚くべき手段の濫用。その手段の巧妙な仕掛けのおかげで子供の指一本で途方もなく大きな効果が得られるのです。〔……〕われわれの生命体はその毒に順応し、やがてそれを要求するようになり、服用する量を日ごとに足りないと思うようになるのです。今日の生活はすべてこうした濫用と不可分なのです。（同前）

ここに列挙された濫用の多くは自然エネルギーとさまざまな産業による生産物の濫用である。忘れないうちに書き留めておくけれど、わたしたちがいま直面している大気汚染、異常気象、温暖化、またそれらが引き起こす旱魃（かんばつ）と洪水、巨大台風、海面上昇等々の地球の環境破壊は明らかにヴァレリーが警告した濫用の結果なのである。だが、さすがの彼も濫用がここまで深刻な結果をもたらすことになるとは予想していなかったにちがいない。それほど二十世紀の工業化の速度は驚異的だったのであり、われわれの消費は企業の企みとわれわれの限度を知らない欲望に唆（そその）かされて急増したのである。

話を感受性にもどすと、この濫用のなかでわたしたちの感受性はどんな影響を被ることになるだろうか。

おそらく人体というものは素晴らしく柔軟なのかもしれません。これまでのところは、ますます非人間的になっていく仕打ちにも耐えています。しかしこの強制、この過剰にいつまでも持ちこたえていられるものでしょうか。それだけではありません。われわれの不幸な感受性がどんな目に遭わされているか。どんな代償を支払わなければならなくなるのか。これればかりは神のみぞ知るです！……感受性は皆さんもご存じの喧騒に耐えています。胸がむかつくような悪臭や、強烈この上ないどぎつい照明にも我慢しています。われわれの体は永遠の目まぐるしさに晒されています。こうなると、粗暴な刺激や、飲めたものでない飲み物や、束の間の下品な興奮がなければ、われわれの体はなにかを感じたり、行動したりすることができなくなっているのです。

こうしたすべての事実を前にすると、私としては現代人の感受性は衰えつつあると結論しないわけにはいきません。というのも、われわれがなにかを感じるためにはいっそう強い刺激や、いっそう大きなエネルギーの消費が必要になるからですが、それはわれわれの感覚の繊細さが、洗練の一時期が過ぎ去ったあとで衰えたということなのです。

（同前）

わたしたち人間は、幸か不幸か、現状に順応してそれに慣れる能力を持っている。そのために容易なことでは自分たちの感受性が以前に比べて衰えていることに気がつかない。むしろいまの状態が自然で正常なのだと思い込んでいる。時代の変化はつねに避けがたいから順応性が生きものに欠かせない能力であることはたしかである。ただし順応した結果、感受性の衰えが人間のほかの能力に波及しない限りでの話である。だが、そういうことはそれぞれ独立した機能が緊密に結ばれている人間のような生きものには起こり得ない。感受性の衰えはとりわけ親密な関係にある精神に何らかの影響を与えずにはおかないだろう。

では、実際にわたしたちの感受性はどれくらい衰えているだろうか。ヴァレリーは四百年前のフランス・ルネサンス期の詩人ロンサールの頃をふりかえって、いまと昔とで感受性の感度に途方もない隔たりがあることについてこう述べている。

目は、ロンサールの時代には、油に浸した燈心でなければ、ろうそく一本で満足していたものです。あの頃の学者たちは好んで夜間に仕事をしたものですが、揺れ動く乏しい灯りの下で、苦もなく読んだり（それもなんと読みにくい本でしょう！）、書いたりしていました。今日では、目は二十燭、五十燭、百燭を要求します。耳はオーケストラの全音量を要求し、これ以上はないすさまじい不協和音にも耐え、機械が立てるシューシューいう音、ギシギシ軋む音、ゴーゴー唸る音にも慣れてしまいます。それどころかコンサートホールで演奏される音楽にまでそうした音を求めるありさまです。〔……〕またわれわれのもっとも中心的な感覚であるあの時間の感覚は、以前は馬が走る速度で満足していましたが、今日では急行列車でもひどく遅く感じ、電信でも死ぬほど待ち遠しさを感じています。

（同前）

これがヴァレリーが見た現代人の姿だった。

しかしわたしたちは目と耳の感度のこれほど大きな違いを指摘されても、酷使される感覚を労わるためにろうそくで暮らした不便な昔の生活に戻るつもりはまったくなく、またもどれるわけもないだろう。ヴァレリーも昔の人の感覚の鋭さを意味もなく取り上げたわけではない。感受性が繊細さを失った結果、現代人の生活、またそれをみちびく精神はどんな危機的状況に立たされているのか。彼が問題にしたいのはその点なのである。


いまでは地上のどこかで起きた大きな出来事は、一瞬にして世界中に発信され伝達される。ヴァレリーには想像もつかないほど各種の通信機器が驚異的に進歩したおかげである。昔はワーテルローの戦況も、遠く離れた恋人たちが思いをつづった恋文も、馬に乗った伝令か郵便馬車で送られるしか方法はなかった。何時間、いや何日かかろうとそれが最速の通信手段だったのである。

ところが現代の恋人たちは携帯電話でたがいに瞬時にこころを伝えあうのでなければ我慢できなくなっている。送った恋文に返事が届くのを今日か明日かと一日千秋の思いで待ちわびる切ない歓びはもう彼らの知らない感情になった。為替相場の取引は一秒の何分の一かの速さで送信されることを要求する。それほど相場は目まぐるしく変動するからで、変動の一瞬を逃せば膨大な利益を失うことになるからだ。芸術家は、瞬間にひらめくこころの衝動に任せて一気に仕事を終える。人目を惹く新しいものが価値となって歓迎されるからだ。時間をかけて、というより時間を無視してでも思想と技量が円熟するのを待つこと、またそうして完成された作品の評価を後世に委ねることが芸術家の本道だったのだが、いまではそれが侮られて意味を失ったのである。

　まるでわたしたちは、時間がかかること、時間をかけることが罪悪ででもあるかのように、すべてに速さを求め、粘り強く待つということを知らなくなった。これまで文明の価値を具体的な形で実現してきたもろもろの作品はいわば時間の結晶だったのだが、現代ではそうした時間を要する精神の作業は疎まれて顧みられなくなった。

　ヴァレリーは、こうした現代人の態度の変化に不安と違和感を感じて、「知性の決算書」の講演に先立つこと十年も前に、「知性について」（一九二五年）という論文でこう書いていた。

> 辛抱強く待つことができない、と私は言った……。さらば、かぎりなくゆっくりと進められる仕事よ、三百年の歳月を要した大聖堂よ！〔……〕さらば、包み隠しのない仕事を積み重ね、明るくうすい色の層をいくつも塗り重ねていって、一つの層に次の層を重ねるのに天才の助けなど考えずに何週間もただひたすら待ちつづけた末についに完成する絵画よ！　さらば、完璧な言語表現、文学的省察、そして貴重な工芸品と精密機器とに同時に比べ得る作品を作り出した数々の探究よ！……。いまやわれわれは刹那のうちに生きていて、衝撃とあざとい対照の効果に晒される運命にあり、偶発的な興奮がひらめかせるものとそんな興奮を暗示するものしか摑まないようにほとんど強制されている。われわれが追い求めて評価するのはスケッチ、下書き、草稿で

あって、完成という概念そのものがほとんど消滅したのである。（「知性について」）

仕事の迅速化の傾向は、しかしながら美術や文学の領域にかぎった話ではなかった。精神は、精神に関わるさまざまな分野で、作業の迅速化を推し進めた。そしてその迅速化のためにみずから進んで考案したのが機械だったのである。

＊

十九世紀の科学者や技術者は、純粋に科学的な関心から音声をより速く伝達させ、人間をより遠くへ移動させる手段を夢見て、電話と自動車を発明した。これは身近な例にすぎないが、やがて発明はいっそう複雑で高度な知識と技術を要する分野に広がって、今日の機械文明を招来するに至った。それを先導したのは精神であり、その目的はいうまでもなく精神の知的作業の迅速化にあったが、それは同時に精神にとって苦痛となる作業の軽減、要するに精神の省力化につながった。ヴァレリーはおなじ「知性について」のなかでこう言っている。

> 時間が重要でなかった時代は過ぎ去った。今日の人間は短縮できない仕事に励んだりはしない。じっくり待つこと、粘り強いことはいまの時代には重荷になっていて、多大なエネルギーを代価にして自分の仕事から解放されようと努めている。

そのエネルギーの利用や始動が要求するのが機械化であり、機械化こそはわれわれ

の時代の真の支配者なのである。（同前）

実際、当時すでに開発されていた機械の種類は多岐にわたっていて、試みにそれをヴァレリーにしたがって列挙すると、「記憶を助けてくれる情報定着の方式、頭脳の計算作業を軽減する素晴らしい機械、ある一つの学問全体をいくつかの記号のなかにそっくりおさめてしまえる種々の象徴と方法、かつては理解する必要があったことを目に見えるようにするために考案された驚嘆すべき簡便な手段、画像とその連続画像の直接的記録と随意の再生」など、今日わたしたちが身近に見ている機械や装置はすでに出そろっていた。

こんなふうに精神がみずから望んだ機械化がますます進むとき、精神にとってどんな事態が待ち受けているのか。

これほど多くの援助手段やこれほど多くの強力な補助装置に囲まれると、われわれの注意力と、平均的人間の連続した、あるいは一定時間になされる知的労働の能力は徐々に低下するのではないだろうか。（同前）

しかし機械化は、単純に人間の知的能力を低下させるだけでは終わらなかった。いっそう深刻な問題は人間そのものを変質させることである。すなわち人間を助けるはずの機械が、こんどは人間を支配して機械に隷属させ、機械の画一的な機能に応じられるような個性を失った人間を生み出すようになった。

機械が支配する。人間の生活は機械にきびしく縛られ、機械の仕組みのおそろしいほど正確な意志に拘束される。人間が作り出した被造物であるこれらの機械は要求がきびしい。いまや機械はそれを創り出した当の人間に跳ね返って、自分の思うとおりに人間を作り上げる。機械にはよく仕込まれた人間が必要なのだ。そこで機械は人間同士の違いを徐々になくして、人間を機械の規則的な働きやその支配体制の画一性に応じられるように作り直す。したがって機械は自分の用途に合った、ほとんど自分とおなじ姿をした人間を作り出すのである。（同前）

こうして人間は機械に支配され、機械に奉仕することを強いられる無個性な存在に転落することになった。それゆえ人間がすべて自分の手で行ってきた仕事が機械化されるに伴って、時間をかけて磨き上げた熟練の技をもつ職人は仕事の場を失って消えてゆくほかはなかった。

また機械化とそれがめざす産業の発展と利益の追求は、当然それに適した人間、機械化に合わせて仕事の内容をきびしく規定された人間とその育成を望むから、機械から見ればなにをしているのかわからない、いわゆる自由業に従事する人間は排除され、冷たい目で見られることになるだろう。

いうまでもないけれど、こうした機械は仕事の場にかぎらず個人の私生活のなかにも浸透して来て、文字どおり人間が生きるあらゆる領域を支配するようになるだろう。

そのときわたしたち人間は、ますます有用になってゆく機械とどんな関係を結ぶことになるだろうか。

＊

機械とわれわれ自身とのあいだには一種の協定が存在していて、それは神経組織が毒物に類する狡猾（こうかつ）な悪魔と交わすあの恐るべき契約に比較できる協定なのだ。すなわち機械は、それがわれわれに有用に思えれば思えるほどますます有用になる。機械が有用になればなるほど、われわれはますます機械を手放すことができなくなって、ますます不完全になってゆく。有用さの逆の面が存在するのである。（同前）

これがその関係であり、そこには有用な機械に隠された危険性が潜んでいる。ヴァレリーはそれを毒物や薬物に依存する中毒症状にたとえているが、人と機械との関係には、悪魔に魂を売ることを約束して現世での逸楽に耽（ふけ）ろうとしたファウスト博士の古い伝説を思わせるものがある。神経に作用して人間を中毒させる毒物の悪魔が狡猾だったように、科学はその有用性ゆえに人間の知的能力を低下させ、人間を不完全な存在に転落させる狡知さを秘めている。ただしそれは科学そのものの責任ではない。責任は有用さに惑わされて魂まで売ってしまった人間の側にあるからだ。

こんにち、機械がおそろしい勢いで進歩して人間を支配するその度合いと来たら、ヴァレリーの時代の比ではない。精神がみずからを補助するために進歩と称して、規模も性能もじつにさまざまな器機や機械を開発し、それが産業の分野のみならずわたしたちの生活のなかにまで浸透して生活を支配していることは身の回りを見渡せばわかることだ。

たとえば携帯電話がある。これは常時携帯されることを強いることによってその利用者を拘束する。利用者はいつかかってくるかしれない着信から解放される自由を奪われて、これを「手放す」ことができなくなる。街角でこれをいじっている人を見ると、どこまでも伸びる目に見えない鎖に繋がれた囚われ人を思わずにいられない。

そのうえこの小さな器機はいまや通話のためにだけあるのではない。それ一台のなかにいわば個人用の図書館、映画館、コンサートホール、病院を収納し、語学教師も通訳もガイドもそのなかに待機している。これほど万能の器機が有用でないはずはないだろう。ただしわたしたちはこの有能な道具をほんとうに使いこなしているだろうか。わたしは携帯電話の多様な機能のことを言っているのではない。なにかを使いこなすということはそれを自在に操って支配するだけでなく、必要がないときにはそれを無視することもできるということでなくてはならない。

しかしヴァレリーが指摘したとおり、ある機械が有用になればなるほど人はそれを手放すことができなくなる。そして気づかないうちにそれに使われ、それに振り回され、ついにはそれに毒されてしまう。有用さに屈して魂の自由を売り渡してしまうのだ。だから誤って機械に帰せられている弊害の多くは、それを開発し、使用するわたしたち人間に帰すべきものなのである。

たしかに精神は、人間のさまざまな能力を補助するために記憶、保存、計算、予測、判断を代行するさまざまな機械を考案した。科学者が何百年かかっても計算しきれない問題をほとんど瞬時に計算する驚くべき性能の計算機が考案されると、科学者を助けて研究を飛躍的に前進させ、不可能と思われた成果をあげるようになった。身近なところでいえば、昨今の医療現場を見ると、わたしたちは知らないうちにそうした科学の成果の恩恵に浴していて、科学者たちの努力にどれほど感謝しても感謝しきれるものではないだろう。人工知能ＡＩの驚異的な能力とそれによるさまざまな分野での技術開発がもたらす恩恵にしてもおなじことが言えるだろう。

しかし、どんなに有益な科学的発見や発明が行われても、科学それ自体には発見や発明の価値、あるいはその使用の是非を判断する倫理的能力は備わっていない。前に引用した「精神の危機」の一節でヴァレリーはこう書いていた。「科学はその精神的野心を打ち砕かれて致命傷を負い、その応用の残酷さゆえに辱しめを受けたも同然だった」と。

これは当時の科学が発明した爆薬などの化学製品が恐るべき兵器となって戦争に利用されたために起きた科学の悲劇である。だが、ほんとうはこの科学の敗北にしても、その責任は人間が負うべき筋のものであって、科学に責任はないのである。あのときヴァレリーが見せた科学に対する落胆はじつは人間の精神に対する絶望だったはずである。

人間が不完全になるということは単に知的能力の低下だけを指しているのではない。もっとも懸念されることは、機械の有用性とそれが産業の諸部門であげる莫大な利益とに目が眩んで、精神の判断力までが麻痺していないかどうかということである。たとえば世界の各地で現に人びとを苦しめている地球の温暖化による被害と大気汚染の現状を食い止めようと努める人びとの国際的な組織がある一方で、国力の増大と産業の発展のためと称して大気汚染などを黙認する政治家や実業家がいるのはその明らかな一例である。精神の道徳的低下、ひと言でいって堕落以外のなにものでもないだろう。

ヴァレリーは第二次世界大戦が終結した一九四五年七月に他界したから、その後のすさまじい機械化の発展による世界の変貌を知る由もなかった。しかし一九二五年の「知性について」のなかに、機械に翻弄される現代生活が「一種の精神の絶えまない堕落をもたらすのではないか」と憂慮して書いた次のような一節があった。

そして現在、とりわけみずからに問わなければならないことはこういうことであろう。精神にこれらの進歩を望ませて、それがおのれを活用させ発展させるためであるかのように思わせる才能そのものが、濫用によって損なわれ、それ自身があげた成果によって堕落させられ、その行使によって疲弊しているのではないのかと。

（「知性について」）

これは、まるでヴァレリーが、精神の「堕落」がいまの世界に恐るべき弊害をもたらしていることを見抜いていたかのように読めないだろうか。

5

つぎに、機械に支配された現代の社会は、個人一人一人の暮らしにどんな影響を与えただろうか。そしていまも与えているだろうか。ヴァレリーとともに、この身近な問題をより具体的に探ってみたい。

　ヴァレリーは、ある講演でこんなことを言っている。昔の人には分も秒もなかった。そのうえ、こちらの都合にお構いなく、いつかかってくるかも知れない電話に悩まされることもなく、列車の発車時刻に急かされることもなかった。だからデカルトは、アムステルダムの運河の岸辺で、われを忘れて哲学の夢想に耽ることができたのだと。

　一方、現代のわたしたちは、機械化された社会のなかでスピードを求められ、時間に追われて走りまわっている。そのわたしたちを取り巻くのは人と車の洪水であり、街にあふれる騒音と汚染された空気である。人と車が立ち止まれば経済もまた停滞するからだろう。富の追求は動物には認められない人間に固有の欲望だから、これを抑えることはほとんど不可能と言っていいだろう。

　ただ、そんなふうに毎日を機械と時間と騒音に攻め立てられて暮らしていれば、いつか人間は一個の生きものとしてその非人間的な状況に耐えられなくなる日がやって来るだろう。そんなとき人間は、内面の奥深くにある静かさに浸ることによって自分を取り戻す。

その静かさを、ヴァレリーは、われわれの「存在の深みにある本質的な静かさ」と言った。人間は、その静かな安らぎのなかで自分を取り戻して、疲れた精神にふたたび生気を吹き込むだろう。それは人間が生きものとして本能的に見せる自己保存の行為である。しかし、仮にこの内面の静かさを失うようなことになれば、人間は、精神的にも肉体的にも正常でありつづけることは次第にむずかしくなるだろう。

わたしは、ここまで書いて来て、ヴァレリーの考察のなかでもっとも関心を惹かれ、もっとも深く共感した個所にたどり着いた。もっとも深く共感したと言ったのは、これは前にも書いたことがあったが、はるか昔、はじめてパリと出会った留学中に、こんなことがあったからだ。わたしは、たった一人孤独のなかで自分自身と向きあったとき、周囲からすうっと雑音が遠のいて、ヴァレリーが言う存在の深みにある静かさというものをはじめて経験した。もちろんそのときは彼がそんなことを言っているとは夢にも知らなかったが、その陶酔にも似た忘我の状態のなかで精神が雑念から解放されて生き生きと息づくのを覚えたのだった。それをいまもって忘れることができずにいるからなのだ。

ところでヴァレリーは、人間の生命にとって欠かすことのできないこの内面の静かさが現代社会のなかで失われつつあることに気づき、大きな危惧を抱いた。そしてそれを「知性について」と「知性の決算書」のなかで二度にわたって指摘した。ここでは後者の講演のなかから、まずその一節の前段を引く。これはすでに第一章の「序に代えて」のなかで引用したことがあるので、覚えておられる読者もいるかもしれない。

ここで問題にしている余暇というのは、通常の意味での余暇のことではありません。明らかな余暇ならいまも存在しています。それどころか、法的措置によって守られ、広く一般に行き渡っています。〔……〕しかし私が言うのは、時間で正確に測られる余暇とはまったく異なるこころのなかの余暇のことで、それが失われつつあるということです。われわれはあの存在の深みにある本質的な静かさ、値が付けられないほど貴重なあの無我の状態を失っています。生命のもっとも繊細な要素はそのなかでみずみずしくよみがえって活力を取り戻すのです。そして存在はいわば過去と未来を洗い落とされて、現在の意識や、中断された義務や、待ち伏せしている期待から洗い浄められるのです……。気がかりなことも、あしたを思いわずらうことも、こころにのしかかる悩みもまったくなくて、あるものといえば一種の無我の状態での休息であり、恵みゆたかな空白であって、そのおかげで精神は本来の自由を取り戻すのです。すると精神は自分のことだけに集中するようになって、実務的な知識への義務を解かれ、目の前に迫っていることへの気づかいから解放されるのです。こうして精神は水晶のように純粋な形をしたものを作り出すことができるのです。（「知性の決算書」）

いま読んでみても、はじめて読んだときの感動が甦ってくる。

おそらくヴァレリーはここでみずからの内的経験を語っていたのだろう。彼の精神は、内面の静かさに沐浴することですべての雑念を洗い浄められ、ふたたび本来の自由と生気を取り戻す。まるで「深い海の底で洗われて、若返った太陽」（ボードレール「露台」）が、夜明けとともに、ふたたび海中から大空へ立ちのぼるように。実際、この静かさには、わたしたちの精神と生命にとって「値が付けられないほど貴重な」再生の力が秘められている。

　読者は覚えておられるだろうか、ヴァレリーが黎明（れいめい）とともに起き出して、まだ人が眠っている静かな時間に思索に耽り、それをカイエに書きつける習慣を死ぬまで守り通したことを。この一節の後半にはその姿を彷彿とさせるものがあって、精神が、いっさいの雑事から解放され、存在の「本質的な静かさ」に憩ううちに、ふたたび生気を取り戻して躍動しはじめるありさまが想像される。だれもがヴァレリーを見習うわけにはいかないとしても、それでもわたしたちは銘々自分なりに工夫を凝らして、一種の忘我の状態にもどって、そこでいっときの静かさに憩おうとする。それが生命のあらたな甦りに欠かせないことを生命自身が感じているからであって、生命は理性よりはるかに繊細に働くものなのである。

　しかし、もし生命が必要とするこのかけがえのない内面の静かさが現代社会の過酷な状況に乱されて失われるようなことになれば、それでもわたしたち人間はまともに生きつづけることができるだろうか。ヴァレリーは、この静かさの喪失こそが、現代人を襲う不眠症をはじめとする精神的な病のそもそもの病巣と見なしたのである。つぎに引く引用の後段はその分析である。

　ところが、いまやこの貴重な安らぎは、われわれの現代生活の厳しさと、緊張と、あわただしさのためにかき乱され、あるいは空費されています。あなたの内側を、あなたの周囲を見てごらんなさい！　不眠症の進行は驚くばかりで、ほかのすべての病気の進行と正確に軌を一にしています。世間にはなんと多くの人びとが、もはや合成された睡眠しか摂れなくなっていて、有機化学の産業の知恵を借りて無の状態を手に入れている始末です！　おそらく多少ともバルビツール酸系〔一九〇三年にドイツで初めて製造された睡眠鎮静剤〕の分子の新しい組合わせがわれわれに思索を可能にしてくれるかもしれません。なにしろいまの生活と来たら、自然な形で思索することをますます困難にしています。いつの日か、薬物が多少の深みをわれわれに与えてくれるようになるでしょう。しかし、さしあたって疲労とこころの混乱がときにはあまりにも激しいために、人びとはタヒチ島や、簡素と怠惰の楽園や、時間に縛られずにゆったりと流れる、われわれがいちども味わったことのなかった暮らしを素直に懐かしむようになったのです。

（「知性の決算書」）

これが、ヴァレリーが同時代の人びとの精神状態を分析して下した内面の診断であった。

タヒチ島といえば、画家のゴーギャンが、世紀末にヨーロッパの文明世界を逃れて、いっときこの「時計のない島」に移り住んだことが思い出される。しかし、だれもがゴーギャンのように、機械文明の画一的な支配と味気なさをきらって、思い切った行動に出られるものではない。その彼に先立つこと数十年も前に、詩人のボードレールは「この世の外ならどこへでもいい」と言って、はるかな安らぎの国への逃避を夢見た。そして近代生活の圧迫と喧騒に疲れると、南国の血を引く愛人の黒々と波打つ髪のなかに、遠い熱帯の楽園を夢想して、ひとときの忘我に酔いしれた。

私は陶酔を好むこの頭を、もう一つの大海を
閉じ込めているこの黒い大海に浸そうと思う。
そして波の横揺れに愛撫される私の敏感な精神は、
お前たちをふたたび見出すことができるだろう、豊饒な怠惰よ、
かぐわしい余暇のかぎりない慰めよ！

（ボードレール「髪の毛」、『悪の華』所収）

ここに引いた詩の一節は、近代のブルジョワ社会が冷ややかな軽蔑の目で見る怠惰と余暇がかつては生の美徳だったことをわれわれに思い起こさせて、そこに豊かさと安らぎが約束されていたことに気づかせてくれる。しかし「豊饒な怠惰」も「余暇」もいまは失われて、詩人はそれを女の黒髪がいざなう不在の楽園のなかに見出すほかはなかった。だが、いったんその夢想が破れれば、詩人の敏感な精神は、ふたたび近代社会の過酷さが強いる憂鬱にとり憑かれることになるだろう。

それがヴァレリーの時代になって、さらに機械化された近代社会の息苦しさが募り、憂鬱が嵩じてくると、彼の同時代の人びとのなかに不眠症という文明の病を発症させるに至った。そして睡眠にかぎらず薬物の助けを借りなければ、もはや精神的に安定した暮らしを送れない神経症の人びとの発生を見ることになった。それが現代になると、いわばその後遺症ともいうべき各種の精神上の疾患はいっそう社会に広がって、二十一世紀のわたし

たちを苦しめている。存在の深みにある静かさは、現代生活の騒音とスピードとどぎつい原色に晒されて失われ、ただ薬物だけが人工の安らぎを一時的に与えてくれる生活が残った。それがわたしたちの時代の姿である。

6

こうした個人一人一人の精神の疲労がもたらす影響は、とうてい個人の次元に止まるものではなかった。それは当然のように社会全体の精神状況におよんで、一国の文化の盛衰に関わらずにはいないだろう。

ヴァレリーはだれよりも自国の文化を愛し、誇りに思い、ボードレールやマラルメのような先人の知的遺産を受け継ぐかたちで仕事をしてきた文学者だったから、文化の衰微には人一倍敏感で、その明らかな兆候にこころを痛めた。だからこそ彼は疲弊した文化の実体を見きわめるために、まず文化という抽象的な言葉がなにを意味するのか、とみずからに問いかけて、「精神の自由」（一九三九年）と題した講演のなかで、それに答えて次のように述べた。

> この「文化」あるいは「文明」という資本は、なにから構成されているのでしょうか。まずそれを構成しているのは物です。本、絵画、道具といった物質的な物体であ

って、物としての予想される寿命、壊れやすさ、もろさを持っています。しかし、こうした資材だけでは十分ではありません。一個の金塊とおなじく、一ヘクタールの肥沃な耕地とか機械は、それを必要とし、それを使いこなせるすべを心得ている人がいなければ資本ではありません。この二つの条件をよくこころに留めておいてください。文化の素材が資本になるためには、それを必要とし、それを使いこなせる人間がぜひとも存在しなければならないのです。すなわち知識と内的な変換力を渇望し、自分の感受性の発達をも切望する一方で、何世紀にもわたって蓄えられた資料と道具の集積を利用するのに必要な習慣や、知的訓練や、約束事や、また実地の経験といったものを身につけて、それを実践するすべを心得た人間の存在が必要とされるのです。

（「精神の自由」）

要するに、文化というものは、先人たちが創造し、遺していったもろもろの物的作品に加えて、それを享受するために必要となる、ひと口にいってしかるべき経験と教養を身につけた人間との二つの条件から成り立っている。ただし多くの場合、わたしたちは、文化というとき、過去から伝わった物的作品の存在にばかり目が行って、それを活用するもう一方の人間の存在を忘れがちになる。しかし、文化という資本に血を通わせるかどうかはひとえにわたしたち人間にかかっていて、それを思えば、いま文化について問うべきことはこういうことになるだろう。現代人は、現代社会が突きつける喧騒やあくどい感覚や目まぐるしい変貌に翻弄されながら、それでも文化という遺産を畏敬と愛情をもって享受しているかどうか。そして、この問いについて忌憚なく言わせてもらえば、現代人は現代社会のスピードや手軽さや絶え間ない変化の風潮に晒されるうちに、徐々にそれを当たり前に感じて、むしろ現代風の生き方として受け入れるようになってゆく。それゆえ長い時間をかけて築かれた文化は性急な現代人から敬遠され、疎んじられる羽目になった。

たとえば、本は字が読めさえすれば、だれにでも読めると簡単に思われがちである。しかしそれも本によりけりであって、最近はやりの、どうすれば金持ちになれるかといった類いの本ならば、だれにでも読める代わりに、それは本のうちに入らない。本と言われるほどの本であれば、それを読んで堪能するには、ヴァレリーが指摘したとおり、習慣や知的訓練や約束事を身につけることが要求される。かつて日本ではそうした条件を満たした人を指して素養があると言ったものである。

ところが、その条件を満たすにはそれなりの努力が前提にあることが忘れられているか、あるいは勝手に無視されている。だから手っ取り早く本を愉しもうと思うものがいても、それは本が許さない。そこで多くの若者たちは面倒な本を放り出して易きに就こうとする。スピードと手軽さを求めて感覚をいきなり刺激してくれるものに走ってゆく。

かくして最小限の知識も、能力も、経験も必要としない手軽な作品ばかりが持て囃(はや)され、それが社会で幅を利かせるようになってゆく。その反面、今日まで営々と継承されてきた文化という資本は敬遠され、あるいは軽視されるに至って、文化は図書館や博物館の収蔵庫に死蔵される運命をたどることになるだろう。

しかし、その死蔵を許さないために、ここであえて現代人がまちがいなく反撥しそうなことを言わせてもらうと、本というものは、それなりの努力を惜しまなければ何物にも代えがたい悦びを味わわせてくれるものなのである。そしていったんその味を覚えてしまうと、いつしか本を愛し、本を手放すことができなくなっている。そしてこれは本に限った話ではないのである。

実際、そうした努力があったうえで、あなたが、たとえば森鷗外を愛するようになり、『渋江抽斎』の史伝の一節にかつて日本語が達したことのない表現の強靭さに打たれるとき、あるいはモーツァルトを愛し、コンサートホールか自室で「レクイエム」の深遠な旋律がこころに沁みとおるとき、あるいは中宮寺の弥勒菩薩像の前であの静かな沈思と神々しい優美さにこころを洗われるとき、文化などという言葉が口から出る前に、そこに文化が現実のものとして存在している。だから文化の実質というのは、昔からわたしたち人間が、ただ精神の悦びを味わうために過去のもろもろの「資本」である作品を享受する知的営みの積み重ねのなかにしか存在しないのである。その一つ一つの営みは本質的に内面的なものであり、それゆえ人の目を引かない静かなものであって、それが文化というものである。これに対して、外にむかってブンカ、ブンカと宣伝し、騒ぎ立てるようなところに、文化が存在した例しは一度もなかった。

ヴァレリーは、わたしたちが長年親しんできたこうした文化の資本がいまや「危機に瀕している」ことを聴衆に訴えて、次のようにきびしい判断を下していた。「われわれの文化の資本は、われわれすべての手によって浪費され、なおざりにされ、品位を落とされています。こうした文化崩壊の進行には歴然たるものがあります」(「精神の自由」)

これが彼が見た文化の現実であって、彼の目に、文化は病み衰えて、崩壊しつつあったのである。

　私は皆さんに、現代生活がしばしば非常に華々しい、非常に誘惑的な外見を呈しながら、その下に、ほんものの文化の病をどれほど生み出しているかをできるかぎり示してきました。なぜなら現代生活は、自然資源の豊かさとおなじように蓄積されるべきこの富、少しずつ層をなすようにして精神のうちに形成されるべきこの資本を、現に世界全体に広がっている混乱のなすがままに放置しているからです。そしてその混乱はあまりにも行き過ぎたあらゆる伝達手段によって広く伝播され、拡散されています。（同前）

一方、文化の病をもたらした現代生活の表層を覆っているむなしい騒々しさについては、その現実のありさまをヴァレリーはこう数え立てたのである。

　たえまなく襲いかかる衝撃、奇をてらったもの、最新ニュース。本物の欲求となった本質的なこころの移ろいやすさ、精神自身が作り出したあらゆる手段を使って一般に広がった神経過敏の状態。文明世界のこうした熱に浮かされた皮相な生活の形には、自殺行為にもひとしいものがあります。（同前）

*

そのうえ、この現代の「熱に浮かされた皮相な生活の形」は、文化にとって「自殺行為」にもなりかねないある重大な現象を招くことになった。真の意味で文化を支えてきた愛好家（アマトゥール）の激減あるいは消滅である。

昔はどんな分野にも、いわゆる目利きと言われる人たちがいたものである。彼らの経験に裏打ちされた的確な判断に支えられて、物を作る人間は腕を磨き、質の高い作品を作りつづけることができた。それは文学や美術の領域から日常の食の世界にまで言えることで、かつて北大路魯山人は陶芸の才能のほかにも食通としても知られていて、その確かな味覚によってきびしく料理人を育てたことを思い出す。物を作る側の人間にとって、物を享受し、それを正当に評価できる人間はなくてはならない存在であり、むろんその逆もまた真である。一貫の寿司に魂をかける職人が健在でいられるのは、それを食べるために遠路を惜しまない食通、贅を凝らした料理を偏愛するのでなく普通に食を愛する人たちがいたからである。文化はこの両者のたがいの信頼と肝胆相照（かんたんあいて）らす関係の上に成り立ってきた。

ヴァレリーが嘆いたのは、文化にとって欠かせない文化の受け手であり、担い手でもある愛好家の著しい減少だったのである。

私は、われわれの観念的な資本の安定した育成にとってかぎりなく貴重な人びとが徐々に姿を消してゆくのに立ち会ってきました。彼らは物を作る人たち自身とおなじくらい貴重な人びとなのです。この計り知れない価値を持った目利き（コネスール）、愛好家が一人また一人と消えてゆくのを見てきました。この人たちは作品そのものを作らなくても作品の真の価値を作り上げてきたのです。彼らは情熱に燃えていますが、買収されることのない審判者だったのであり、彼らのために、あるいは彼らを相手に仕事をするのはすばらしいことでした。彼らは読むすべを心得ていましたが、いまではそうした美徳も失われてしまいました。彼らは聴く耳を持っていました。深く耳を傾けることさえできました。見る目も持っていました。ということは、彼らがもういちど読みたい、聴きたい、見たいと切望するものが、その繰り返しによって、ゆるぎない価値になっていったということです。普遍的な資本はそれによって増大していったのです。

　そうした人びとがすべて死んでしまったとは申しません。もう二度と生まれてくることはないだろうとも申しません。しかし、残念ながらその数が著しく減っていることは否めないのです。この人たちが信条としていたのは自分自身であることであり、完全に独り立ちした状態で自分自身の判断を抱くことだったのであって、どんな宣伝も、どんな批評記事もそれには手を出せなかったのです。　（同前）

　愛好家というのは、作品の価値を見定めて、それを一時の流行の外に定着させるのに力を尽くす人のことである。彼らの判断によって「作品と作者の権威」が確定されるのである。その貴重な愛好家の減少あるいは消滅が、作家や芸術家にとって、どれほど痛ましい孤立と喪失感を味わわせるかを思うとき、わたしは、一つの比喩として、こんな舞台の光景を思い描くことがある。

それは俳優や演奏家が、ほとんど客が入っていない寒々とした客席の前で、それでも真剣に演技をし、一心に演奏している姿である。思っただけでも、これほどこころが凍りつくような光景があるものだろうか。わたしは一度だけそんな舞台に立ち会ったことがあった。そのとき、観客を失って舞台にひとり取り残された俳優や演奏家のこころのうちはどんなだっただろうか。だれにでも、そんながらんとした客席に坐って居たたまれない思いをしたことが一度はあるのではないだろうか。それがいわば文化の真の愛好家が激減した不幸な状況を象徴する光景なのである。

実際、もし作家や芸術家がそれほどの愛好家を失えば、いったいほかのだれに作品を託したらいいのだろうか。その喪失感は精神的な伴侶を失ってひとり残された人間の虚脱感にもひとしいものがある。

7

もう一つ、目利きである愛好家の消滅とは別に、普通に読者と言われる人たちにかかわる問題が残っている。読者というものは、目利きとちがって、だれもがなり得るものである以上、これは直接わたしたち自身にかかわる問題であり、それゆえひろく社会全体に影響がおよぶ問題なのである。

一体に物を作る作家や芸術家の心理というものは、ある意味でひどく人間的なものである。自分の作品を読者に読んでもらいたい、舞台を観客に見てもらいたいと内心強く願っている。そして待望の読者にめぐり合うと、こんどはその読者に作品を読んでもらい、作家としての創作の苦しみに少しでも報いてもらいたいと願うものなのだ。ヴァレリーはそうした作家のこころの機微に触れてこう言っている。

作家というものは、自分の仕事に注げるかぎりの時間と注意力のすべてを注ぐものですが、その仕事のどこかしらはそれを読んでくれる人の精神に強い印象を与えるだろうと思っているものです。そしてその人がある程度の質と長さをもった注意を払うことで、作家が自分のページを書くのに苦労した分をわずかでも返してもらいたいと思っているのです。（同前）

たしかに作家の本音は、まず読者に作品を読んでもらうことにあって、世間の評判や名声を求めているわけではない。読者の目が活字に注がれて、一つ一つの言葉に命が通うのをひたすら待っている。読んでもらえない本はまだ本とは言えないからである。
ところで、それだけ作家たちから期待されているのに、わたしたち読者はその期待に応えているだろうか。これに関してヴァレリーは読者をとりまく当時の出版業界の現状を分析した。そして読者におよぼすその影響についてきわめて悲観的な意見を述べたのである。

正直に言って、われわれは十分作家に報いているとは申せません……。われわれの責任ではないのです。われわれは本におし潰されています。なかでも、いきなり気をひくような強烈な内容の読み物にうるさくつきまとわれています。一般の新聞雑誌には恐ろしいほど雑駁(ざつぱく)で、支離滅裂な、過激な情報が満載されているので（それもとくに日によりけりですが）、われわれが二十四時間のあいだに読書に割ける時間はそっくりそれに取られています。われわれの精神はかき乱され、動揺させられ、あるいは極度の興奮に取りつかれています。

仕事を持っている人、暮らしを立てるために働いている人で、日に一時間しか読書に割けない人がいて、それを家でするにせよ、電車かメトロでするにせよ、せっかくのその一時間も、犯罪事件や、支離滅裂なたわ言や、うわさ話や、相も変わらぬ三面記事に食い尽くされていて、そのごちゃまぜで、山のように大量の記事と来たら、まるでこちらの精神を唖然とさせて、下品に単純化するために作られたかのように思われます。（同前）

これが、ヴァレリーの目に映った当時の読者が置かれていた状況だった。読者は、自分が読みたいと思う本にたどり着く前に、時間も、精神的な余裕も使い果たしてしまうのである。ヴァレリーは、そうした状況をつぶさに見てとると、こう結論を下さざるを得なくなった。

現代人は、本についてはもう望みがありません……。これこそは致命的ですが、われわれには打つ手がないのです。（同前）

これを読んで、ヴァレリーの、いっさいの期待を捨てた冷静な判断に、わたしは衝撃をうけた。事態の深刻さを突きつけられた思いがしたからだ。

彼のこの発言は、一九三九年に行われた講演「精神の自由」でのことであるから、本離れは、フランスでは、いまからほぼ八十年前にすでに始まっていたのである。

ヴァレリーは、人がまともに本を読まなくなったのは必ずしも読者の責任ではないと言った。原因は、本が多すぎるのである。読者の興味を下品にくすぐる本とも言えない本や、あざとい商法で編集される新聞雑誌が氾濫して、わたしたち読者はそれにおし潰されているからだ。

それがヴァレリーの答えだった。

たしかに、目まぐるしい生活のなかで読む時間が限られている一方で、わたしたちは溢れんばかりの出版物に圧倒されている。そしてそのほとんどは一般の大衆に売れることを狙って編集された、その場かぎりの評判と興味に合わせた本や雑誌である。それが悪いというのではない。活字離れした大衆をなんとか引き留めようとするのは企業側の当然の戦略である。また人がそうした本や雑誌に気を取られるのも、他人のうわさ話や、醜聞や、事件を好む人間の性癖を思えば怪しむにあたらない。ただそのためにほかの本らしい本を読む時間が失われる。氾濫する本に呑み込まれて、わたしたちは自分がほんとうに必要としている本に出会うことができなくなっている。大海に囲まれていながら一滴の真水も見出せない漂流者のようなものである。

ヴァレリーは問題の原因として、興味本位の本や雑誌が氾濫する出版事情をあげた。しかしわたしは、その背後に、もう一つのより大きな要因として現代の社会があることを忘れるわけにはいかないと思う。感覚を麻痺させる刺激物や耳を聾する喧騒が巷にあふれ、生活のための仕事と多忙さが人を追いつめる社会のなかで、どうして静かに本を読むこころのゆとりを持ちつづけることができるだろうか。

ある日、東京郊外のわたしの住む小さな街に二つあった本屋が次々に姿を消した。どちらの店も経験を積んだ店のあるじが自分の目にかなった本をたとえ一冊でも揃えていた本屋だった。目まぐるしく動く世間の趨勢に負けて、ゆったりと本を読む読者が少なくなったからだ。その跡地に面白みのないビルが建った。出かける愉しみがそれで半減した。日本の経済が異常な好景気に狂乱した頃のことで、そのあわただしさが本を読むこころの静かさを人びとから奪っていったのである。

しかし、だからといって、世の中は、本がすべてというわけではない。若い人たちを熱狂させる歌や音楽が街にあふれている。思想や感情を独自の手法で表現するアニメや映像というあたらしいジャンルの作品も盛んに制作されるようになった。そこに共通する強みは、読まなければなにも語らない本とちがって、音と映像は、黙っていても向こうから耳や目に強く訴えかけてくることだ。要するに最小限の知的努力を払うだけで熱中することができるから、現代人が享受するのにもっとも適した表現手段と言えるだろう。

ただ、そんな歌やアニメにしても、言葉を抜きにしてはそれを作り出すことも、それを愉しむこともありえない。人間は言葉を介さずに思考することも、こころを通い合わせることもできないからだ。そのうえ、そうした、いっさいのおおもとにあるべき言葉の感覚を磨くためには、本を読むしかないのである。

さらにいえば、言葉の感覚が鈍れば知性もまた衰える。人の注意を惹くために超とか激とか驚とかいう語を使わずにいられないのは、感性の麻痺のあらわれであるとともに、知性の怠慢、その衰えの明らかな兆候でもあるだろう。

しかも、衰えるのは知性だけではない。想像力が衰えるのだ。

すぐれた言葉は、わたしたちの想像力に訴えかけて、そこに生き生きとした別世界を出現させる。本を読むよろこびや、言葉を聴くよろこびというものは、いずれも想像力の世界に遊ぶことである。シェイクスピアの多彩な登場人物がしゃべる個性いっぱいのせりふや、かつて名人と言われた噺家たちの話芸を聴けば、あるいは往年のシャンソンの名曲に耳を傾ければ、それが喚起する想像力の世界がどれほど豊かなものであるかを、あなたはいやでも納得するだろう。

もっと身近なところで、母親に童話を読んでもらっているこどもの目を見てごらんなさい。あの目の輝きこそは、言葉だけが味わわせることができる想像力のすばらしさを物語るものなのだ。もしもあなたが言葉の美しさ、本の愉しさ、想像力の豊かさを知っていれば、それをこどもに教えることができる。しかし、もしもあなたが本を読まなければ、あの想像の世界の豊かさを、あなたはこどもに伝えることができずに終わるだろう。それがこどもの将来にとってどれほど不幸なことかは、それもあの目の輝きを思えばわかることだ。こどもはついに想像する無限のよろこびを知らずに成長して、あの目の輝きを永遠に失うことになるからである。

本を読まなくても何の痛痒(つうよう)も感じないのであれば、それはその人の問題であるから、傍が口をはさむことではない。本を読まないだけで事が済むのであれば、世の中は安泰で、なにも言うことはない。

ただし、もし本離れが将来大きな付けとなって、一国の文化の衰退を招く原因になるとしたらどうだろうか。わたしたちは過去から文化という資本を受け取った。一方、未来の人びとは、わたしたちから、時間に耐えられるどんな贈り物を文化として受け取るだろうか。本を読まなくなった現代人は、知らぬ間に文化の衰退に手を貸しているのではないか。なぜなら人が本を読まなくなれば、それだけ本らしい本が書かれる可能性が減少するからである。

しかし、こんな時代遅れの嘆きを吹き飛ばすように、社会の表面はつぎつぎに現われては消える歌や音楽、あるいは誇大な宣伝に乗って登場する新刊本で賑わっていて、文化の衰退と言われても、だれにも実感など湧いてくるはずはないだろう。

それならば反対に、以前はわたしたちのまわりであまりに日常的に見られたこういう読書の情景をここに描いてみようか。そこには文化が実体として存在していた、などとわざわざあらたまって言わなくても、巷に文化が息づいているのが感じられたものだったが……。

あなたに好きな本があって、たとえば、これは単なる一例にすぎないけれど、リンドバーグ夫人の『海からの贈物』をときどき気が向くと本棚から取り出して来て読む。これでなんどめになるだろうか。内容は知っているのに、いつの間にかまた引き込まれて時間が経つのを忘れている。それは、言われていることの真実がなんど読んでもこころに響くからであるが、また同時に、英語の原文を訳した訳者の文章が文体を備えたりっぱな日本語になっていて、その日本語の美しさにあなたが魅せられるからでもある。

そうして時間が過ぎていって、やがて本を閉じると、窓から見える外の庭木に、赤々と燃える夕日が差している。

そんなふうにあなたが夢中になって本を読んだというただそれだけのことが、いつの日か、めぐりめぐってあなたのこどもや、あなたの知らない未来の少年少女のもとに伝えられると、彼らはあなたの真似をして、おなじ本や別の本を読んで自分たちのこころの世界を育んでゆくだろう。あなたはきっと、自分の読書が未来にそんな不思議な現象を生じさせるものだろうかと、いぶかしく思うかもしれない。

ところが、たしかに不思議なことではあっても、読書の世界には、時空をこえて人のこころとこころを結ぶ目に見えない魔法の糸が張りめぐらされている。それゆえあなたが本を読んで感じたよろこびは、花粉が遠くに咲く花に運ばれて受粉し、あらたな実をつけるように、いつしかほかのだれかのこころに運ばれて本を読む気持ちを芽生えさせる。このどこかメルヘンめいた不思議な誘いがなくて、どうしてわたしは、少年だったころ、ひとりでに最初の一冊に手を伸ばすことができただろうか。本の文化というものは、まず最初の読者がいて、その人が本を読んで感動した最初の経験がよそに伝播し、増殖することによって継承されてきたのだ、とでも言ってみたい気持ちがする。だからあなたのような素直でひたむきな読者こそが本を読む愉しみを次世代に伝える、本の文化の担い手なのですと言われたら、あなたは驚くと同時によろこびに目を輝かせることだろう……。ただし、すべてこんな情景はもう夢まぼろしになってしまったけれど。

そして、それと反対の、人が本を相手にしなくなった「致命的な」現象がいま社会のほとんど至るところで進行している。歌やダンスや映像があふれる街の派手な賑わいにもかかわらず、それが文化の衰退なのである。

ヴァレリーは、講演のなかで、現代人が本を読まなくなって、本についてはもう望みが持てないと言ったあとで、こうきっぱりと結論を下していた、「こうした状況のすべてが結果としてもたらすものは文化の現実的な衰退」(「精神の自由」)なのだと。

8

講演は終わりに近づいた。

しかし、話は文化の衰退では終わらなかった。さらに注目すべきことが語られた。彼は、文化の衰退のみならず、精神の自由までが衰退すると指摘したのである。

どうしてそういう事態が起こるのだろうか。そもそも精神の自由とは、いまの時点で、なにを意味するのか。ヴァレリーはまずその自由について次のように説明した。

そして、こうしたいっさいの状況が結果としてもたらすものは文化の現実的な衰退であり、二つ目には精神の真の自由が被る現実的な衰退なのです。なぜなら、この精神の自由というものは反対に、われわれが現代生活から一瞬ごとに受け取っているあの支離滅裂な、あるいは暴力的ないっさいの感覚から超然と身を持して、それらをきっぱりと拒否することを要求するものだからです。（同前）

ところがいまや、精神の自由は、状況に超然とした態度を見せるどころか、現代生活の過酷な現状に呑み込まれて、毅然とした反撥の姿勢を失おうとしている。

わたしは、ヴァレリーが「精神の真の自由」が衰退すると述べたこの一節を読んだとき、彼が目の前の聴衆にそれを言わずに講演を終えることができなかったある切迫した気持ちを感じずにはいられなかった。というのは、この精神の自由の衰退こそは、同時代のフランス人に、いま、この時点で、ぜひとも伝えたかったことだったと思われたからだ。

なぜなら、精神の自由は、現代の混乱した生活環境に反撥するだけでなく、自由を拘束しようとする圧力や権力に対しても毅然たる態度を持するものであるときに、社会の状況はその力を弱め、ひたすら殺ぐ方向に向かっていたからである。

実際、文化が衰退するだけではなかった。もろもろの知的価値の創造と継承という文化の根幹を支える精神の自由が、われわれ自身の無関心や無気力、とりわけ政治権力によって現に損なわれ、失われようとしている。その現実を、ヴァレリーは強く危惧し、ぜひとも聴衆に訴えようと思っていたのである。

思い起こしていただきたいのだが、この講演が行われた一九三九年三月は、独裁者ヒトラーとムッソリーニのヨーロッパ侵略の野望が燃え上がって、ヨーロッパの政治情勢は険悪な雲行きを呈していたのである。

もし仮に精神の自由が侵されたとき、それを招いた社会状況にわたしたちが無関心でいたり、それに抵抗しようとする意欲を持たずにいたとすれば、どういう事態が生じるだろうか。不穏な国際情勢のなかで、ヴァレリーがもっとも危惧したのはそのことだった。


精神の自由に加えられるさまざまな障害と、たとえば公権力や、それがなんであれ、外部の状況がその自由に押しつけようとしている拘束にあまり敏感でない人間は、その拘束に抵抗して歯向かおうとはほとんどしないでしょう。彼はそうした障害を押しつける権力にむかって、いかなる反抗の奮起も、いかなる反応も、いかなる反逆も示そうとはしないでしょう。反対に十中八九は、漠然とした責任感から解放されてほっと胸をなでおろすのが関の山なのです。彼の解放感、彼の自由とは、思考し、決断し、意欲しなければならないと思うこころの重荷を下ろしたと感じることにあるのでしょ

う。（同前）

これは、ヴァレリーにしては、状況に鈍感な人間を批判する相当思い切ったことばである。精神の自由を抑圧しにかかる政治権力や圧力にそれだけ彼が不安と怒りを感じていた証拠でもある。

それがなにかといえば、その人の感受性が精神の事柄に関してひどく鈍感で、精神的作品の生産に加えられる圧力をまるで感じないような人間の場合、反応は、少なくとも外に現われる反応は皆無だということです。その人の感受性が精神の事柄に関してひどく鈍いために精神の作品の生産に加えられる圧力を感じない人間にあってはそうしたものなのです。

ご承知のとおり、その結果はわれわれのごく身近なところで立証されています。皆さんは、精神に加えられるあの圧力のもっとも歴然とした結果が早くも地平線に現われているのをその目でしっかりと見てとっている。同時にその圧力がほとんどなんの反応も引き起こさないことも見てとっている。これはまぎれもない事実なのです。（同前）

ヴァレリーは、地平線にまたしても精神の自由を抑圧する不穏な圧力が現われるのに気づいていた。そして、そうした折に、人びとの感受性が鈍り、自由であるべき精神の働きが衰えることが、どれほど「甚大な結果」を引き起こすことになるかを見通していた。
そこで彼はこう警告を発したのである。

> 私がこうしたことについて語るのは、われわれにとってこれ以上関心を引く主題はないからです。なぜかと申しますと、われわれ人間にとって、もしよろしければ、私はそれを精神の人間と呼ぼうと思っているのですが、そんなわれわれ人間にとって、将来なにが待ち受けているかわかったものではないからです。（同前）

ヴァレリーの語調が、ここに来て、どこかあわただしく切迫しているのが感じられる。一刻も早く聴衆に伝えたいことがあったのだ。

彼は、将来なにが待ち受けているかわかったものではないと言った。しかし、漠然と未来の一点を指して「将来」と言ったのではない。フランスをはじめヨーロッパ各国は、独裁者ヒトラーが画策するヨーロッパ侵略と戦うために、第二次世界大戦の前夜にあったのである。

将来とは、その戦争が勃発する近い未来の一点を指している。いったん戦争がはじまれば、われわれの精神の自由に「なにが待ち受けているか」わかったものではないのだ。戦争を口実にふたたび精神の自由を拘束する事態が発生する恐れは十分あっただろう。ヴァレリーが訴えたのはその事態を明確に認識して、それに抵抗することだったのである。

このとき彼は、ひとことも戦争とは言っていない、ただ講演の最後に、いまの逼迫する政治や経済の情勢には「われわれに不安な気持ちを吹き込む嵐をはらんだ雰囲気」が漂っていると言っているだけである。しかし聴衆は、嵐が戦争の比喩であることを感じ取っていたはずで、ヨーロッパはふたたび戦争の危機に立たされていたのである。

ヴァレリーは、そうした将来の不安を見越したうえで、人間の精神が創出したさまざまな価値の体系、ひと言でいって文明の「保護と維持」を人類のために願って、話を次のようにつづけた。

> そういうわけですから、私にとって必要であると同時に不安に思うことがあります。それは、精神の権利と呼ばれているものを持ち出すことではなく、そんなものはただの言葉にすぎないもので、力がないところに権利などあるわけがありません。そうではなく、精神のもろもろの価値の保護と維持が万人にとって利益になるということを、今日言っておかなければならないということです。
>
> なぜでしょうか。
>
> 知的生活の創造とその組織化された存在は、端的にいって生活そのものと——人間の生活と、もっとも複雑な、しかしもっとも確かな、もっとも緊密な関係にあるからです。われわれ人間とはなにを意味するのか、精神というわれわれの奇怪なものとはなにを意味するのか、これまでだれ一人として説明してくれた人はいませんでした。この精神というのはわれわれのなかにある一つの力であって、その力によってわれわ

れは途方もない冒険に乗り出したのです。そしてわれわれ人類は、生活の原初的であり、またそうあるのが当然だった条件のすべてから遠く離れることになりました。われわれはわれわれの精神のために一つの世界を作り出したのです、――そして、われわれはそのわれわれの精神の世界のなかで生きたいと望んでいます。精神もまた自分の世界のなかで生きたいと望んでいます。（同前）

ヴァレリーは、人間の精神の力が人間を原初の動物的な生活から脱却させて、現在の文明社会を築き上げたことをここでもまた強調した。そしてこれからもさらにその世界に生きつづけたいという人類の悲願もあわせて強調した。なぜなら戦争によってその願いがふたたび踏みにじられる恐れが生じていたからである。

文明の世界とそこで創造されたいっさいの価値は決して不滅ではない。今日それを滅亡に追い込むものはふたたびわれわれの「精神」かもしれない。ただしこんどのそれは、人間が何千年もかけて作り上げた知的価値を平然と踏みにじる「精神」である。いいかえれば人間に固有の愚かさであり、狂気の沙汰である戦争である。

ヴァレリーは、語るうちに、二十年前に「精神の危機」を書いた一九一九年の頃を思い出した。彼の脳裏に浮かぶのはヨーロッパの街々を壊滅させた第一次世界大戦の悪夢である。そのときはじめて彼は真剣にヨーロッパ文明の滅亡を予感したのだった。

二十年たって、その悪夢と予感が、ファシストとのあらたな戦争の恐怖のなかで、ふたたび彼に甦った。

しかし物質的であれ、精神的であれ、われわれの財宝は不滅ではありません。すでにずっと以前のことになりますが、私は一九一九年にこう書きました。文明というものはどんな生身の人間ともおなじように死すべきものである。われわれの文明もまた、その技法、その芸術作品、その哲学、その記念建造物とともに消滅すると考えることは少しも不思議なことではないのです。太古の昔からあれほど多くの文明が消え失せたように、――巨大な船が沈んで姿を消すように。〔……〕

あのとき私はそのことに強い衝撃を受けたものでした。今日になってその気持ちが鎮まったわけではありません。ですから、それが文化そのものであれ、表現の自由であれ、そうしたいっさいの財産がいかに脆いものであるかということに、皆さんの注意を喚起するのは無駄なことだとは思っていないのです。

なぜなら精神の自由がないところ、そこでは文化は青白くやせ細るからです……。おびただしい数の刊行物や雑誌（かつては非常に生き生きとしていたものですが）、それが国境の向こう側〔すなわちドイツ帝国〕から入ってくるのが見られますが、今日それらを満たしているのは読むに堪えない雑駁な知識の論文ばかりです。それらの論集からは生命が消え失せています。が、それでも人びとは知的生活をいまも送っているかのような振りをしなければならないのです。（同前）

ヴァレリーは、ナチス・ドイツの独裁下で、精神の自由が拘束され、知的活動と出版物がきびしく検閲されている状況を、命が消え形骸化された刊行物を通して察知していたのである。一方、おなじ時期に、多くの科学者や文学者はファシズムと人種差別の圧政を逃れてドイツ国外へ亡命した。その事実を、わたしたちは戦後になって知ることになるだろう。

しかし精神の自由が危機に瀕しているのは独裁国家だけでの現象ではなかった。すでに見たとおり、現代社会では、予想もつかなかった多くの科学的発明や、混乱と動揺に晒された不安定な暮らしなど、あらゆるところにその危機は存在していたのである。

われわれは至るところに、精神にとって障害となり脅威となるものが存在しているのを感じ取っています。そしてその精神の自由は、文化とともに、われわれのさまざまな発明品や、いまのわれわれの生活の仕方や、全般的な政治や、さまざまな個別の政策によって打ち砕かれています。ですからこうして警告を発して、われわれ、私のような年齢の人間たちが最高善と見なしてきたものを取り巻いているさまざまな危険を指摘することは、おそらくむなしいことでも、誇張でもないのです。（同前）

ヴァレリーがこう語ってから、早くも八十年にあまる歳月が過ぎ去った。その間に、たしかに世界の様相は大きく変わった。それにもかかわらずわたしは、彼がヨーロッパ文明の崩壊をはじめ、文化の衰退と精神の自由の危機を訴えるために書いた文章と講演を読んで強くこころを打たれて、ペンをとる気になった。彼の警告はいまの世にも有効だと信じたからだった。

実際、二十一世紀になって、彼の警告はもはや無用になっただろうか。精神の自由とそれが築いたもろもろの価値を脅かす政治的、社会的、また精神的状況は取り除かれただろうか。文明を破壊する戦争は、地球の生命を脅かす大気汚染とともに世界から姿を消しただろうか。文化は青白くやせ細っていないだろうか。

こうした数々の問題を検証することは、ヴァレリーがわたしたち後世の人間に委ねていった責務のように思われてならない。しかしその責務のために世界の現状を見きわめて、そこに山積する難問に向かいあう上で、本離れしたわたしたちの知性の衰弱は致命的になるかもしれないのだが……。


かくしてヴァレリーは、二十年間、ペンで、弁舌で、精神と文明の危機を語って、ヨーロッパの人間たちに警告を与えつづけた。

そんな彼の前に、ふたたび戦争の暗雲が色濃く漂ってきた。

ヴァレリーはその不気味な予感を身近に感じながらも、自分の務めを思い出して、みずからを慰めるように、

「しかしとにかく、私としては、これだけ申し上げておけば、自分の義務を果たしたことになるでしょう！」

と述べて、話を締め括った。

この言葉を最後に、講演は終わった。彼は疲れ切って壇上を降りた。

以上が、ヴァレリーが時代を越えて現代のわたしたちに遺していった遺言である。

だが、運命は容赦なかった。これで彼を義務から解放するほど寛容でもなかった。ふたたび彼を大いなる試練の場に立たせるために、第二次世界大戦の目を覆いたくなる惨状が最晩年のヴァレリーを待ちうけていたのである。

それについては、章をあらためて語らなくてはならない。

5 時代と戦う二つの知性
——ヴァレリー、ヴォルテールを語る

1

それは、首都パリがナチス・ドイツによる占領から解放されて、ようやく三か月半がすぎたばかりの一九四四年十二月十日のことであった。

その日、ソルボンヌ大学の大講堂で、十八世紀の文学者ヴォルテールの生誕二百五十周年を祝う記念式典が厳粛な雰囲気のなかで執り行われた。そしてその式典で、ポール・ヴァレリーは、ヴォルテールについて講演を行うことになった。

フランスの街や村は、第二次世界大戦でふたたび戦場と化して、爆撃で橋は落とされ、駅や家屋は破壊され、道路にはまだおびただしい瓦礫が散乱していた。パリも例外ではなかった。会場に集まった聴衆のこころには、戦争による破壊と殺戮、フランスの抵抗運動を阻止するドイツの秘密警察ゲシュタポとの銃撃戦や、ユダヤ人への迫害と非人道的な拷

問の記憶がまだ生々しく残っていたことだろう。

ヴォルテールの生誕を祝う式典での講演となれば、当然、彼の輝かしい業績を顕彰するのがこうした場合の通例である。しかしヴァレリーは、戦争によって破壊された世界の混沌とした状況を目の前にして、かつて人類が経験したことのない惨禍に言及せずにはいられなかった。彼の絶望的な言葉は、ヴォルテールの偉業を讃える言葉にも増して、おなじ戦争の悲惨を経験した聴衆のこころをはげしく動かしたことだろう。記念講演としては異例の展開ではあったけれど、世界大戦がどんなに強い衝撃をヴァレリーにあたえたか、それをいまに伝えるものとして、わたしたち後世の人間にとってきわめて貴重な講演となったのである。

もし仮に、まだパリがドイツ軍の占領下にあって街で戦闘がつづいていたら、式典はどうなっていただろうか。ヴォルテールの生誕二百五十周年という二度と来ない節目の年を無為にやり過ごすことになっただろうか。しかし、天の配剤というべきか、ヴォルテールがパリに生まれたのは一六九四年十一月二十一日のことで、パリはその誕生日の約三か月前の八月二十五日に解放された。おかげで式典と講演は、誕生日から二十日ほど遅れただけで無事執り行うことができたのだった。

妙なことを言うように聞こえるかもしれないが、こうして式典とヴァレリーの講演が、たまたまパリが解放されたこの年に行われることになった時間的な暗合に、わたしはある運命のめぐり合わせを感じずにはいられないのだ。皮肉屋で好奇心旺盛なヴォルテールのことだから、人類がこれまでに犯した犯罪行為のなかで最悪となった今回の戦争の惨状と人間の愚かさを、ヴァレリーがいうところのあの「ぞっとする薄ら笑い」を浮かべた目で見届けてやろうと、あえてあの世から舞いもどって来たのではないか。そんな妄想が浮かんだからである。なぜかというと、ヴォルテール自身、十八世紀の後半に、彼が生きていた当時のフランスで、宗教上の偏見ゆえに新教徒に対して犯された不正と残虐と愚かさをいやというほど見せつけられたあげく、敢然とそれに戦いを挑んだ人間だったからで、そんな彼は戦争という人間の愚行に無関心ではいられなかったと思われるからである。

日本では、ヴォルテールと言われても、すぐに強い興味を示す人はほとんどいないかもしれない。なにしろ、あまりにフランス的な彼の批判精神と諷刺好きは日本人の肌には合わないと見えて、その実像を知る人はほとんどいないからだ。それに比べると、なにかにつけて彼とは対照的だったジャン＝ジャック・ルソーのほうは比較的日本でも知られていて、『人間不平等起源論』や『社会契約論』、あるいは当時ベストセラーになって女性たちの涙を誘った書簡体の恋愛小説『新エロイーズ』、また名文で知られる『孤独な散歩者の夢想』を読む読者は、いまでもけっして少なくはないだろう。

ところが、フランスでは、ヴォルテールに関するかぎり、事情はまったく異なっている。「著名人の顔のなかで、あの頬がこけた老人の顔くらい――おそらくナポレオン・ボナパルトの顔を別にすれば――よく知られた顔はないのです」

これは、ほかでもないヴァレリー自身が講演のなかで述べた言葉である。それほど彼の顔はこの国では知られている。

しかし、知られているのは顔だけではない。

最近の例で言うと、これは前にも触れたことがあるけれど、数年前、パリで「シャルリ・エブド」という風刺新聞を出している新聞社がイスラム過激派のテロリストに襲撃され、編集者が殺害される事件が起きた。翌日、表現の自由を訴えて大規模なデモがパリの大通りを埋め尽くして行進した。そのとき、ある雑誌社はいち早くヴォルテールの特集を組んだ。なぜならヴォルテールはだれよりも人権と思想の自由を擁護した文学者としてフランス人のあいだに記憶されていたからである。

いったいヴァレリーは、第二次世界大戦が終わろうとしていたこの時期に、ヴォルテールのなにを顕彰しようとしたのだろうか。そもそもヴォルテールとは何者なのか。二十世紀を代表する知性が、十八世紀のヨーロッパに、ヴァレリーの言葉を借りて言えば、「ヨーロッパ精神の王者」として君臨したこの痩身の老文学者のなにを称揚しようと思ったのか。以下に記すのは講演とそれに関するわたしの感想のあらましである。

＊

はじめに指摘しておきたいのは、ヴァレリーによれば、フランス人の特質というのは性格の多様さにあって、そのもっとも鮮やかな見本がヴォルテールだということである。なぜかというと、ヴォルテールは好奇心の塊のような男であり、その仕事は文学、演劇、歴史、あるいは政治や法律や宗教と多岐にわたっていたからである。ヴァレリーはそうした彼の特性を指して、polyvalence「多価性」という化学用語、平たくいえば多様な機能や能力を合わせ持つこと、つまり「多能性」を意味する用語をあえて進呈した。それゆえこの「典型的なフランス人」は、フランス以外の国には決して生まれ得ない人物だった。それどころか、パリという、たがいに異なるもろもろの精神が結集し、激突しあい、沸騰する首都そのものの性格を体現したような存在であって、パリの空の下以外ではおよそ考えられない人物だったのである。

そのヴォルテールは、一七七八年に没して二百四十年以上がたったいまでも、人びとの記憶のなかに生きていて、いったんその名が持ち出されると、人びとの反応ははっきり二分される。ある人たちは彼らの信仰の聖なる対象を冷やかし、聖書の文句の意味をあえて捻じ曲げる不敬きわまるこの危険人物をはげしく嫌悪する。そうかと思えば、一方に「思想の自由を説く使徒」、「人間の神聖な権利の擁護者」として彼を称揚する人びとがいる。要するに彼を毛嫌いするにせよ、称讃するにせよ、ヴォルテールはフランス人の意識の奥底に永遠に生きつづける存在なのである。

ヴァレリーは、講演のなかで、それを踏まえてこう言っている。

> ヴォルテールは生きています。ヴォルテールは生きつづけています。つまり彼は果てしなく現在の人 actuel なのです。
>
> （「ヴォルテール」一九四四年）

実際、いまの時代にも彼の思想と行動は脈々と生きていて、この現在性こそは、とりわけヴォルテールの晩年の啓蒙活動がもたらした輝かしい栄光の賜物なのである。

しかし、その晩年の行動を知るために、わざわざここで八十四年の長い生涯になしとげられた多様なジャンルの仕事を振り返るにはおよばない。そのかわりヴァレリーが、ヴォルテールの青年期と晩年を比較してその著しい相違を象徴的に描いた異様に美しい一節を引用しておこう。それによって読者は大まかに彼の生涯を思い浮かべることができるだろうから。

ヴォルテールが生きた時代は、ルイ十四世が君臨したフランス史上もっとも光輝ある治世から激動のフランス革命期へと移り変わる過渡期であった。それをヴァレリーはこんなふうに語って聞かせた。

> 彼が若かったころの時代と彼が消え去ってゆく時代のあいだに見られる対照はもっとも際立った対照の一つです。もし彼がもう十年（ママ）生き延びていたら、恐怖政治〔ロベスピエール一党によるテロリズムが横行した革命期の一時期〕が終焉するのを見ることになったでしょう、ただし熱月（テルミドール）の共和制が来る前に、恐怖政治によって非業の死をとげていなかったならばの話ですが。
>
> それゆえ彼は、ローマ人が相反する二つの顔をあたえた神、始まりと終わりの神であるあの双面（ふたおもて）の神「ヤヌス」を思い起こさせるのです。しかし青年だったヴォルテールの顔が見つめていたのは、絢爛とした悲しみに包まれた黄昏でした。その黄昏の暗い緋色のなかに、「太陽王」は、栄光の重みにおし潰され、夜の闇に身をゆだねて、もう二度と見ることのない荘厳な太陽となって没していきます。しかしこの「ヤヌ

ス」のもう一つの面、年老いたヴォルテールの顔は、東の空に、群がる雲を赤々と照らすなにかしら夜明けの光のようなものをじっと見つめていました。その地平線すれすれのところに幾つものきらめきが瞬いていたのです……。

（同前）

彼は二十一歳のとき、こころから敬愛した太陽王ルイ十四世が崩御するのに際会した。血気盛んな壮年期には科学者のシャトレ夫人と同棲してニュートンを研究し、その後はプロシアのフリードリヒ二世の侍従となって政治に啓蒙思想を反映させようと努めた。老いてはジュネーヴに近いフェルネーの村に隠棲し、フランスにおける絶対王政の封建的な諸制度を批判してその土台を揺るがす一方で、キリスト教の狂信者たちの偏見と不正をきびしく糾弾した。そして死に臨んでは、フランス革命を微かに予感させるあらたな時代の夜明けの光を、自分のいない未来の空に見つめながら世を去った。

その未来を見つめる年老いた目には、高齢にもかかわらず、まったく衰えを見せない強い光があった。

しかしあの骸骨のような虚ろな眼窩（がんか）のなかには、生ける者すべての目よりさらに炯々（けいけい）とした目が輝いていて、この世のいかなる滑稽なものも、この世のいかなる不正なものも、いかなるおぞましいものも、その目から逃れることは決してないのです。

（同前）

この炯々と輝くヴォルテールの目とは、人間の悪を見逃すまいとする批判精神の表われなのである。

彼はまた、その炯々と光る目が物語るように、才気抜群の男だった。「彼のそばにいると、ほかのすべての人間は眠っているか、夢想に耽っているとしか思えません」（同前）。ヴァレリーもうまいことを言ったもので、彼のほとばしる才気、すばやい頭の回転に驚嘆の思いを隠さなかった。

が、その一方で、肉体のほうはおそろしく痩せ細っているのに、まるで「生理学上の奇蹟」を見るかのように休むということを知らなかった。「彼は生命力そのものであって、ひ弱な体を使用し、酷使するのです。その体はつねに病気がちで、不快感や、気鬱や、衰弱にとりつかれていて、病から病へ、再発を繰り返して、ついに高齢の頂きにまで彼を連れていき、骨と皮ばかりにしてしまう。ところが、衰えを知らない反応のばねは今わの際まで健在なのです」（同前）

そんなヴォルテールは、持ち前の才気をふるい、若くしてパリの演劇界の寵児となって民衆の喝采を浴びた。民衆は生粋のパリっ子のヴォルテールを熱狂的に愛した。民衆だけでなく、上流社会も彼を歓迎し、彼は彼で持ち前の才気を発揮してパリ社交界を魅了した。

それからというもの、休む間もなくあらゆるジャンルの作品に挑戦した。いまも読み継がれているものに、彼の傑作として知られる風刺小説『カンディード』はいうまでもなく、該博な知識とたしかな史眼をもって書かれた『ルイ十四世の世紀』と、危険思想ゆえに当局から発禁処分をうけて彼にパリから逃げ出すことを余儀なくさせた『哲学書簡あるいはイギリス書簡』がある。また書簡文学の金字塔と称するにふさわしい二万数千通におよぶ書簡集だけでも、彼の名を文学史にとどめるのに足るのである。

ちなみにヴァレリーがこの講演のあと、体調を崩してコレージュ・ド・フランスの講義を休講したとき、自宅で読んでいたのがこの書簡集だった。そしてそこに「味も素っ気もない、おまけに薄っぺらい」という一部の者たちの批判とはおよそ正反対のヴォルテール、こころ優しい人間味ゆたかなヴォルテールを発見した。そして感動のあまり休講後の講義で、彼について三度にわたって語ることになった。これはそうしたいわくつきの書簡集なのである。

しかし、ヴォルテールの仕事がそうした業績だけに終わっていたら、彼がどれほど才気にあふれた人物だったところで、この日ソルボンヌ大学の大講堂に、錚々(そうそう)たるメンバーが参集して、厳かに彼の誕生を祝うこともなかっただろう。

やがて晩年がやって来た。普通の作家だったら来し方をふりかえって人生と仕事の締め括りをする頃合いだろう。が、ヴォルテールはそこから信じられない飛躍をとげた。彼は人類のために「まったく新しい天職と熱情」を見出して変身したのである。天職とは精神の自由を迫害から守るための戦いであり、熱情とは彼が愛してやまない精神の自由への情熱であった。

ヴァレリーはその変身について、次のように述べている。

彼が人類の友にして擁護者に変身したこと、それこそは彼の不朽の名声にとって生涯の決定的な事実なのです。普通なら、総じて人生が終わろうという年齢になって、〔……〕突如、彼は、今日われわれが讃えている人物に変貌したのです。もし彼が六十歳で死んでいたら、いまごろはほとんど忘れられていたでしょうし、われわれがここに厳かに集って敬意を表することもなかったでしょう。〔……〕たしかにわれわれは承知しています、この式典の意義深い目的が、著名人の生誕を記念してその人物と、いかにそれが重要で輝かしいものであってもその作品を讃えることであるよりも、彼のあくまでも揺るぎない、もっとも高邁な情熱だったもの、すなわち精神の自由に対する情熱を、われわれフランス人のあいだで称揚することであるということを。この自由がどれほど価値があるものか、どれほど高価なものかということも承知しています。しかし、おそらくそれ以上にわれわれがよく知っておくべきことがあります。それは、自由のもっとも高貴な使い道、またその証しと、その永続の保証は、いっさいのものを疑問に付すところのこの上なく貴重な、またじつに恐るべきその力にみずから限界を設けなければならないということです。自由は、しばしば見分けるのがむずかしいその境界を越えてしまうと、直ちに危殆に瀕し、失われてしまうのです。

（同前）

自由を危険に晒すその境界を、しかしヴォルテールはほとんどつねに逸脱する。なぜなら、すべてを問いただささずにはおかない精神の自由に滾るような情熱を抱くあまり、みずからの過激な行動を抑えることができなかったからである。

　そのヴォルテールがきびしい攻撃文書をもって槍玉にあげたのは、いまも言ったとおり、宗教権力を笠に着て新教徒を弾圧する狂信者の思い上がりと、新教徒に対する見せしめの宗教裁判、すなわち異端審問だった。

　しかし、狂信者に対する彼の攻撃がはげしくなればなるほど、政府当局は座視するわけにはいかなくなる。いまの最高裁判所にあたる当時の高等法院はヴォルテールを「好ましからざる人物」と見て逮捕に踏み切った。万一捕まるようなことになれば火あぶりになるか、処刑のなかでももっとも残忍な車裂きの刑に処せられるかしれたものではない。彼は恐怖におびえた。

　しかし敏捷なヴォルテールは、司直の手がのびるそのはるか以前にそれを見越して、すでにパリから姿をくらましていた。

　晩年のヴォルテールは、スイスとの国境に近いジュラ山系のふもとの村フェルネーに広壮な城館を買い取って、村の長老として君臨しながら、万一フランスの官憲の手が迫って来たら、いつでも国境をこえてスイスへ逃げ出せる用意を整えていたのである。

　じつは、その頃のヴォルテールは、政府にしてもうっかり手を出すことができないほど大きな存在になっていて、ヨーロッパ中に啓蒙思想を伝えるいわゆる哲学者（フィロゾーフ）たちの領袖（りょうしゅう）として盛名を馳せていたのである。だから連日のように各国の政治家、外交官、哲学者、文学者が、ときにはパリ社交界の美しい貴婦人までが、フェルネー詣でと称して、僻地も同然のフェルネーにやって来て逗留し、長老の疲れを知らない弁舌に耳を傾けた。

ヴォルテールはヴォルテールで、自分を「宿屋の亭主」と自嘲しながら、その役回りがまんざらきらいでもなさそうで、みずから進んで亭主役を愉しそうに演じていた。そして若い頃にパリ社交界で鳴らした社交人士の才気と気配りを発揮して、遠来の客人たちを、ブルゴーニュとジュラの美酒でもてなしたのである。

2

ある年の夏の終わりに、わたしは思い立ってパリから車でフェルネーの城館を訪れた。いまはヴォルテール記念館になっていて、夏の間だけ公開されている。

夏の日は、もう暮れかけていた。

大きな鉄の門を入ると、広々とした前庭がひろがった。その一角に小さな教会堂があった。正面の壁に「神のためにヴォルテールこれを建立す」と、ラテン語の銘が彫られている。不敬な思想家と思われていた彼は神のために教会を建立していたのである。しかしここにいう神とはキリスト教の神ではなく、理性が認める理神論の神だったのではあったけれど。

前庭の奥に瀟洒な城館が見えた。夏の休暇も終わりに近づいたせいか、あたりはひっそりとして人の気配が絶えていた。

事務所に案内を請うた。学芸員らしい青年が現われた。

「この夏が終わると、改修工事のために数年は閉館しなければなりません。いいときにおいでになりました」

はるばる日本からやって来た訪問者と思ったのだろう。落ちついた感じのなかなかの好青年である。

城館に入った。入るなり、ヴォルテールとルソーの胸像が部屋の両脇に置かれているのに迎えられた。

ルソーのほうを向いて、

「この人がだれだか、おわかりですか」

ヴォルテールの胸像　©Alamy／PPS通信社

「ジャン＝ジャックですね」

と答えると、彼は満足そうに、微笑を浮かべてうなずいた。

わたしは例の書簡集を読んでヴォルテールのここでの生活のことはあらまし承知していた。しかし、青年が、いくつもある部屋を案内しながら、一心に熱のこもった説明をしてくれる真剣な姿勢にすっかりこころを打たれた。おそらくヴォルテールの研究に打ち込んでいる若い学徒なのだろう。わたしは彼の話に引き込まれて聴き入った。

説明は小一時間もつづいただろうか。室内は昔となにも変わっていないのかもしれない。まだヴォルテールがそこに暮らしていて、みずから書簡で語っていたとおりの、あの多忙な日常がつづいているような気がした。かつて彼はこの館に住んで十八世紀のヨーロッパに思想界の長老として君臨していたのである。

最後の部屋に来て、ヴォルテールの心臓をおさめたという手箱のようなものを見せてくれた。これだけは予想になかったことで、いきなり彼の存在をなまなましく突きつけられた。

中庭に出て、眺めのいいテラスに立った。風が、眼下に広がる野原を渡って土の香りを運んで来る。その昔、城館の果樹園だった土地である。遠く夕靄のなかに、ジュネーヴの街とアルプスの山々が淡く連なっている。ヴォルテールが朝な夕なに眺めたのとおなじ風景を、わたしも眺めた。

夏の夕暮れの静かさが、いっときの無我の夢想に誘った。かつての荒れ狂った異端審問の嵐と、街の広場で行われたおぞましい火あぶりの処刑の悪夢も、われわれが住んでいる世界を壊滅させた今次の世界戦争の劫火も、まるでこの世になかったかのような静寂だった。

*

しかし、ヴォルテールには夢想に耽る時間などなかった。彼の覚醒した精神は、ここフエルネーを拠点にして、狂信的なカトリック教徒の宗教的偏見を糾弾する戦いに明け暮れていた。そしてパリにいる若い同志のダランベールやコンドルセたちに、

「醜類を踏みつぶせ Écrasez l'infâme」

と檄(げき)を飛ばし、啓蒙思想家たちの領袖として、狂信者による不当な異端審問の裁判と戦っていたのである。

そうした裁判で無実の罪で死刑になった新教徒のジャン・カラスの事件は世に知られたもっとも有名な一例であるが、罪状は、この年老いた父親が、カトリックに改宗しようとしていた屈強の息子をその手で殺害したというものだった。

ヴォルテールは事実を冷静に見直してこの殺人があり得ないことを確信すると、裁判のやり直しを求めた。裁判はあきらかに異端者であるユグノー教徒への憎悪と偏見による裁きだった。彼の火の出るような弁護の末に、ついに不可能と思われた再審を認めさせることに成功した。そしてヴォルテールは、ジャン・カラスの無罪を勝ち取って死者の汚名をそそぎ、彼の名誉を回復させたのである。

ヴァレリーは、ヴォルテールが不当な裁判に対して行った一連の抗議行動をどのように受け止めていただろうか。

ヴォルテールはこれらの訴訟事件を源にさかのぼって捉えなおし、申し立てられた数々の事実に立ちかえって、それらを慎重に吟味し、証言を批判し、検察側の証拠の空虚さを刑罰の恐るべき行き過ぎに比べてみます。彼は理性の力に頼ります。しかし

また心情にも訴えるのです。真実と憐みの結合に、いったいなにが逆らえるものでしょうか。そのいずれも人間のなかにあってもっとも人間的なものに働きかけるものなのです。人が自由に自分自身でいられるとき、「法典」が語るように人が憎しみも恐怖もないときに彼のうちに息づいているものに働きかけるのです。〔……〕彼は取り組んでいる事件を、狭量でほとんど機械的な判断や、裁判官の無関心あるいは職業的な冷酷さから守って、あの審判者の前に引き出したのです。まだ自分が最終の判決を下す存在だということをほとんど意識していない審判者、まだ自分の能力も権力も知らずにいるあの審判者、すなわち「人間」の前に引き出したのです。法を「人間」の前に召喚したのです。そうなればたしかに混乱は必至です。（「ヴォルテール」）

ヴォルテールは最終の審判者であるべき「人間」に事件の判決をゆだねた。しかし当時の民衆は、ヴォルテールが考えた、法が裁くべき真の対象、すなわち人間の自由の侵害についても、また人間の権利についても十分な認識を持ってはいなかっただろう。裁判官にしても同様であって、たしかに態度は無関心で冷酷だが、それは単に従来の慣行に従い、それに逆らわないように職務を果たしているだけのことだった。

そんなおざなりの裁判を向こうにまわして、ヴォルテールのような高邁な意図のもとに弁護に当たれば、法廷は理解に苦しんで混乱を来すほかはないだろう。彼自身もこのままでは自分が絶対的に不利な立場にあることを知らないはずはなかった。

しかし、彼はあくまでも守られるべき「人間」の観念に立って裁判に臨んでいる。ジャン・カラスを弁護することだけが彼の狙いなのではなかったからだ。当時の法そのものを法廷に召喚して、「人間」の立場からその犯罪的な性格を糾弾しようとしたのである。考えただけでも気が遠くなりそうな力業である。

　ヴォルテールは、厭うべきものでありながら、まだ人びとが厭わずに我慢しているさまざまな慣行、裁判の運営と分かちがたく結ばれていると思われるその慣行を、万人に明確にわからせた人びとのなかで最初の、もっとも活動的な人でした。〔……〕刑法というものはそれまでは社会秩序、国家、そして国家の宗教に対してなされた違反と誹謗だけを罰するものでした。しかしヴォルテールは人類に対する犯罪があること、また思想に対する犯罪があることを宣言し、そうした犯罪に告発状を発したのです。〔……〕

　彼自身が審理に係わったこれらの犯罪事件を、ヴォルテールは人類に提訴したのです。たった一本のペンの力で、ただ精神を駆使するだけで彼の全時代を動かし、動揺させたのです（それを思うと、なにか目まいのようなものがしてきます）。（同前）

　ヴァレリーは、ヴォルテールの法廷闘争の狙いが、それまで人びとの意識に存在しなかった人権と思想の自由への侵害を告発するものと理解した。いいかえれば彼の戦いを支える思想をフランス革命の人権宣言を先取りするものと捉えた。そしてその思想への侵害を「人類に対する犯罪」と表現した。

しかし「人類に対する犯罪」というヴァレリーの言い方は、人権の侵害という概念だけでは表わしきれないもっと広い別の概念があることを予想させる。
たとえば戦争行為を裁くのは勝利した国であり、その国が負けた国を罰するのであって、勝利国は裁きの対象にはならない。しかもある国が勝利したのは相手より破壊した街の数、殺傷した兵士の数が多かったからである。それだけでなく戦勝国は敗戦国の敵対行為を糾弾し、相手の領土の併合や賠償を正当化することはあっても、戦争そのものを裁きはしない。ということは戦争そのものは勝敗の帰趨によって裁けるものではないということなのである。

　そのとき頭に浮かぶのは人類に対する犯罪という「まったくあたらしい犯罪」の概念である。ヴァレリーは、ヴォルテールの思想と行動のなかにこの高邁な概念を見出したのだ。そしてそこに二人の知性の出会いから生じたもっとも高貴なもの、すなわち人類の視点に立った倫理的判断が誕生したのである。戦争そのものを裁けるのはこの判断だけである。今日の例でいえば、産業の発展が地球の環境を破壊したために生じた異常気象は、その視点から裁かれるべき人類に対する犯罪行為の一例である。

　それにしても、ヴォルテールが、ペン一本で時代を動かしたというのは感動的であるという前にすぐには信じられないことである。そんなことがこれまでの人間の歴史にあっただろうか。情報を全世界にむけて拡散する今日のマス・メディアを味方に付けたとしても、ペン一本の発信力で世界を動かすのは、いまでも決して生易しいことではないのである。それを思うとき、ヴォルテールがペン一本でなしとげたことのあまりの大きさに目まいがするとヴァレリーが言ったのもよくわかる気がする。

＊

ペンがその奇蹟のような結果をもたらすために、ヴォルテールはある武器を考案した。従来の大作家たちの長く荘重な文章に代わって、だれにでも読める平易な文章を、その武器に選んだのである。それは民衆にも容易に近づける「明晰で、攻撃的で、敏捷な散文」だった。

ちなみにいうと、フランスの十八世紀は、モンテスキュウやルソーをはじめ名文家をつぎつぎに輩出した時代であって、散文の黄金時代と言っても過言ではない。言うまでもなくヴォルテールもその名文家の一人であり、なかでも平明で品格ある文章は、書簡において、彼の豊かな人間性の発露を伴って、もっともその魅力を発揮する。

そして、その平明で明快な散文を武器にして、彼のペンから矢つぎ早に放たれたのが、イエズス会のお偉方を物笑いの的にした辛辣な風刺文や攻撃文書であり、あるいは軽妙な哲学的コントのたぐいだった。

そうしたさまざまな文章を、彼はフェルネーの村から、同志のダランベールたちが待ちかまえるパリへ向けて、つぎつぎに火矢のように放った。パリの民衆で字が読めるものは争ってそれを読み、そうでないものは読んで聞かせてもらった。

すると、そこに予想もしなかった社会現象が起きた。一つは民衆のなかに「世論」が成立したことであり、もう一つはそれまでは単なる群衆の集まりにすぎなかった人びとがある共通の意見を持つことによって「国民」へと変身したことである。それはヴァレリーの慧眼（けいがん）を示すもっとも興味深い指摘の一つであった。

これはいままで十分指摘されていなかったことですが、こうしてヴォルテールはある重大な結果を手に入れたのです。それまで「世論」と呼ばれるものはヴェルサイユの「宮廷」のまわりで形成されて、それが「首都パリ」に届き、しばらくして地方で、かなり数は限られていましたが、貴族と教養ある紳士たちのもとに達するというものでした。ヴォルテールはこの循環を断ち切って、書かれた言葉の活動の場を広げたのです。彼の文体と、彼が裁判に有利になるようにと願って書いた呼びかけに寄せられた力強い関心と、その呼びかけが巻き起こす世間の憤慨といったものが、王国全土に、またその国境を越えておびただしい読者を生み出しました。「宮廷」と「首都」の考えだったものが一般大衆の意見になるのです。文の形式の単なる変更が持ついっさいの重要さとその意義がわかるというものです。つまり平明な形式〔による文章〕が一般大衆を創造したのです。さらにその数をふやそう。さらに言語のあらゆる種類の束縛をゆるめよう。言語をじかに民衆の手に届くものにしよう。民衆からそのくだけた生き生きした表現を借りてこよう。そうして書かれた言葉が狙いを定めて、そのこころを動かし、説得し、行動に駆り立てようとした人間全体を指して言うとき、もはや一般大衆と言ってはなりません。それはまさしく国民と言わなければならないのです。そしてそれこそが「革命」そのものになるのです。

（同前）

ヴォルテールの歯に衣着せぬ痛快きわまりない風刺文は、はじめのうちは一般大衆の喝采を浴びて彼らを大いに愉しませた。愉しませること、それは言葉が、古来、文学として果たしてきた効用の第一であり、今日でも読者を愉しませることが文学の第一の役割であることにかわりはない。

ところが、彼の風刺文は、いつしか愉しみの域をこえて彼らの意識に諷刺の意図を染みこませ、ヴォルテールの啓蒙的な思想を根づかせる。やがて彼らは単なる大衆から共通の批判意識を持った「国民」に変身し、彼らの意識は「世論」となって革命を生む土壌を形成する。もとはといえば一篇の風刺作品である。しかしその言葉の一つ一つは切れ味鋭い体制批判の刃だったのである。

ヴァレリーの言葉も、現代のわたしたちのこころを動かすだけの力を持っている。彼はその明晰で力強い表現によって現代社会の知的混迷を分析して訴えつづけた。その実際については既にくりかえし述べておいたが、その活動に注いだヴァレリーの情熱は、ヴォルテールのそれに優るとも劣るものではなかった。彼は期せずしてヴォルテールの二十世紀における後継者になっていたのであった。

ただしそうした彼の言葉を真剣に受け止めるためには十分な知性の用意が必要になるだろう。

ところが、現代人は、本を読まなくなった。これには打つ手がない。ヴァレリーがそう言って絶望したのを思い出す。人が本を読まなくなるとき、知性はわれわれを見放すだろう。あるいはすでに見放しているのかもしれない。そうなれば、どれほど叡智に富んだヴァレリーの言葉もむなしい風になるほかはないだろう。かつてヴォルテールの言葉を貪るように読んだあのパリの民衆はどこへ消えてしまったのか。

その一方で、科学は一人進歩をつづけて、いまやＡＩによる先端科学は社会のあらゆる領域を覆うまでにその活動範囲をひろげている。

ここで飛躍した夢想を許していただけるなら、わたしはこう言ってみたい。人工知能を発明したのは人間の知力である。たしかに恐るべき科学の進歩である。その能力の開発の先にある社会の未来像と応用の広がりは予測さえもつかない。いまや人工知能ＡＩによる機械文明はますます進化して人間の知性をあざ笑うかのようである。計算能力も、学習能力も、膨大なデータの分析力も、もはや人間の力の及ぶところではないからだ。これなくして現代の科学は存続が不可能になったと言ってもいいだろう。

その超高性能の機械には、いまのところ自分自身を反省し、判断する知性の能力までは備わっていないようであるが、しかし知性が衰えつづけるわたしたち現代人は、進化しつづけるこの新たな機械に、近い将来、ふたたび翻弄される危機に遭遇することになるかもしれない。そうなる前に頭脳だけが肥大した機械文明の怪物を人類のために使いこなすには、知性の冷静な働きがなにより必要になるだろう。

ＡＩに関する研究と応用は最先端の科学としてますます前進していて、わたしなどには近寄ることさえできないけれど、その恐るべき人工知能に魂まで売り渡さないために必要なことは、人間にできることとＡＩにはできないことの領域の区別をつけることである。

ホーキング博士によれば、人間にできてＡＩにできないことは、飛躍や不合理を恐れない想像力の行使である。そこに人間だけに許された領域がある。ＡＩは不合理な思考を認めることができないからだ。ところが、これまで人類がなしえた画期的な発明や発見は、たとえば二点間の最短距離は直線であると信じているわれわれ凡人の常識的な思考を無視した奔放な想像力の発現によるものだった。空間は歪んでいるとあえて想像したアインシュタインの発想も明らかにこの想像力の賜物だった。そして、そうした想像力に常識をくつがえすような働きをさせることが人間に固有の能力であることを広く知性が認め、その能力を開発させることが、人間の尊厳を保ち人間を人間たらしめるのに必要ではないだろうかと、わたしはあるとき夢想したのであった。

3

さてヴァレリーは、ここまで語ってくると、彼がその際もっとも憂慮する二十世紀の世界的な混沌に目を向けた。

もともと彼の胸には、ヴォルテールを語りながら、一方ではまだ記憶に生々しい第二次世界大戦によって政治も経済も未曾有の混乱に陥った戦後世界への深い懸念があった。それとおなじ憂慮は、二十五年前、第一次世界大戦が終わったときにも彼を絶望の淵に立たせて、その心痛から世界の状況を克明に分析させることになった。それについてはすでにたびたび語ってきた。

その第一次世界大戦の終結から八年たったある日、ヴァレリーはある本に序文を書くことを依頼された。そしてそれがきっかけとなって、戦争と平和、および政治について改めて考察する機会をもった。その考察は、世界の現状に対する絶望が希望的観測をいっさい許さないきびしい見方を示すものであって、戦争と平和という人類の運命がじかに関わる問題について、彼の究極の考えを提示するものとなったのだった。

ことは第一次世界大戦を対象にしたものであるが、今日でも戦争と平和に関して一読に値する考察だと思われるので、ぜひそれをここに引用しておきたい。

> 未曾有の広がりをもった激烈な戦争が勃発したとき、世界的なパニック状態が引き起こされて、人類はこころの底の底までかき乱された。あらゆる色の肌と、あるゆる習慣と、あらゆる文化をもった人間たちが、あの最後から二番目の「審判」に呼び出された。それまで政治の安定の基礎をなしていたいっさいの観念と意見、偏見と評価が恐るべき試練に晒されることになった。なぜなら戦争は期待に反する出来事の衝撃だからである。物理的なものが全力をあげて心理的なものを戦争に役立てようとする。長びく全面戦争は、めいめいが世界と明日について抱いていた観念を頭のなかで一変させる。
>
> (「東洋と西洋」一九二八年)

まずこれが、はじめて人類が経験した世界規模の戦争に関するヴァレリーの分析の一端である。

この戦争によってそれまで「政治の安定」を支えていた諸々の観念は大きく揺らぎ、人びとの未来への期待は一度にくつがえった。そのとき政治が直面したまったく新たな状況というのは、どんな政治的行動も「全世界がそれに巻き込まれずにはもはやなに一つなされないだろう」ということ、言いかえれば「自分が始めたことのほとんど直接的な結果さえ予見することも、それが及ぶ範囲を画定することも決してできないだろう」（「歴史について」）というものだった。

そうした政治の不透明な状況にあって、なぜ平和な状態はかくも脆いものなのか。ヴァレリーの分析がとりわけ冴えるのは、そのなぜを語った次の一節においてである。

> それは、平和が約束事のシステム、さまざまな象徴のあいだの均衡、本質的に信用に基づく構築物だからである。平和時にあっては脅迫が行為を代行する。紙が金を代行する。金がすべてのものを代行する。そのとき信用、確率、習慣、記憶、言葉が政治的駆け引きの直接の要素である。なぜならあらゆる政治は投機行為、すなわち虚構の価値に基づく多少とも現実的な操作だからである。あらゆる政治は力の割引、あるいは力の繰り越しを行うだけのものに還元される。そして最後に戦争がこうした貸借状況を決済し、本物の武力の現前とその払い込みを強要し、人心を試練にかけ、金庫を開き、観念には事実を、世評には結果を、予測には突発事故を、ただの言葉には死を突きつける。戦争は、その後の事態の運命を瞬間のまったく生な現実に左右させる

ように進んでゆく。

（「東洋と西洋」）

平和というものは、約束と信頼のうえに築かれた虚構の構築物であって、人間の心理というもっとも変わりやすいものに基づく以外に、なにひとつ確実で永続する保証のない状態なのである。平和時に政治が行うこととは、武力の行使を先へ「繰り越し」するために、言葉による脅迫を力による現実的な制圧と破壊の代用に立てながら（心理戦争さながらの現代の政治交渉の露骨な駆け引きを見よ）、心的な虚構の価値（信用、記憶、条約による約束など）を頼みとして非戦争状態を維持し、長びかせることに尽きるのである。

ヴァレリーは政治を極端に嫌っていた。それは、政治が本質的に真実であることを保証されない要素、場合によっては偽りであることさえいとわない不純な要素による駆け引きだったからであり、したがってヴァレリーが欲する厳密な思考の対象にはなりえないものだったからではないかと思われる。

人類は、この最初の世界戦争によって「最後から二番目の「審判」」の場に引き出された。そのときヴァレリーはそう考えたのだった。ところがそれは最後から二番目ではなかった。世界は前の大戦のときよりさらに壊滅的な状況に陥って、ふたたび「最後の審判」の一歩手前に立たされた。

ヴァレリーは言葉で時代を動かした大先達のヴォルテールにこうたずねずにはいられなかった、ヴォルテールが死んで百六十年余り後に、人間が犯したもっとも愚劣な行為であることの世界戦争についてどう思うかと。「もし彼がこの世によみがえって来たとしたら……そのとき彼はなにを見るでしょうか。なにを語るでしょうか」（「ヴォルテール」）

ヴォルテールが見るのは、数か月前に終わったばかりの第二次世界大戦が壊滅寸前に追い込んだ世界の惨状である。罪のないジャン・カラスを異端者として車裂きの刑に処して虐殺したのが犯罪であるなら、何百万とも知れない無辜の人間を殺したこの戦争はいったいなんと言うべきなのか。しかしヴォルテールがそれについて語るには、二十世紀の戦争犯罪の規模はあまりにも想像を絶していて、言うべき言葉を失ったのではないだろうか。

代わって語るのは、ヴァレリーでなければならない。

講演は終わりに近づいていた。

彼は、例によってかなり早口で、うちから溢れでるものに突き動かされて口調は奔流のように激していた。あまりに激しいしゃべり方だったので、聴衆に聴き取れないときもあったようだ。彼の講演を聴いたある人はそう回想している。

ヴァレリーは、小説家のバルザックが同時代の社会を描いた数々の小説全体を指して『人間喜劇』と名付けたのを頭に置いて、まだ街に戦闘の傷跡を残している戦争と、それを引き起こした人間とも思えない人間たちの狂気と野蛮についてこう語りはじめた。

しかしわれわれの時代は、おそらくぞっとするような『野獣喜劇』を生み出すことになるかもしれません。それどころではありません！　「神話」こそはわれわれにふさわしいものかもしれません。われわれは英雄と怪物に取り巻かれて存在し、生存し、動きまわっています。それらはあるときはいっさいの人間的な感情とは無縁に思われる恐るべき個人たちです。またあるときは考えられないような国民であって、彼らの軽信、蛮行、愚劣さは、今回〔の戦争で〕は、それが組織され、装備され、訓練されていて、前代未聞の状況を呈しています。それらは勇気の美徳と危険なまでに結ばれています。そうかと思えば、想像力が科学と手を組んで発明しうるいっさいの悪をできる限り巧妙に果たそうとする意識と結ばれています。またあるときは解決しなければ破滅を免れないもろもろの問題です。その複雑さと来たら人間の最高の頭脳が計算によって把握し、理解しうることのいっさいを超えています。これがわれわれのヒドラ〔伝説上の九頭の蛇〕であり、スフィンクスであり、ミノタウロス〔牛頭人身の怪獣〕であり、メドゥーサ〔頭髪が蛇の魔女〕なのです。しかしまたわれわれにはわれらのテセウス〔ミノタウロスを退治した古代ギリシアの英雄〕もいれば、ペルセウス〔ゼウスの子でメドゥーサを殺した英雄〕もいるのです……。われわれがいま、ここに集ってなんの拘束もなく語れる自由を有しているのは、われわれの英雄である彼らのおかげなのです。（同前）

彼はこう言って、まず戦争を引き起こした「怪物」たちの桁はずれの狂気と恐ろしさを語った。

ヴァレリーの講演でこれほど激しい口調に出会うのもめったにないことである。ヨーロッパを制覇しようとして戦争を仕掛けたものたちへの憎悪の表われだったのだろう。

彼はこう言っていた、現代世界に跋扈（ばっこ）してあの世界戦争を招いたのは人間ではなかったと。それは人間の感情を持たない野獣のような個人たちである。あるいはその破壊と虐殺の行為が人間のスケールを超えた怪物たちの集団、つまり敵国の国民だったと。

ヴァレリーは慎重に人名も国名もあげることを控えているが、聴いている聴衆には察しがついて、ヴァレリーの胸に秘めた思いを共有していたにちがいなかった。

ところで、こうして講演が最後に近づいたとき、ヴァレリーの話は注目すべき展開を見せた。

第一次世界大戦が終結した直後に書かれた「精神の危機」で、彼がもっとも危惧して記したことはヨーロッパ文明の危機であって、彼はその衰亡の予感を語った。それから二十数年がすぎた。そしていま、この講演の最後で語ることは、もはやヨーロッパの衰亡ではなかった。彼は人類全体が危機に晒される運命を見据えていた。

> しかし、今日ヴォルテールになにができるでしょうか。精神の人になにができるでしょうか。現在、ほかのすべての声を抑えて聞こえてくる声とはどんな声でしょうか。爆発の大音響、機械の騒音、あらゆる方向に、時をおかず、家々のなかにまで広がってゆく宣伝活動のバベルの塔を思わせる無駄なおしゃべり。それらを圧して響く声とはどんな声でしょうか。現代世界を告発するヴォルテールはどこにいるのでしょうか。まるでわれわれの思考の努力のすべて、われわれの実証的な知識のかつてない増大の

すべては、人類と決定的に手を切る手段を、そしてまずその手始めに人類が数世紀この方みずからの本性を和らげることに託してきた希望を根絶やしにする手段を、圧倒的で野蛮な力にまで高めることにしか役立たなかった、まるでそんなふうに思われます。ついにわれわれは同意しなければならないのでしょうか、残虐なもの、野蛮なもの、陰険に冷酷に考え抜かれたもの、それが一つ残らず破棄され、この地上から決定的に抹殺されたと見なすことは決してできないのだということに。（同前）

一読するだけで、戦争の暴力に対するヴァレリーの絶望の深さを察するに十分であろう。人間は、「人類と決定的に手を切る手段」、つまり人類を絶滅させる手段として「圧倒的で野蛮な力」と化した科学兵器を発明した。ヴァレリーはそうした兵器による戦争の惨禍をその目で見てきた。そのとき彼は、戦争は敵国を破壊するだけでは終わらずに、人類そのものを破滅させるものだという視点に立ったのである。

二十世紀の初めから、国家間の紛争を平和裡に解決するために国際連盟など各種の国際的な組織が創設された。それらは「人間たち、私が言うのは人間の顔をした人間のことですが、そうした人間たちの満場一致の願い」で作られたものだった。にもかかわらずその努力は裏切られた。ヴァレリーはそうした組織のいくつかに、たとえば国際連盟の知的協力委員会に加わって活動していた。それだけに失望は大きかったであろう。そしてついに二度目の世界戦争が勃発して、人類を滅亡の淵にまで追い詰めた。

その状況を目の当たりに見て、ふたたびヴァレリーは現代のヴォルテールを探し求めずにはいられなかった。

ヴォルテールは、どこにいるのでしょうか。今日、どこからその声は上がるのでしょうか。卑劣な犯罪に見合った途方もない地球規模の大罪を糾弾し、呪い、呑み込むためには、炎上する世界に負けないだけのいかなる巨大なヴォルテールが必要になるのでしょうか。現在、問題となるのはもはや拷問の末に死刑になった何人かの無実の人びとでも、数えることのできる……今日では百万の単位で数えていますが、そうした犠牲者でもありません。カラスやシュヴァリエ・ド・ラ・バール〔ジャン・カラスとおなじく宗教裁判の犠牲者〕のような人びとを数えることとさえしません。またいくつかの判決を修正することも、いくつかの法律を改正することも、もはや問題ではありません。問題は政治的、経済的世界の全構造に関わっています。その構造は、すでに平和な状態にあっても、まったく新しい欲望の予期しなかった介入によって保証を失って揺れ動いていました。また過剰と欠乏のあいだで、習慣や既成の状況の無気力と目覚めてきた創造や野望のあいだで、揺れ動いていましたが、それがいまや戦争という世界に燃え広がる劫火の餌食になっています……。こうしたすべては精神の目に（ときどきわれわれの精神がその目を自在に働かす力を取り戻すときに）、矛盾からなるカオスを、また運命の転覆と回帰の連続する相を作り出しては見せつけています。要するに、数か月たって、精神の目に映るのは、希望が転じて絶望となり、またその逆が起こり、もっとも緊密だった結合が敵対関係に変わり、勝利が砕けて敗北となり、

敗北は息を吹き返して勝利になるそういうありさまなのです。　（同前）

もともとヨーロッパ各国は、この戦争に突入する以前に、ヒトラーのヨーロッパ制覇の野望のために大きく動揺していた。それがついに戦争になり、ドイツの敗北という形で終結すると、世界の政治と経済の構造はさらなる関係の複雑さと混乱に陥った。そうした世界の状況がヴァレリーには明晰に見えていた。

しかし、戦争という「地球規模の大罪を糾弾」することはできても、カオスと化した世界を立て直すことは「巨大なヴォルテール」にもできることではなかっただろう。

そんな世界の痛ましい状況を見ることになったら、果たしてヴォルテールはなんと言っただろうか。

ヴァレリーは、そう自分に問いかけてから、この不敬な思想家のヴォルテールがどこかで引用していた新約聖書の言葉を思い出して引用することにした。それは「ルカによる福音書」二十三章三十四節のなかで、十字架にかけられたイエスが、最後に神にむかって言う言葉だった。

きっとヴォルテールの頭に、あの至高にして厳かな言葉が甦ってきたことでしょう。かつて人類について、ということはその政治、その科学の進歩、その学説、またその紛争について言われた、もっとも深遠な、もっとも単純な、もっとも真実な言葉が。――きっと彼はあまりにも明白なその金言を自分にささやいたことでしょう。**彼ら人**

間たちは自分がなにをしているのか知らないのですと。

（同前。ゴシック体は原文では大文字ゴシック体）

愚かしい人間たちへの慈悲とも取れるこのキリストの言葉を最後に、ヴァレリーは壇上を降りた。そして、ソルボンヌ大学の大講堂から巷に出た。

冬の日は暮れるのが早かった。師走の街には、すでに夕方の色が漂っていた。

その年の冬は、例年にないきびしい寒さになった。胃潰瘍から血行障害を患っていた彼の顔は、仄暗い夕暮れのなかで、さらに蒼ざめていた。

このとき、ヴァレリーの余命は、すでに七か月あまりに迫っていたのである。

6 なぜパリでは外国人に道をたずねるのか
——国民の多様性と単一性と

1

昔の話である。

留学のためにはじめてパリに着くと、わたしは学生街、通称カルチエ・ラタンの東のはずれにある全寮制の学校に入ることになった。話はその頃にさかのぼるからざっと五十年以上も昔のことになる。

ある日曜日の朝、街の本屋で見つけた赤い表紙の小さなパリの地図帳をポケットに突っ込んで、学寮から街に出た。

まだ西も東もわからない異国から来たばかりの旅行者だった。そんな若者に、見知らぬ街は目に入るものすべてが刺激的だった。なかでも道を行く人とすれちがっても、その顔がすべて外国人であることがまず異様だった。ひげを蓄え、彫りの深い顔立ちの男たちは、近寄りがたい賢者のようにわたしを威圧したものだ。しかし白人の若いむすめとなると、これはまったく別で、頬からうなじへ透き通るように白く、そこにうっすらと血の色が桃色に匂う肌は息を呑むように美しかった。ボッティチェッリのヴィナスの裸身を現実に見る気がして、そっと盗み見しないではいられなかった。

そんなふうにサン＝ミシェル大通りをひとり物珍しさにわれを忘れて歩いているときだった。考えられないことが起きた。

前からやって来たフランス人らしい中年の女がいきなり近づいてきた。

「ちょっとおたずねしますが、メトロのクリュニーの駅はどこでしょうか」

わたしは狐につままれたような気持ちで相手を見た。なんでわたしなんかに道をたずねるのか。返事に窮した。パリに来たばかりの異国の人間にメトロのクリュニーの駅がどこにあるかわかるはずはなかった。いまならそれがサン＝ミシェル大通りとサン＝ジェルマン大通りの交差点にあって、修道院の遺構の跡に建てられた有名な中世美術館の最寄り駅であることくらいは承知している。しかしあのときは、さあ、このあたりのことは不案内で……と、ことばを濁した。女の人は少し当てが外れた顔をして、わたしの脇をそそくさとすりぬけていった。

後ろ姿を見送りながら、そうだ、地図帳で調べてあげればよかったと気がついたが、後の祭りだった。

しかし、そんなことよりも、いったいどんなつもりで日本人に、少なくともアジア系と一目でわかる異国の人間に道を訊いたりしたのだろうか。わたしが東京の銀座や浅草で道を訊くとしたら、まちがっても外国人にたずねたりはしないだろう。意識の底に相手は外国人で、東京の街のやたらに込み入った通りのことなどわかるはずはないという思い込みが潜んでいるからだ。

ところが、パリでは事情がちがうらしい。

わたしは日本でフランス語とフランス文学、それに西欧美術を学んでから、多少の知識をたずさえてフランスにやって来た。けれども現実のパリやフランスについてはなにひとつ知ってはいなかった。そんな田舎者同然のわたしのこころに、この小さな出来事は波紋を投げた。決して小さな波紋ではなかった。なにかわたしの知らないことがそこに絡んでいるような気がして、波紋はこころの底で揺らめきつづけた。

その後、なんどもフランス人に道を訊かれるというおなじ経験をすることになった。だからこのときの小さな出来事は一度きりの偶然ではなかった。留学時代から何十年もたって、いまふたたびパリで暮らしていてもフランス人に道を訊かれる。家の近くを歩いていると、家からそう遠くないモネのマルモッタン美術館への道とか、イソップ物語を翻訳したラ・フォンテーヌの銅像はどこにあるのか、日曜日でも開いている食料品店はないかなどと、思いがけないことをたずねられる。

それだけではない。フランス人は相手が外国人とわかっても、ことさらゆっくりしゃべったりはしない。もしそれが東京の銀座通りでだったら、わたしたちは道をたずねる外国人にゆっくりした日本語で、あるいは英語で話そうとするだろう。ところがパリの人間は、相手がだれであろうとパリ人に特有の早口で、きびきびしたフランス語でしゃべりまくる。

この街ではだれもがフランス語をしゃべるのを当たり前と思っているらしい。が、決して思い上がっているからではなさそうだ。自然にそう思っているのである。

するとこのわたしは、パリにいると、彼らにとって日本人の顔をしたフランス人に見えるのだろうか。いや、顔など問題でないかもしれない。この街にはほとんどあらゆる種類の人種が住んでいて、顔立ちも肌の色も異なる人間が大勢いるのだから。要するにわたしは、通りに出れば日本の国籍を失って、一人のフランス人になるということなのか。

そうだとすると、東京では考えられないそんな現象がなぜパリでは起きるのだろうか。いまでもそれを不思議に思うことがある。その昔こころのうちに広がった気がかりな波紋は、時を経ても消えずにいたのである。

＊

現実のフランス、その首都である現実のパリとは、どんな国で、どんな街なのだろうか。フランスにやって来た異邦人なら、いちどは自問する問いである。ヴァレリーはそれに答えて、「フランスの諸相」（一九二七年）のなかでまずこう書いている。

フランスという国くらい開かれていて、おそらくここほど神秘的な国もないだろう。観察するのがこれほど容易で、一目でわかったつもりになる国はどこにもない。ところが、その動きを予測するのがこれほどむずかしく、これほど意外な反復と突然の変化を見せる国もないことに、あとになって気づかされる。

（「フランスの諸相」）

これはヴァレリーが、人がフランスという国とはじめて接触したときに抱く印象について述べた言葉である。

たしかにフランス人と付き合っていると、軽妙さ、ときには軽薄さがまず目につく。これがフランス人なのかとわかったような気がする。ところが、そのうち妙に頑固だったり、不思議と物分かりがよかったりして、最初の印象が否定されるのではなく見えていなかった別の面がそこに付け加わる。人付き合いがよくて人間関係がなごやかだと思って気を許していると、おそろしく鋭い批判精神を宿しているのに驚かされる。そしてその批評精神を抜きにしては彼らの精神活動を考えることさえできないことに気づかされる。

そう言ったあとで、ヴァレリーの指摘はこんなふうに続いている。

> フランスという国は簡単に定義するのがことのほかむずかしい国であって、定義しにくいというこの特性こそがこの国の定義のかなり重要な要素になっている。矛盾しない特質を集めてみてもフランスを特徴づけることはできないのだ。（同前）

いいかえれば、フランスとフランス人は矛盾しあうさまざまな要素からなる生きた集合体であって、この多様さこそが本質的な特徴をなしているというのである。

ヴァレリーは、その本質的な多様さを、まずフランスの国土について指摘する。この国はほぼ六角形をしている。山や川や平野からなる各地方の地形はそれぞれ個性的であり多様であるが、それらがまとまって、全体的にはバランスがとれている。

フランスの国土の注目すべきところはその形状の明確さであり、各地域の相違であり、そうした多様な部分がたがいに意気投合して結束し、ほどよく補い合うことで全体に均衡がとれていることである。（同前）

たしかにフランスの国土は適度に山があり、谷があり、広々とした平野があって地形的に見て多様性に富んでいる。しかしそれだけではない。ヨーロッパ大陸に占めるその地理的な位置によっても他国にはない特権的な有利さを与えられていて、それがフランスの形成にあずかって大きな力になるのである。

地図を眺めると、この国は、北と南と西は海にむかって開かれ、東は広大な大陸と地続きに繫がっている。その結果、太古の昔にさまざまな他民族が次々に流れ込んでこの肥沃な大地を発見し、そこに定住を試みた。その他民族の流入とその結果について、ヴァレリーは次のように説明する。

民族の生きた風が、北と東から、断続的に、さまざまな強さで吹いて来ては、じつに多様な民族的な要素を、幾時代にもわたって、西へ西へと運んでいった。そしてそれらのさまざまな民族は、相次いでヨーロッパ西端の地域を発見するに至ったが、最後には大西洋と山々〔スペインとの国境にあるピレネー山脈〕に阻まれて、すでに定着していた先住民と衝突した。目の前には人間の障害物や自然の障壁が立ちはだかっていたが、自分のまわりには肥沃で温暖な土地が広がっていた。このあとからやって来た者たちはすでに定住していた集団と隣りあい、あるいは重なりあって、均衡を生み出し、たがいに少しずつ混ざりあって、彼らの言語、彼らの特徴、彼らの技芸、彼らの風俗をゆっくりと形づくっていった。移住者は北と東から来ただけではなかった。南東と南からもやって来た。（同前）

試みに、主な移住民族の名をあげてみると、北からのノルマン人、ケルト人、東方からのゲルマン人に加えて、南東あるいは南からはフェニキア人、ギリシア人、ローマ人、モール人、サラセン人などがあって、フランス先住民の土地にさまざまな時代に次々に根を下ろしていった。これほど多くの民族がこれほど長い年月のあいだに混淆（こんこう）し、ついには一つに融和し中性化していくありさまは化学合成のように神秘で複雑である。いまフランスの先史や古代史を繙いている暇はないけれど、たとえば地中海沿岸に点在するマルセイユやニースや薔薇の栽培とそこから作られる香水で日本でも知られているグラッスはかつてギリシア人が植民地として築いた街だったそうである。

たしかにおびただしい民族の混淆がフランス人の成立のもっとも重要な要因であることはまちがいない。わたしはヴァレリーの分析を読んで、こんどもまたあたらしい発見に目を開かせられる思いをした。

日本の先住民がどこから来たのかは知らないが、少なくとも縄文時代を経て弥生時代以降、大和民族が多数を占める日本人はフランス人と成り立ちが根本的に異なっている。その違いはそれぞれの国民性や文化にも反映されることになるだろう。それがどう反映されるかは後段の問題に残して、いまはヴァレリーの結論を読んでみよう。

したがってフランスの形成にとって根本的な事実は、おびただしい量の多様な民族的要素が国土に存在し、それが混合したことであった。ヨーロッパのすべての国家は複合されたもので、おそらく唯一の国語が話されている国家は一つもないだろう。しかし、私の考えでは、フランスほど民族的、また言語学的な慣用表現が豊かな国はないと思っている。フランスは、これほど多くの血とこれほど多くの異なる気質のあいだで生じた内部での交流と個人的な結びつきの複雑な現象のなかに、その独自な個性を見出したのだ。フランス人の行動と感情に多くの矛盾が見られること、また個人の平均値が著しく高いことは、数多くの独立した要素の結合と、数多くの遺伝的資質の配合によって説明されるのである。（同前）

なるほどそういうことだったのか。フランス人はヨーロッパのどこの国民よりも数多くの他民族の要素と多様な気質の混淆が生み出した複雑な作品であって、生粋のフランス人などというものはもともと存在しなかったのだ。フランス人についてもっとも重要なことなのに、いままで気づかずにいた事実をここでも教えられた気持ちになった。
知り合いのフランス人を思い浮かべてみても、日本人をはじめ他国の人間と結婚しているものが何人もいることに思い当たる。島国の日本では国際結婚というものをまだ少し特別な目で見ている節があるようだけれど、彼らにはその意識はきわめて薄い。おそらく長い年月にわたる異民族との交流のなかで、相手を外国人として見る前にまず一人の人間として見る習慣が付いたからだろうか。国籍や肌の色のちがいは二の次なのである。

たしかに日本でも、近頃はこれとおなじような態度を見せる日本人も増えたように思うけれど、こころの深いところに外国人を気心の知れない異人と見る意識が残っているように思われる。日本の教育はそれを心配して国際感覚を身につけた国際人を育成することを目指しているらしい。大いに結構なことだ。しかし、国際感覚も国際人も、いったいなにを意味する言葉なのかあいまいなうえに、その国際感覚というのをどうやって身につけさせ、あるいは国際人なるものをどう育成するつもりなのかわからない。小学生のときから英語を学ばせるくらいで見知らぬ外国人を自分とおなじ一人の人間と見る意識が芽生えるわけはないだろう。こころの鎖国を解くのは語学の力だけでは十分でない。まずなによりも子供たちに日本以外の国に、そして自分以外の人間に初々しい好奇心を抱かせて、異国の子供たちと今はやりのビデオ通話などを通して友達にさせることである。

一方のフランス人は、国際感覚などという意味不明のことばとは無関係に、太古の昔から、他国の人間とごく自然に付き合い、そのだれかに強く惹かれるようになれば、あとは自然に愛情に導かれて結ばれる。彼らはその太古の昔と同様に、いまでもフランス人を作り出した多様な遺伝的資質の配合をつづけているのである。

フランス歴代の王家にしても、政略結婚という目的のためには他国の王家との婚姻もあえて辞さず、それが十六世紀のルネサンス期あたりからはほとんど常習的になって、とても日本の天皇家のような血統を重視して守り抜こうとする気構えは見られない。

さらにヴァレリーは接ぎ木を比喩に使って、フランス人の繰り返された混血から生じた豊かな文化的結実について次のように結論する。

「フランスは非常に種々雑多な血を受け取り、またその血によって、特色ある文化と精神を生み出すきわめて明確で完全なヨーロッパ的人格を何世紀にもわたって形成していったのである。その雑多な血ゆえにフランスという国家はなんども接ぎ木された一本の樹を思わせる。その樹に実った果実の質の高さと風味は、分割できない一本のおなじ存在のためにひたすら協力して働くきわめて多様な樹液の幸福な融合から生まれた賜物なのである」(同前)と。

フランスの、たとえば料理やワイン、文学や絵画、建築や装飾のどれを取ってみても、そこに共通して感じられるある種の芳醇さはまさしくこの「多様な樹液の幸福な融合」なくしては生まれ出ない文化の味わいなのである。

2

フランスの国民性の本質的な特徴が多様さにあるとすれば、そこに一国家としての統一を与えようとする動きが生じるのは当然の話である。豊かな多様性もそこに内的統一がなければ、雑多な要素の単なる混在にすぎなくなって国の体をなさなくなるだろう。ここにフランスを考える上で欠かすことのできない多様性と統一という二つの概念があらわれる。

ヴァレリーは、だからこそ「この生命にかかわる統一への感覚はフランスにあっては著しいのである」と指摘する。それゆえ、もし仮にその多様性によって国に分裂や紛糾をもたらすような宗教的、あるいは政治的危機が生じた場合、時の為政者たちがふたたび国に統一を取り戻そうとする意欲はそれだけ強くなるだろう。

それはフランス史に登場した著名な政治家たちの業績を思い出すだけで明らかである。アンリ四世は宗教戦争がフランス人を旧教徒と新教徒に分裂させて戦わせ、そのあげくに国土を荒廃させるのをその目で目撃した。その悲惨な状況を打開するために、ナントの勅令を発してみずから新教に改宗し、信仰の自由を認めることで未曾有の分裂状態を収拾した。

ルイ十四世は地方に分散していた権力を弱体化させて中央集権化を強化することによって絶対王政を確立し、フランスをヨーロッパ最強の国家に仕立て上げた。ナポレオンは大革命のあとの混乱したフランスの統一を天才的な軍事能力を駆使してなしとげた。また第二次世界大戦中にナチス・ドイツに国土を占領地区と非占領地区に分断されたとき、これは外圧による分裂ではあったが、フランスの解放と統一をめざして国民的な抵抗運動がわき起こったのもおなじ統一への意識が働いたと見ることが許されるかもしれない。

さて、ここでパリが登場する。そして国の統一のためにその唯一無二ともいうべき独自の存在がその力を発揮することになる。

優れた為政者たちがフランスを、宗教的にあるいは政治的に統一したのとおなじく、文化的あるいは伝統的に多様な地方に分割されたフランスに内的統一を与える必要が生じた場合、この国はそれにどう対処しただろうか。そのとき登場したのが強力な求心力をもった首都パリだったのである。

わたしは最近、ヴァレリーがパリの存在と機能について試みた分析を読んだ。実際そのときくらい大きな知的興奮を覚えたことはなかった。それまで漠然としていたパリの印象がいちどに鮮明な像を結んだからである。

パリといえば、多くの外国の観光客にとって美と逸楽と奢侈（しゃし）の都である。それはそれで事実である。しかしその表面の事実の裏側に隠されたパリの本質をこれほど深く分析した文章をこれまで一度も読んだことがなかった。パリは都市であって人間ではないけれど、その存在の意義は、過去の優れた為政者たちが祖国フランスを分裂の危機から救って統一へと導いたのに通じる大きな役割を担っていたのである。

いったいパリとは、フランスにとってどんな機能をもった都市なのだろうか。ヴァレリーはその機能の発端をフランス革命直後の混乱した時期にさかのぼってこう考察した。少し長くなるが、お読みいただこう。

パリの卓越した存在が数世紀にわたって桁外れに増大したことほど、いま私が述べたこと「分裂した国家を統一に導くこと」をあざやかに例証してくれる意味深い現象が

あるだろうか。〔……〕

パリの確かな、目に見える、絶えざる働きというのは、執拗で強力な集中力によって地方の大きな個別的な差異を補正することである。二世紀この方、パリがフランスの生活のなかで果たす機能の数は増大していったが、それは国全体の連携を求める欲求が広がっていったこと、またいっそう異質な伝統を持ち、いっそう遠隔の地にある地方がかなり最近になって結集するようになったことに呼応しているのである。フランス大革命の当時、フランスはすでに統治という点では中央集権化されていて、趣味と風俗に関しては宮廷に中心が置かれていたが、この一極集中に直接に関わっていたのは裕福な指導者層だけだった。（同前）

当時の文化の中心はヴェルサイユの宮廷であり、それを構成するのは一部の権力をもった貴族にすぎなかった。その一極集中をなし崩しに崩していったのがパリだったのである。フランスでは各地方が特色ある文化圏として強力な存在感をもっているが、パリはその個別の差異を補正するためにパリ特有の集中力を発揮して地方との交流を強め、知的野心をもった若者たちを首都へとひきよせた。新しい趣味と風俗、とりわけ新しい思想は宮廷にかわってパリの巷で生み出された。時は激動のフランス革命期であった。

ところが、革命議会が招集されたのを境に、危機的な年がつづくなかで、パリとその他のフランスの地方とのあいだに人間と思想のはげしい交流の動きが確立された。

地方での事件、計画、告発、もっとも活動的な、もっとも野心的な個人たち、そのすべてがパリに流れ込み、そのすべてがそこで醱酵する。一方のパリは、代表者を、政令を、新聞を、あらゆる出会いやあらゆる出来事の産物をフランスの国中に氾濫させる。またこれほど多くの相違がパリに呼び寄せられて、市の城壁のなかで衝突しあって生み出す情熱と議論をフランスの国中に氾濫させる。

パリが対決と結合の中央機関に変貌したこと、単に政治的、行政的な機関としてだけでなく、判決と文書の作成と発信の機関に、またこの国の一般的な感受性を導く拠点に変貌したことが、私には重大な事実と映るのであるが、なぜ大方の歴史家たちはこの重大な事実を強調しないのか、私には腑に落ちないのだ。〔……〕数百年かけて作られたものを一瞬のうちに知覚できると想像していただきたい。パリが形成され、大きくなり、国土全体とのさまざまな関係が数を増して充実する。パリは国中に広まった交流のなくてはならない機関になる。その必要性と機能としての力は次第に確立され、革命とともに、帝政とともに、鉄道の発展、電信や報道や強烈な文学と呼びうるものの発展とともに増大してゆくのである。（同前）

読んでいると、フランス革命以後、近代のパリが、帝政時代をへて、鉄道が走り、電信が飛び交う新時代の移り変わりとともに、その機能を果たしつつ変貌していった姿が目に浮かぶように想像される。

要するにパリは「フランスの並はずれた多様性が生んだ典型的な産物」だったのである。

それをヴァレリーの言葉で説明すると、こういうことになる。

パリは「フランス国家の本質的な複合性に応えている。たしかにこれほど異なった地方や、その住民や、習慣や、方言は、それらの関係の有機的な中心、それらの相互理解の拠点とモニュメントを自らに作らなければならなかったのだ。それこそがパリの偉大にして、固有の、輝かしい機能なのである」(「パリの存在」一九三七年)。

パリは、フランスのほかの大都市、たとえばリヨンとも、マルセイユとも、ボルドーとも、リールとも異なっている。なぜだろうか。パリは「偉大な国家が国をあげてその精神的な権力のすべてを委任し、趣味と風俗に関する根本的な取り決めを起草させ、ほかの世界にむけては一国の仲介者あるいは代弁者、またその代表者」(「フランスの諸相」)たらしめているからである。

これがフランスのほかの都市のみならず、世界の都市にも見られないパリ独自の機能なのである。

＊

さらにヴァレリーの指摘を読むと、パリがそのかけがえのない集中と統合の機能に目覚めたのは、フランス革命が起きる十八世紀末のこととされている。そしてその直接の原因となったのは、革命がパリならびにフランス各地に引き起こした政治的、社会的な動揺と混乱の結果生じたパリと地方との緊密で活発な交流にあった。これがヴァレリーの分析であった。

しかしパリが、地方とのあいだで行われる「人間と思想のはげしい交流」の中心地として機能しはじめたのは、革命に先立つ十八世紀の中頃だったように思われる。

一つ例をあげてみよう。

ディドロに『ラモーの甥』という対話体の小説がある。彼についてここで詳しく述べている余裕はないけれど、パリの東南、シャンパーニュ地方のラングルという土地の出身で、一七二九年、若くしてパリに上京してソルボンヌ大学で学び、のちに当時の知識、技術、思想のすべてを集大成した『百科全書』（一七五一〜七二年）を編纂するという偉業をなしとげた。十八世紀を代表する啓蒙主義の思想家であり文学者であって、あのヴォルテールも一目置いていた人物である。「すべてがパリに流れ込み、そのすべてがそこで醗酵する」と言ったヴァレリーの言葉を地で行く若者の一人だったのである。

『ラモーの甥』は大革命の二十年ほど前の作品であるとされているが、そこに当時のパリの熱気がみごとに活写されている。

作品の舞台は、コメディー・フランセーズ座の斜め向かいにある「ラ・レジャンス（摂政時代）」というカフェで、パリでもっとも古いカフェの一つである。ディドロは、ジュネーヴからパリに出て来たルソーとともにその店の常連客だった。創業は十六世紀末であるが、ルイ十四世亡きあとの摂政時代の一七一五年に、その名をとって「ラ・レジャンス」と改名された。

この界隈は旧国立図書館にも近く、留学時代にはたびたび通ったところなので、店の前を通るとき、決まってこの小説を思い出したものだった。いまでも営業しているが、惜しいことにいつの間にか由緒ある店の名が変わっていた。

小説の冒頭、その店先のテーブルで、二人の男がチェスを指している。それを取り囲んでおおぜいの物見高い連中が勝手に横から口を出す。彼らはただの野次馬ではない。銘々がチェスだけでなく、なにかにつけて一家言をもった市民たちである。ディドロやルソーのような地方出の青年たちも含めて、そうした多種多様な人間たちが寄り集まって意見を闘わせる場がカフェなのだ。ヴァレリーは「若者たちは行きつけのカフェで早熟な混淆」（「パリの機能」一九二七年）をとげると言っている。絶え間なく、次々と街の住民たちが出入りする活気あるカフェは、そのままパリの縮図を見るかのようであって、「人間と思想のはげしい交流」が行われる場なのである。

さて、このカフェ「ラ・レジャンス」でディドロらしい哲学者の「私」は、はじめてラモーの甥と出会う。大作曲家ラモーの甥にあたるその男は音楽家を目指しているが、まだ定職が見つからず、金持ち連中に言葉巧みに取り入って、彼らの食客に収まり、わびしいその日暮らしを送っている。

そんな二人のあいだで対話がはじまる。

ところが、話すうちに、ラモーの甥は当時の宮廷人や金融家や文学者などの実名をあげてその卑俗さ、愚劣さを批判して「私」を辟易（へきえき）させる。だが彼の社会批判がときには正論であることに「私」も納得する気持ちになってゆく。腐敗した時代の世相や人間たちの卑劣な行動を糾弾してやまないラモーの甥と、その熱弁に哲学者らしい穏健な反論で応じる「私」との対話を聴いていると、「情熱と議論」が沸騰するパリのカフェに坐っているかのようである。集中と交流の拠点であるパリの社会的な機能がもっとも典型的に発揮されたのが、上流社会のサロンとともに、庶民たちがたむろするカフェだったのである。

ヴォルテールがジュネーヴに近いフェルネーの村から、次々とパリへむけて風刺文や攻撃文書を書き送って、宗教権力を笠に着たキリスト教徒の狂信的な行動を痛烈に批判したことは前に述べたが、書き送った相手というのは啓蒙思想の同志であるディドロやダランベールだけでなく、こうしたパリの市民こそが真の相手だったのである。

やがてヴォルテールの風刺文を読んだ市民のあいだに狂信のみならず当時の社会の不正や不平等について世論の芽が芽生えて、革命の下地を作ってゆくだろう。そのための議論の場を提供したのがほかでもないパリのカフェであり、そもそもパリが巨大なカフェだったとも言えるのである。(そして現在、いったん国民生活にかかわる大きな問題が持ち上がると、それに類する光景が、テレビやツイッターがはびこる現代にあっても、パリの街角のカフェで続いているのが見られるのだ。)

世界にはロンドン、ローマ、ニューヨーク、北京、東京といった名だたる大都市が存在する。どの都市もなにか独自の個性において際立っている。しかしパリのようにあらゆる人材や思想の集中と対決によって、分散しがちな地方をパリに結びつけて国そのものの統一に大きく寄与した都市はほかに一つとして存在しない。

国民のあらゆる種類のエリートが、数世紀この方、これほど執拗に結集された都市はない。あらゆる価値がここにやって来て認められ、比較の試練に耐え、批判、嫉妬、競争、嘲笑、そして軽蔑に立ち向かわなければならなかった。一国民の統一が、その都市のなかでこれほど目覚ましい、これほど多様な状況の連続によって、また才能も方法もこれほど異なる人間たちの協力によって練り上げられ完成されたところはほかにはない。実際、ヨーロッパでもっとも複合的なわが国が、もっとも活発な、もっとも対立的な精神の炎に晒されて、まるでそうした精神同士の化合から生じる熱に溶かされるかのように鋳造されてはまた鋳造され直したのはここパリでなのである。

（「パリの存在」）

まことに説得力のあるパリ論である。

フランスを鋳造したパリの坩堝は、いまでは国際的に多様な人種の人間たちを呑みこんでパリ人に融合させ、あるいは対立させせて、その知的熱気はいまも衰えることを知らない。それは、わたしのようなパリに住む外国人にも及んで来て、知らない間にパリ人に鋳造する。だからあえていえば、パリに異邦人はいないのだ。この街に住む人間は、肌の色や国籍の違いを残したまま、だれもがたがいに多少はパリ人なのである。その意識がパリに独特の解放感をあたえ、ここに住む人たちにたがいに親密な感情を抱かせる。ほかの土地では味わったことのない自由の感覚である。わたしにとってパリに住む心地よさと伸びやかさ、そのもっとも大きな悦びの秘密はそこにあると思っている。

それゆえにまた、冒頭で語ったように、はじめてパリに着いて街を歩いていた日本人のわたしに、フランス人が少しの迷いもなく近寄って来て道をたずねたのには、なんの不思議もなかったのである。

3

わたしはここまで、多様な血の混淆から形成されたフランスがパリの集中力によって一個の国家に統合されるきわめてダイナミックな現象を見てきた。じつはそれとおなじような現象が、意外なことに、フランス語の統一という言語の面にも見て取ることができるのである。

フランスの地方には、通常のフランス語とは語彙も文法も異なる方言がいくつも存在し、それがいまでも通用している。西はブルターニュ地方のブルトン語、東はアルザス語、南はバスク語、プロヴァンス語、コルシカ語など、いくつもの方言が地方に固有の生活習慣や風俗とともに生きつづけていて、土着の人たちは強い愛着と誇りを抱いている。

それを示す好例を一つお話ししよう。大学の入学資格を審査するバカロレアという入学試験が毎年行われる。その試験問題が、地方によっては通常のフランス語と並んで、たとえばブルターニュ地方ではブルトン語でも出題される。日本でもそれぞれの地方で根強く方言が話されているが、どんなに方言への愛着が深くても、入試問題をその方言、たとえば津軽弁や大阪弁や鹿児島弁で出すというのはおよそ考えられないことである。フランスではその考えられないことが行われているのをはじめて知ったとき、この国における郷土愛と地方分権思想の根強さに心底驚かされたものだった。

そうした多様な方言が存続するなかで支配的な言語としてのフランス語が存在する。これも、もとはといえばイル・ド・フランスと呼ばれるパリ盆地一帯の方言だったものが、パリが国の中心として重きをなすにしたがって、わたしたちの知っている標準的なフランス語になったのである。それはちょうど明治になって江戸一帯の方言だったものが多少の変遷をへて東京の中産階級の言葉になり、やがてそれが日本の標準語になったのを思わせる。

そのフランス語が明快であるだけでなく聴いていて非常に美しい言語であるとはよく言われることである。それがいつ頃からそうなったのかは特定するのがむずかしいようであるが、少なくとも十七世紀、日本の江戸時代初期の頃のフランス語を読むと、たとえばデカルトの『方法序説』（一六三七年）やラファイエット夫人の『クレーヴの奥方』（一六七八年）という小説を読んでみると、その語彙も文の構成も現代のそれにほぼ近いことがわかる。それを音読すればほとんど現代文に近い美しさを感じるだろう。

なぜフランス語はそれほど美しくなったのだろうか。

ヴァレリーが「フランスの諸相」で分析したところによると、フランス語は音声的に西欧のどの言語とも異なっていて、次の三つの特徴を備えている。第一に「フランス語はよく話されるときはほとんど歌わない」。つまり飛び跳ねたり、うねったりするような音の高低がない平板な話し方をする。二つ目は子音の音が「もののみごとに和らげられていて、耳障りだったり喉から出したりする音はない」。言いかえればフランス語の子音は耳に心地よい、発音しやすい子音であって、これはドイツ語やイタリア語やスペイン語に比べてみるとその違いがよくわかる。最後は、母音の数が多く、いずれもきわめて陰影に富んでいて、繊細な音色を備えていることである。これはフランス語の音域の狭さ、アクセントをつけない平板な話し方の単調さを補ってあまりある特徴である。

ただ、こんなふうにフランス語の特徴を説明しただけでは、それがどういう効果を生み出すかは実感しにくいかもしれない。しかしながら、たとえフランス語を解さない人であっても、フランスの映画を見たり、名優によるフランス語の作品の朗読や優れた歌い手によるシャンソンを聴いたりすれば、その美しさ、心地よさに魅了されることはまずまちがいない。往年の名優ジェラール・フィリップによるサン＝テグジュペリの『星の王子さま』の朗読や、その後に知ったプルーストの『スワンの恋』の放送劇をはじめて聴いたときは、そのすばらしさに打たれて、なんど聴いても聴きあきることがなかった。おそらく読者のなかにもおなじような経験をされた人がいるのではないだろうか。

ここでフランス語の美しさについて注目していいことは、そうした音声的な美しさの特徴、とくに子音が柔らかで発音しやすい特徴が決して偶然に生まれたのではなかったことである。それにはフランス各地に方言が存在するという特殊な言語状況のもとで、フランス人が幾世紀にもわたって統一されたフランス語への欲求を持ちつづけたことが大きく物を言ったのである。

その点でヴァレリーが子音ｒの消滅について指摘したことほど示唆的なことはない。日本人は日本語にないこのｒの発音が概して苦手のようである。ところが、ｒの発音がフランス語としては例外的にやや耳障りであるために、ｒの文字がフランス語から消えかけたことがあったのだそうである。彼はそれを「意味深いこと」とうけとめて次のように語っている。

> ｒの文字は、フランス語ではほんのわずかに耳障りではあるけれど、巻き舌や気音で発音されることは決してない。そのｒが、なんどとなくフランス語から消えかけて、徐々に柔らかな音にされるにつれて危うくもっと発声しやすいものに取って代わられそうになったのである。（たとえば chaire は chaise になった、など）
>
> （「フランスの諸相」）

ちなみに chaire というフランス語は背もたれと肘掛けのある高位の聖職者用の椅子を意味する語で、中世からルネサンス期にかけて用いられた方言であり、chaise は肘掛けのない椅子を意味する現用語である。

いったい、この子音ｒの少し耳障りな発音に対する気遣いとｒの消滅はなにを意味するのだろうか。それは、一方に多様な方言を残しながら、代表的なフランス語が国全体に受容されるようにするために幾世紀とも知れない長い時間をかけて、フランス語を耳障りでない、発音もしやすい言語に改良していった国民の努力があったということである。そのフランス語が地方の方言を駆逐するのではなく、それと共存しながら一国を代表する統一的な言語に変容してゆき、今日の美しいフランス語に磨き上げられたわけである。

ヴァレリーはフランスにおけるこの言語的統一の原因について次のように述べているが、きわめて興味深い指摘である。フランスに特有の多様さと統一という現象が言語の面にもあらわれているのである。

もしフランス語が全体の音調において和らげられているとしたら、もしフランス語をよく話すことがアクセントなしに話すことであるなら、もし耳障りだったり、あまりに目立ったりする音素が禁じられて、徐々に削られていったとしたら、またその一方で音色が数多くて複雑であり、無音の母音〔無音のｅのこと〕がこれほど耳に残るとしたら、私にはその原因として、この国の形成の仕方とその結合の複雑さのほかにはなに一つ思いつかない。ケルト人、ラテン人、ゲルマン人が非常に親密な融合をとげた国、支配的な国語の傍らにあって、数多くの多様な言語（数々のロマンス語、フランス語の方言、二つのブルトン語、バスク語、カタロニア語、コルシカ語）がいまでも話され、書かれている国において、政治的統一と感情の統一に並行した言語的統一が行われたのは必然だったのである。その統一は、ひとえに統計的妥協、たがいの譲り合い、ほかの者たちにとってあまりに発音しにくかったものを、ある者たちが放棄したこと、複合化された言語の質的変化、そうした要因によってはじめて達成されたのであった。（同前）

明快さというフランス語のもう一つの特徴についても、方言とちがってだれにでも容易に理解できるフランス語への欲求が明快さをもたらしたと言えるだろう。この場合、明快さというのは文の構造の明快さということである。たとえば文の各要素（主語、動詞、目的語など）の配列は、文法的に位置を定められていて、その配列を恣意的に変えることは、なにか特別な理由がないかぎりフランス語では許されない。その特別な理由というのは、ある語句を強調する文体上の理由がある場合や、詩における韻律上の理由から語順を入れ替える必要がある場合などである。

それで思い出したのだが、プルーストの文章は非常に複雑であり難解であって、とても明快とは言えないという話をよく聞く。難解だと言われるのは、彼が表現した人間の心理的現実や事物からうけとる印象や感覚が真に新しかったからで、その現実や印象を正確に描くためにはあれだけ複雑な文章が必要だったのである。しかし関係節がいくつもつづく複雑な複合文も、そうした付属的な要素を取り除くと、文の構造そのものはきわめて単純で明快なのである。複雑で難解といわれる彼の文章もじつはフランス語の基本にかなっているのである。

*

さて、この明快な、それに加えて品位あるフランス語というものへの国民の欲求をもっとも典型的に表わしているのが『アカデミー・フランセーズ国語辞典』の編纂である。

アカデミー・フランセーズのことは日本でも多少は知られるようになったが、これは今日、フランス学士院を構成する五つのアカデミーのうち最古の機関であって、それぞれのれている。

時代の著名な文学者から選出された「不滅の四十名」Quarante Immortels をもって構成さ

アカデミー・フランセーズが時の宰相リシュリューの手によって国家機関として創設されたのは一六三五年のことであった。一八七九年（明治十二年）、東京学士会院として発足し、改組を経て現在に至る日本学士院が学術上大きな功績をあげた研究者を優遇し、顕彰する栄誉機関であるのとはきわめて対照的であって、その活動はつねに今日的であり、かつ生産的であって、そのもっとも重要な使命はいま述べた『アカデミー・フランセーズ国語辞典』の編纂だったのである。

辞典編纂の目的は、ひと言でいって、フランス語を純化し、維持することである。純化する必要があるということは当時のフランス語に純粋でない雑多な語彙が混入していたからである。そのためにあまりに特殊な専門語、古語、卑俗な語、侮蔑的な語、外来語、地方的な語などを排除して、普通に使用されるフランス語にふさわしい品位ある語彙を厳選し、あわせて正しい文法の規則、いわゆる bon usage、正しい使い方を定めて一国の国語を純化することを図ったのである（文法のほうは「ポール・ロワイヤル文法」となって結実した）。そしてそれを方言に対して国の支配的な言語としたのである。

たしかに辞典の編纂にあたえられたこの言語的統一の使命は、政治的に見れば、宰相リシュリューが目指した中央集権の強化による王国の統一に資すべき政策の一環でもあっただろう。しかしまたこうした使命をいち早く国家的事業として打ち出したところに自国の国語を、ひいては広く自国の文化をなによりも大切にするフランスという国の伝統的な姿勢が端的に示されている。

　初版が刊行されたのは、アカデミー・フランセーズの創設から六十年近くたった一六九四年のことで一万八千語が採用された。その後辞典は、二百九十年以上の長きにわたって各時代ごとに改訂が行われた。それを考えただけでも、これが半永久的な国家的事業であることがわかる。最新版にあたる第九版が刊行されたのは一九八六年から一九九二年にかけてである。採用された語数は生活習慣の変化、科学技術のめざましい発展を反映して六万に達している。しかし編纂の方針はアカデミー・フランセーズ創設当時とおなじくフランス語の純化と統一、そしてその維持にあることに変わりはない。

　興味深いことは、こうした幾つかのフランスの文化にかかわる国家機関が、多様性というこの国の特殊な事情のもとで国家的統一を目指す共通の性格を与えられていることである。ヴァレリーはこう書いている。


　アカデミー・フランセーズのような団体、コメディー・フランセーズ劇団のような機関、またほかの幾つかのものは、それぞれその性質と機能にしたがって生まれたこの国独自の国家的な産物であり、その本質はフランスの強力で意志的な統一を強化し、永続させること、要するにその統一をフランスという国自体に表象することなのである。

（「フランスの諸相」）


この一節を読んでいて、思いがけずコメディー・フランセーズの名を見出したとき、留学してまだ間もない頃、この劇団によるラシーヌの『アンドロマック』を観た遠い日のことがとっさによみがえった。前に「黒い壁」の章で書いたように、あの晩、せりふがはげしく飛び交う舞台に衝撃をうけて打ちのめされたことを思い出した。そのいわくつきの舞台とは、「この国独自の国家的な産物」である劇団による伝統の舞台だったわけである。わたしはあのとき、ある意味でフランスそのものと対峙していたということを、ヴァレリーを読んでいてあらためて認識したのだった。

4

ここまではアカデミー・フランセーズの機能をフランス語の問題にかぎって述べてきた。しかしフランス最高の知性を結集したアカデミーは、少なくともヴァレリーにとってそれだけの存在ではなかったことを言っておかなければならない。とりわけ現代社会の激しい変化と混乱を考えるとき、果たすべき役割はそれに尽きるものであってはならない。ヴァレリーはそう考えていた。国語辞典の編纂とは別に「ある漠然とした期待」をアカデミーに抱いていたからである。

一九三五年は、アカデミー・フランセーズが創設されて三百年の記念すべき年にあたっていた。その機会に、当時アカデミーの会員だったヴァレリーは「アカデミーの機能と神秘」と題する論文を草した。思い出していただきたいのだが、このおなじ年の一月に、彼は「知性の決算書」という講演を行っていた。これについてもすでに「機械文明のなかの人間」の章で述べておいたのでここで再論するつもりはないが、この講演でヴァレリーは近代科学の未曾有の進歩が現代の社会にもたらした混迷を深く憂慮して、混乱する社会の実態を聴衆にむかって訴えかけた。そのおなじ憂慮が、おなじ年アカデミーの機能を論じるヴァレリーの胸のうちから消えていたはずはないだろう。彼は時代の混乱した社会状況を思いつつこの一文を綴っていたにちがいないのである。

その末尾近くに、論文とは直接関係のないこんな一節が挿入されていた。

現代世界の一大作品ともいうべき全世界的な無秩序が〔……〕明確となり、拡散してゆき、その危険、その見通し、そのさまざまな矛盾の力を展開するにつれて、またさまざまな試行、新機軸、破壊、企てを積み重ねるにつれて、もっとも強靭な精神の持ち主でさえも、出来事の量、発見の過剰、そこから生まれる変化のあわただしさになすすべもなく押し流されるのを感じている。彼らが身のまわりに見出すものといえば、無意味さ、不安、エネルギーの濫用、思想の弱さ、判断の唐突な変化ばかりである……。不安定さがあらゆる領域でこの時代の通常の状態として幅を利かせているのだ。

しかし、だからこそ連続性、持続性、中庸、平静が、狂ったように変貌するこの世界にあってもっとも高価な価値になるのである。

国家にはこうした価値を守る義務があるだろう。ことは国家の魂の救済に関わっている。しかし、たとえわずかでもこれらの貴重な本質を、いたるところに広がった混乱や、事実の暴力や、荒れ狂う力に酔いしれた世界の支離滅裂で予想のつかない動きから守り通すにはどうすればいいのだろうか。

（「アカデミーの機能と神秘」）


これが、このときヴァレリーが抱えていた問題だった。

彼はこれまで当代世界の混迷をテーマにした論文や講演でその混迷の実態を語ることはあっても、そこから抜け出す方策や、忠告や、なんらかの予測を語ったことは一度もなかった。謙虚さからではない。実際、「もっとも強靭な精神の持ち主」であっても、それが不可能であることを痛感していたからである。

だが、みずからその会員であったアカデミーについては、それが「完璧に自由で、私心のない会議」となり、そのなかから「国家に課し得るもっとも高度な問題についてもきめ細かな意見が絶えず生まれてくる」ことをヴァレリーは期待していた。なぜなら論文の最後はアカデミー会員に対する彼の並々でない信頼が次のように語られていたからである。


しかしながら、こうしてわれわれがいっさいの事態を眺めていると、それとは対照的に、ある抵抗への思いが生じてくる。それは混乱、性急さ、変わりやすさ、安易さ、それが本物か見せかけかわからない熱狂といったものに逆らう抵抗への思いである。人はそのとき人間の文化のなかで最良のものへの配慮が失われずに生き残っている小さな島を思う。実効的な力はなくても、それが存在するだけで、横溢する精神の自由のなかに身を置いたあの幾人かの人間たちの感情と意見が大衆のなかにあまねく広まるだけで、観察と、複合的な熟慮と、予見をもったこの中心機関は、いわく言いがたい、しかしつねに変わることのない作用を及ぼすことになるだろう。一種の卓越した良心がこの都パリを注意深く見守ってくれることだろう。

アカデミー・フランセーズを、この理想的な司法官の座に人知れず就かせることになるかどうかはひとえにわれわれに懸かっている。

（同前）

一読して、社会の状況になかば絶望した思いと、その状況に必死に抵抗しようとする思いとがせめぎあっているのが感じられる。そうしたなかにあって、ヴァレリーがアカデミー・フランセーズに寄せた「願い」の切実さが際立つ一節である。そこに「国家の魂の救済」が懸かっていることを承知しているからである。

アカデミー・フランセーズには現実の社会に直接に働きかける法的権能も、なんらかの「実効的な力」も与えられていない。しかしそこは、精神の自由と、人間が創造した最高の文化への配慮がいまでも失われずに生きつづけている「小さな島」である。またそこは、嵐が吹きすさぶ荒海のような社会の無秩序と、狂乱と、あわただしさのなかにあって、「連続性、持続性、中庸、平静」が保たれている島である。それゆえそこに住む四十人のとりわけすぐれた島民たちの「感情と意見」が民衆に広まれば、なんらかの作用を及ぼさずにはおかない島である。かくして島の住人たちの「卓越した良心」は「理想的な司法官」として、パリを、またフランスを未曾有の荒波から守ってくれることだろう。

これはヴァレリーの「夢想」である。夢見られたアカデミーの姿であって現実のそれではない。しかし、そういうアカデミーをあえて夢想させずにおかなかったところに事態の厳しさとアカデミーに寄せた彼の思いの深さが浮き彫りにされている。ヴァレリーの願いがその後どうなったのか、わたしにはわからない。しかし彼自身は「卓越した良心」の声にしたがって、さらに執筆と講演を行い、一方では国際連盟に属する委員会など各種の組織に参加して、混迷を深める時代、社会のために身を挺して活動をつづけたのであった。

ところが、ヴァレリーの憂慮を尻目に、ヨーロッパに襲いかかった機械文明の勢いはますます人びとの生活のなかに浸透していった。そればかりか、ヴァレリーがこの論文を書いていた頃、政治の世界でイタリアのムッソリーニが、ドイツではヒトラーがファシズム政権を強固なものにしてヨーロッパの制覇に乗り出す気配を見せた。

ヴァレリーは、ヒトラーが一九三八年三月、ついにオーストリアに侵攻し、十月にはチェコスロヴァキアに入ったことを知った。ドイツによる他民族の征服と隷属がはじまったのである。

あらたな世界戦争の危機がいっきに高まってゆく。フランスがイギリスに次いで宣戦布告に踏み切ったのは翌一九三九年九月のことであった。その後フランスは、戦況が悪化するなかで、一九四〇年六月、ドイツとの休戦協定を結ぶ羽目に陥って、国の半分がドイツの占領下に置かれる屈辱を味わわされることになった。

その戦時下におけるヴァレリーの思索と行動、とりわけ愚劣な戦争に対する怒りと絶望についてはすでに別の章で述べておいたが、最後に一つだけ言い添えておかなければならないことが残っている。

なぜならそれは、この章で扱ってきた国民の多様さとその反対の単一さが、国家の人種（差別）主義とどんな関係にあるかというきわめて今日的な課題につながる問題だからである。

＊

第二次世界大戦がはじまってしばらくたった頃、おそらく一九三九年の末頃だろうか、ヴァレリーは、「フランスの多様性」という短いエッセイを書いて、スペインの雑誌SURの一九四〇年一月号に発表した。そのなかで、仮に単一民族というものが存在するとして、その単一民族が陥りやすい危険な傾向、すなわち人種主義（ラシスム）について語っていた。そのとき彼の念頭にあったのは明らかに敵国ドイツだったと思われる。より正確にいえば、ヒトラーが国民大衆の心理を巧みに誘導し掌握するために、あえて民族の純血とその優越性を謳いあげたドイツである。

わたしは、この章の主題として、フランスが多くの人種からなる異民族を同化し、それと融合することによって作られた国家であり、国民であることを語ってきた。つまりフランスは純血による単一民族ではなく、混血による複合民族だということである。ところでこの二つの異なる民族の形態がもたらすもっとも大きな結果の一つは、国が人種（差別）主義の危険に陥るか否か、その可能性の多寡である。ヴァレリーがこのエッセイでフランス国民の多様性について語ったあとで指摘した、というより警告したのがまさしくその点だったのである。

《人種主義》というのは弱さと恐怖の表現であり、消化され、吸収され、あるいは溶解されるのを恐れる国民にふさわしい理論であるように思われる。なぜならその国民は自分が接触することになった異質な要素をみずから消化し、吸収することが自分にはまったく不可能だと感じているからだ。彼らがその異質な要素を厄介払いするか、それから身を守るかする手立ては二つしかない。相手を排除するか、隷属させるかのいずれかである。これに対して、〔……〕相手を変貌させる力こそは、ある国民がほかの種類の人種との混淆と交換によってみずからの本質的な性格と固有の資質を喪失する恐れを無くしてくれるのである。〔……〕仮に人種というものがあって、その純血について語ることができるとして、ある人種が純血になればなるほど、その人種を構成する個人がたがいにますます似通ってくるのは明らかなことである。しかし、個人個人が似通ってくると、そこに起こってくるのは受け身の姿勢、集団的な従属であり、銘々が個別に行動することが不可能になる。その致命的な結果として軽信が生まれてくる。そしてこの軽信こそは、私の考えでは、もっともおぞましい策略と企みに欠かせない土台なのである。

（「フランスの多様性」、ミシェル・ジャルティ『評伝ポール・ヴァレリー』より抜粋）

これは、ヴァレリーの先見の明を示した分析である。

彼は、民族の純血、つまり単一民族の純粋性を強く標榜する国家には人種（差別）主義に陥る恐れがあることを警告した。その指摘は一般化されたものであって、目下の戦争には直接触れてはいない。けれどもこの一節は、独裁者によって戦争に駆り立てられた当時のドイツ国民の「受け身の姿勢」と「集団的な従属」を鋭く洞察した一種の心理分析として読めるのである。

独裁者がそうした国民の「軽信」につけこんで密かに画策する「もっともおぞましい策略と企み」が具体的になんであったか。これについてもヴァレリーはなにも語っていない。しかしその最悪の実例が、隣国の「排除」と「隷属」に加えて、ドイツ民族の純血を守るためと称して行われたユダヤ民族の迫害と大量虐殺だったことはあまりに明らかである。

事実、一九四〇年九月、ヴァレリーの自宅にほど近いローリストン街九十三番地にゲシュタポの拠点が設置され、フランスの抵抗運動にきびしく目を光らせる一方で、街に潜むユダヤ人を逮捕して彼らに激しい拷問を加えていたのである。

国民のあいだに個人的差異がなくなったとき。個人一人ひとりの考えがなくなったとき。銘々が異なる反応をしなくなったとき。言いかえれば、みんながおなじような行動をし、おなじような考えを持つようになったとき、為政者は国民の軽信と盲従につけこんでやすやすと国民を牛耳ることができるだろう。

ヴァレリーが単一民族が秘めている危険性について指摘したことを読んだとき、二つのことが頭に浮かんだ。一つは、戦時下の日本で、臣民とされたわたしたちが暴走する軍部の命令に引きまわされ、その言いなりになって行動したことであって、それをまず思い起こさずにはいられなかった。戦争中に、軍部の命令に逆らうことは命がけの行動であり、普通の国民にできることではなかっただろう。戦時下にあって、政府、すなわち軍部の強権に盲従したこともやむを得ないことだったのだろう。

しかし、一つの民族が多数を占める国家に起こりがちなこの盲目的な集団行動は戦時下だけの現象ではなかった。この国民的な性癖は、戦後に軍国主義があっけなく否定されて崩壊したあと、こんどはアメリカによってもたらされた民主主義をこともなげに受け入れた。それを見たとき、あまりに軽々しい態度の豹変が、当時小学生だったわたしの目にさえ異様なものに映った。そして国語の教科書に軍国主義的な表現が残っていると、それを墨で消させた。大人たちにとって、いやしくも一時は国が一丸となって奉じた国是であった軍国的思想が、墨で消せばそれで抹消できる程度のものでしかなかったのである。

もう一つは、ヴァレリーの分析が、時局的な制約を超えて、現代の社会状況にも通用するものを持っているのを感じたことである。

わたしは単一民族というものの性格を拡大解釈してこういうことを思った。すなわち単一民族が純血を神聖視するように、現代の世界には、ある宗教上の教義や政治上の理念を唯一絶対のものとして信じている「純粋」な民族や集団が存在していることである。そして彼らの教義や理念を認めない国があり個人がいると、彼らは従来の外交交渉などを抜きにして、いきなり敵対的、破壊的行動に出るという今日の危険な事態である。改めて言うまでもないけれど、ニューヨークやパリやロンドンをはじめとして、世界各地に頻発するテロ行為はその実例である。

単純に単一民族がわるいといったところでなんの意味もないだろう。

単一民族か複合民族かは、その民族の何千年にもわたる歴史的な諸条件が決めたことであって、いまさら選択できるものではない。できることは、過去に犯した過ちを思い起こして、それぞれの民族の形態が持っている特性を自覚するように努めること以外にはないだろう。大和民族が多数を占めるわたしたち日本人はこの民族が陥りがちな「受け身の姿勢」と権力者への「集団的な従属」を事あるごとに思い起こしてみることである。

わたしは遠い昔の思い出からこの章を書きはじめたのだったが、ヴァレリーの思索の糸をたぐるうちに、めぐりめぐって、いまの世に連れもどされ、切迫する今日の問題と向き合わされることになった。世界は明らかにいっそう生きにくくなった。ヴァレリー亡きあとのその世界を生きるために、これまで綴ってきた彼の「遺言」は何事かを示唆してくれることだろう。それをわたしは二十世紀を代表する知性が残してくれた貴重な警告として想起したいと思っている。

7　ヴァレリーは二十世紀芸術をどう見ていたか

1

時は一九三五年、初夏である。パリは、一年でもっともこころが弾む美しい季節をむかえた。

それを待ちかねたように、展示会場プチ・パレでは、華やかなイタリア美術展がはじまった。十三世紀のチマブーエから十八世紀のティエポロにいたる五世紀間のイタリア絵画と彫刻の傑作を集めた大展覧会であった。

ポール・ヴァレリーはその開催に際して、美術展のカタログにまえがきを書くことを依頼されて「序言」Préambule と題する文章をよせた。

それを今回何年ぶりかで読み返した。内容はほとんど忘れていたからはじめて読んだのもおなじことだったが、イタリアの美術と文化に関する造詣の深さはさすがに見事で、そこへ文学者ならではの人間的考察が加わって読み応えのある美術論になっていた。しかし、同時にそれがまえがきというものに予想していた内容とはかなり異質な文章だったことに意外な印象をうけた。というのもヴァレリーは同時代のフランスの芸術家たちを、その美術展に選ばれた昔の芸術家たちと対比してその制作態度をきびしく批判していたからである。

展覧会のカタログに載る序文や解説というものは、通常は展覧会に託された特別な意図を宣伝したり、展示される作品の特筆すべき点や価値をもっぱら称揚するのが慣習というものである。むろんヴァレリーもそこに集められたイタリア美術の巨匠たちに讃辞を贈ることを忘れているわけではなかったが、しかし、その一方で二十世紀芸術の状況をことばを連ねて批判したのである。

過去の燦然(さんぜん)とした傑作群を前にして、なぜそこまで同時代芸術の状況に苦言を呈せずにいられなかったのか。彼の「序言」を読みながらそんな疑問が浮かびあがった。

第一次世界大戦の勃発以来、ヨーロッパの社会と文化の行く末を気づかわしげな目で見守って来たヴァレリーだったが、美術もまた憂慮すべき対象の一つだったのである。いったい近代とそれ以降の美術、とくに二十世紀の現代美術のどこが不満だったのか。それを探ってみるために、ここで改めて「序言」とあわせてヴァレリーの美術批評を読み返してみようという気持ちになった。

ヴァレリーは美術をこよなく愛した。みずからエッチングを試みる絵ごころの持ち主でもあった。その腕前は晩年（一九四三年）に個展を開くほどだったことは世間にも知られていたようである。そのせいかどうかは知らないが、美術関係の本や展覧会の図録のために、乞われれば進んで序文を草することも一度や二度ではなかった。ほかにも美術に関して深い洞察を示した本格的な論文を執筆していたことはご存じのとおりである。

ヴァレリーの数ある美術批評のなかでも雄篇と言うべき「ドガ　ダンス　デッサン」が世に出たのはイタリア美術展が開催される二年前の一九三三年のことであった。つまりヴァレリーは同時代を代表する詩人であり、文芸批評家であり、二十世紀世界を論じる文明批評家であるほかに、いつしか美術批評家としても一家をなしていたのである。

これまでわたしは、とくにヴァレリーが文明批評家としてヨーロッパ文明に迫っていた危機や、機械文明が当時の社会と日常生活に与えた影響に強い懸念を示していて、それに関して論文や講演でたびたび警鐘を鳴らしたことを取り上げて語って来た。しかし彼が見るところ、当時の美術もおなじく社会の混乱の影響を受けて憂慮すべき変質を示していた。その変質の実際は、なかでも過去の芸術家や芸術作品と比べるとき一段と明らかになって、いやがうえにも彼の美意識と齟齬（そご）を来さずにはいなかったのであろう。その結果、同時代芸術はきびしい批判の対象に据えられたのであった。

そしてその批判がもっとも集中的に行われたのがほかでもないこの美術展によせた「序言」でのことだった。隣国から来たまばゆい美の来訪者を迎える席でこうした批判を行うことはおそらく異例のことだったと思われるけれど、過去の大芸術が連なるこの場こそは当時の美術の問題点を洗いだすのにふさわしい機会だとヴァレリーは判断したのにちがいなかった。

すでに別の章で見たとおり、ヴァレリーは、第一次世界大戦以後は、ヨーロッパの運命に責任を負うべき知識人として発言し行動することに持てる力のすべてを注いで来た。それだけにイタリア美術の燦然たる傑作を前にしても、切迫する世界の不穏な状況から一瞬も目をそらすわけにはいかなかった。目の前に並んだ人類の宝であるこれらの傑作群を戦争という野蛮な暴力から守るためにも、世界の現状をきびしく監視する必要を感じていたにちがいなかった。世間のかりそめの平和を象徴するかのような美術展が華やかに開催される一方で、ヨーロッパ各国は二度目となるかもしれない世界大戦の兆しに怯えていたのである。

そこで彼は「序言」の冒頭を次のような緊迫した口調をもって書き起こしたのである。

人間にかかわるいっさいの事柄が危機にあるなかで、各国民が武装し、世界的な不安が生活を麻痺させてその交流を妨げているときに、かつて画家の技量と彫刻家の技量が創造したもっとも稀有な美のコレクションが、いまや一堂に集められ、小春日和さながらのおだやかで純粋な享楽と、甘美な観照のひと時をわれわれに提供しようとしている。

四百点を超える第一級の作品群、驚異的な才能に恵まれた一国民が五世紀にわたって成し遂げた制作の精華、それがここに姿をあらわしている。フランスがそれを望んだのである。するとその願いをイタリアの厚意が受け入れてくれた。こうして山を越えて君臨する力強い意志が願いを叶えたのである。（「序言」）

ヴァレリーは、まずこう言って、国と国の交流がままならぬなかで、隣国イタリアが示してくれた篤い友誼に感謝した。そのうえでこの美術展が、フランスとイタリア両国の友情が実現させたものであることを強調し、その「力強い意志」を祝福した。

実際、混沌とした国際情勢という不利な条件を乗り切って実現された「この「美」に対する愛の行為」は、ヴァレリーの目には、格別のものだったはずである。会場に突如現われた美の化身たちは、彼自身が言うとおり、「神の像の断片が、突然、瓦礫のあいだから発見される」のにも例えたい驚きだったであろう。それゆえ一九三五年のパリに奇跡のように出現したイタリア美術の神々しい傑作の数々が、彼には「いまの時代の奇怪な野獣性にむけられた一種の挑戦であり、この時代の享楽の愚劣さへの軽蔑のしるしであり、世にはびこる気がかりな軽薄さに対する非難のしるし」と映ったのも無理のないことだった。

当時の社会の嘆かわしい風潮への批判はこの数行に凝縮して示されているが、近・現代の芸術についてヴァレリーの見方はどうだったのか。彼はこれらの傑作群を眺めながら、こと近・現代の芸術に対してもほとんどおなじ失望、おなじ批判を抱いていた。「こうした比類ない絵画と彫刻のまばゆいばかりの集合を目の前にして現代芸術の現状を考えるとき、われわれはなんともやり切れない思いに駆られずにいられるものだろうか」（同前）

しかし、ヴァレリーが感じたやり切れなさは、高々ここ数十年間に制作された現代作品が、過去に創造された第一級の傑作に比べて見劣りがするかしないかという作品の優劣にかかわる問題ではさらさらなかった。以下に見るとおり、ヴァレリーは同時代の画家たちにむかって絵画の本質に直接関係するきびしい批判をぶつけている。それらはいずれも芸術家が作品の制作にあたってどういう態度を取るべきかという芸術についてもっとも根本の問題にかかわっていた。それゆえその批判を通して、ヴァレリー自身が考えるあるべき理想の芸術家がどういう存在であるかという点についても確認できる手がかりを得たいと思っている。

そこでまず批判の対象となったのは、同時代の芸術家がいかに自分の作品が斬新であるかを世に誇示するために人目をひく新しさを見せつけようとする態度だった。ヴァレリーが真っ先に批判したのは当時の画家たちのあいだにはびこるこの新しさへの執着だったのである。

*

ところでヴァレリーが眺めていた二十世紀初めから二、三〇年代のパリの美術界といえば、新しい美を求める情熱が坩堝の中のように燃えあがった状況にあった。そのなかで若い画家たちは伝統的な絵画に反撥して新しい創造への熱気に沸き立っていた。印象派を経てフォービスム（野獣派）、キュウビスム（立体派）、抽象絵画などの理論と流派が陸続と現われた。

その熱気に引き寄せられて、外国からピカソ、シャガール、カンディンスキー、クレー、モディリアニ、ジャコメッティといった若い美術家たちが未来の芸術を夢見てパリに集結した。モンマルトルには異国の美術家たちからなるエコール・ド・パリが生まれた。今日、二十世紀の絵の巨匠と見なされている若い画家たちがしのぎを削るようにあらたな美をめぐって思索を凝らしあい、めいめい独自の作風を模索していたのであった。

　それから百年近くがたって、彼らの業績に対する評価もすでに定まったと見ていいのかもしれない。しかし当時のヴァレリーは、少なくとも一九三〇年代ごろまでの画家たちの仕事ぶりを見るうちに、争うように新しさを求めるその性急さが目についた。そしてそれを芸術本来の行き方に逆行するものと判断して、これをきびしく批判したのである。

　芸術というものは急いで仕事をすることに甘んじたりはしないものである。われわれの理想は十年もつづいた！　こうした新しいものへの馬鹿げた迷信が——遺憾なことに後世の判断を信じた古代のすぐれた信仰にそれが取って代わってしまった——人びとの努力に対してもっともむなしい目的をわりふり、もっとも滅びやすいもの、その本質からいって滅びやすいもの、すなわち新しさの感覚を創造することに専念させた。価値という価値はすべて宣伝の巧妙な手口に汚されていて、おかげでいっさいの価値は毎日証券取引所が記録する株価の変動とほとんどおなじくらい激しい変動に晒されている。（同前）

　芸術家が新しさを競いあうことはほとんどが思い付きを競いあうようなもので、どんな新しさも新しさゆえに急速にしぼんでゆく。それが着想の斬新さを誇るためなのか、他人がやらないことをやって世間の注目を浴びようとするためなのか知らないが、なかにはそうやって世間の寵児となって持て囃されるものが現われる。しかし評判が五年、十年と続けばそれだけで大したものである。早くも次の新しい挑戦者が現われて、世間の目はそれに奪われていくからだ。それがヴァレリーの目に映った当時の画家たちの姿だった。

一方、昔の画家たちは作品の評価を後世の判断にゆだねた。そして自身はもっぱら技の円熟だけを目指して何十年でも惜しみなく時間を費やしたものだった。しかし、そんな精神のゆとりと忍耐力のある画家などいまはどこを探してもいなくなった。時代はすっかり変わってしまったのだ。ヴァレリーはプチ・パレに作品を展示された往時の芸術家たちの仕事ぶりを思って、こう嘆息した、「幸いなるかな、なにものにも邪魔されることなく偉大なものたらんとして燃え尽きていったあの芸術家たちよ」と。

2

ところが、ここにエドガール・ドガという絵描きがいた。オペラ座の踊り子を描いた作品で世界的に名を知られたフランス近代絵画の巨匠である。そのドガが絵画に抱いた高邁な野望、飽くことを知らない知的探究心、なによりもその徹底した仕事ぶりは、イタリアの往時の巨匠たちにすら匹敵するものがあったのである。

若いヴァレリーが、親子ほども歳がはなれたドガと知り合ったのは一八九六年のことであった。ちなみにドガは一八三四年の生まれで、このとき六十一歳になっていた。ドガには、アンリ・ルアールというリセ、ルイ・ルグラン校で同級だった親友があった。ルアールはのちに著名な技師になったが、一方で画家であり、絵の収集家でもあった。彼は機械関係のさまざまな発明とその工業化に成功して財を成したが、その私財をつぎ込んでミレー、コロー、ドーミエ、マネ、あるいはグレコを収集した。彼は旧友のドガを熱愛していて、絵について彼と議論をするのがなによりの愉しみだった。

ルアール家では毎週金曜日になると晩餐会が催されたが、彼は必ずそこに姿を見せる常連客の一人だった。激しやすい毒舌家だったドガは、食事の間じゅうしゃべりまくって、「機知と恐怖と快活さをまき散らすのだった」。

一方のヴァレリーはルアール氏の息子のウジェーヌによってルアール氏に引き合わされ、晩餐会にも招かれるようになった。かくしてルアール家の食卓で、ヴァレリーがドガと出会うことは時間の問題だった。

一八九六年二月のある晩、そのときがやって来た。ヴァレリーは兄のジュールに手紙で、ドガとの出会いについてこう書き送った。

「うれしいことにドガと知り合いになった。フォラン〔鋭い風刺画で知られた十九世紀のフランスの画家〕やほかの多くの者たちの師匠であり、非常によく知られているかと思うとまったく知られていないのだ。彼の作品には非常に興味があったので、数か月前、肖像という形式で彼について長い研究を書いてみようと思っていた。ところがそのとき知ったのだが、ドガは自分について書かれるのが好きではなかったのだ」

そういうわけで、そのときはドガについて書くことを断念しなければならなかったが、ヴァレリーのドガ論の萌芽は青春のこのときにさかのぼっていたのであった。そして最終的に執筆のペンをとる一九三三年まで、三十七年の長きにわたって構想は温められていたのである。

いったい、ドガのなにが、若いヴァレリーの関心をそこまで掻き立てたのか。ところが、それを一挙に解き明かすようなきわめて興味深い回想がドガ論のなかに語られていた。それを知って、わたし自身、通り一遍だったドガに関する見方ががらりと変わったほどだった。ヴァレリーは当時をこう回想していたのである。

私はドガについて、むずかしいデッサンの厳しさに要約される人物を思い描いていたのだが、それは、スパルタ式に厳格な男、禁欲家、芸術家のジャンセニスト（厳格主義者）というものだった。知的な一種の粗暴さが彼の本質的な特徴だった。私は少し前に『テスト氏との一夜』を書きあげていたが、それは可能なかぎり正確さを期して、実証できる観察と叙述とからなっていた。それでもこの肖像の小品が想像で書かれていたことには変わりはないのだが、この小品は、私が想像していたある種のドガから、（人がよく言うように）多少とも影響を受けないわけにはいかなかったのだ。あの頃の私は知性と自意識のさまざまな怪物を構想することにかなり頻繁にとりつかれていたのである。あいまいな事柄が私には我慢ならなかったのだ。そしてこれまで精神のいかなる領域においても、おそらくだれ一人として自分の思想を極限まで探究

ドガの自画像、1857年

しようとしたものがいないことに私は驚いていた。（「ドガ　ダンス　デッサン」）

『テスト氏との一夜』といえば、ヴァレリー文学の創作部門を代表するもっとも重要な小説的作品である。なんとそのテスト氏を構想するにあたって、彼が思い描いたドガ像が影響をあたえたというのである。ということは、少なくともドガがテスト氏とおなじ種類の精神の一族に属し、ドガ自身が知性の怪物であったことを物語っている。そもそもヴァレリーがなんどもとりつかれたと言っている知性の怪物というのはいかなる存在だったのか。それは、どんなに激しい情念やどんなに鋭い感受性にも乱されない対象の明晰な認識を得るために精神の知的機能を完璧に身につけたうえで、精神のあらゆる操作を自在に操れるようになった存在のことである。ドガはヴァレリーにとってそうした種類の存在だったのである。

ちなみに言うと、そういう知性の怪物を思い描きながら、若いヴァレリー自身は、それまでだれ一人としてやったことがないこと、すなわち「自分の思想を極限まで探究」することに没頭していたのである。すでに述べたとおり、あの早朝のカイエの執筆がその探究の実践だったことは言うまでもないだろう。

こうして見ると、ヴァレリーは、ドガを幾分かは絵画におけるテスト氏、つまり知的怪物と見なしていたことがわかるのだが、そのドガを実際にはどんなふうに理解していたのだろうか。

仕事、とりわけ「デッサン」は、彼のなかで、一つの情熱、一つの鍛錬であり、それだけで完結された絶対的な神秘学と倫理学の対象であり、ほかのいっさいの問題を消滅させた至高の関心事であって、彼にほかのすべての興味を失わせた永遠にして正確な問題に取り組む一つの機会だった。彼はあるジャンルの専門家であり、またそうあることを望んでいたが、そのジャンルというのは一種の普遍性に達しうる性格のものだった。（同前）

だからドガはデッサンの技術を、人が手足を自由に使うようにごく自然に使いこなせるところまで徹底して習熟することに夢中になった。

ある特定の技術を実践する技を完璧に身につけて、その手段を自分の感覚と手足を普通に使うときと同様に確実に、軽快に駆使できる自在さを獲得したいという思いを抱くとき、人によっては、それが果てしない忍耐と、体力の消耗と、鍛錬と、苦悶を引き起こすことがあるものなのだ。（同前）

ドガはまさしくそうした芸術家の一人であって、それだけの代償を払ってでもデッサンの技術を完全に身につけることに執念を燃やしつづけた。そして、それができたうえではじめてデッサンの仕事に取り掛かることにした。ここでヴァレリーはある幾何学者の話を思い出してこう語っている。

ある偉大な幾何学者が私に話してくれたところによると、幾何学者には二つの人生を生きる必要があるというのだ。数学の道具を完全に習得するのに一生かかり、それを駆使するのにまたもう一生かかるというのである。（同前）

同様にデッサンの技を身につけるのに一生かかり、その技を駆使して絵の仕事をするのにもう一生が必要になるのだ。そうなると、ドガは一つしかない命で二つの人生を生きなければならない。もとより無理な話である。そんなドガを見て、ヴァレリーは彼の内面に秘められた苦渋が手に取るようにわかるのだった。

ドガは絶対に譲らない意見ときびしい判断のかげに、なにかしら自分自身への懐疑と満足することができないでいる絶望を隠していた。〔……〕素朴な人間の目には、絵というものはある主題と才能の幸運な出会いから生まれるように思われるのに対して、彼のように考えが深いということが賢いといった程度を超えておそろしいほど深い芸術家は、作品の完成を愉しむことをさきへ延ばし、厄介な問題を自分から生み出し、最短の近道を行くことを恐れるものなのである。（同前）

この分では、いったい、いつになったらドガは目指す作品を完成させることができるのだろうか。いや、そもそも完成させるつもりがあるのだろうかと余計な心配をしたくなる。ところが、そのとき芸術家のなかに不思議な考えが芽生えていた。

ときには、こうした精神の偉大な情熱は、人の魂を突き動かして外部に実現された作品を軽蔑させ、作品の制作をおろそかにさせて、作品の制作よりも制作する能力の蓄積に向かわせることがあるのだ。（同前）

言うまでもなく、ドガの考えがまさにそれだったのである。

*

このおなじ「精神の偉大な情熱」にとりつかれ、作品の完成より作品の制作に必要となる「能力の蓄積」やさまざまな科学的探究に没頭した天才がルネサンス期に存在した。レオナルド・ダ・ヴィンチである。

レオナルドは、ヴァレリーにとって、若い頃から芸術と哲学に関してもっとも重要な師と称すべき存在だった。彼は一八九四年、『テスト氏との一夜』を書くのとほとんど同時に、レオナルドに関する論文を構想しはじめた。「これを書くためには、ダ・ヴィンチがみずからの座右の銘とした《飽くなき厳密さ》を適応しなければならないだろう。この言葉は大いに私の気に入っている」と兄のジュールに書き送っている。そして翌一八九五年、「レオナルド・ダ・ヴィンチの方法序説」（以下、「方法序説」）を書き上げた。しかしこれは、たとえばレオナルドが用いたスフマート（ぼかしの手法）や空気遠近法といった絵画技法の分析でもなければ、まして彼の生涯に関する伝記的な研究でもなかった。

ヴァレリーは、これは前にも述べたが、三年前の一八九二年、不幸な恋愛を経験した。年譜にはこう書かれている。「彼は激しい感情の危機を通り抜けたあと、南仏モンペリエを去った。そのとき彼は疑惑と大きな失望にとりつかれていた。この先文学の道を歩みつづけることを諦める覚悟はできていた」。そして「自分の精神があまりにも鋭い感受性によって傷つけられることがないようにとあの決意と意志とを固めた」のだった。

この恋愛事件があって、ヴァレリーは精神の厳密な行使のためにみずから取るべき方法を模索した。レオナルドに関する論文は、作品の創造にあたって精神はいかに働くか、またいかに働くべきかを探る制作の方法に関する論文だったが、それはレオナルドという天才の精神をいわば身代わりに使って、若いヴァレリーが自分自身の方法論を模索するための試みだったのである。

その当時のことを回顧して、ヴァレリーはこう記している。

いっさいが私を絶望的な状態に陥れようとしていた……。結局、正直にいうと、彼には気の毒なことだったが、私自身の精神的動揺を、レオナルドに押しつけることが最良の策だと思った。そして私の精神の混乱を彼の精神の複雑さのなかに移し入れたのである。私は、私のすべての欲望を彼が所有しているものと見なして、それを彼に押しつけ、あの当時私にとりついて離れなかった数々の困難を彼が持っていることにした。まるで彼がそうした困難に出会い、それらを克服したかのように。あえて私は彼の名のもとに自分を考察し、そうやって私の人格を利用したのであった。

（「覚書と余談」一九一九年）

したがって、レオナルドの「方法序説」とは言いながら、結局これは「彼の名のもとに」、若いヴァレリーの精神を苦しめていた「数々の困難」を考察し、ひいては「絶望的な状態」を乗り切るためにみずからに課した必死の企てだったのである。そして作品を制作する精神の完全な行使のためにもっとも重要なことは精神が「飽くなき厳密さ」に徹することにあった。それが結局のところ、レオナルドの「方法」であり、ヴァレリー自身の精神の救済の道でもあったのである。

こうして彼が若い頃に見出したレオナルドは、ヴァレリーにとって生涯彼を導く理想の芸術家となったのだった。

＊

それから三十数年という長い月日が経った。

ヴァレリーは、五十代になってようやくドガ論に取りかかったが、そのなかで、レオナルドに関してきわめて興味深い逸話を紹介している。言い伝えによると、あるときミケランジェロは、年下にもかかわらず、レオナルドが絵の制作をなおざりにして、まるで世の好事家のように、もっぱら自分に興味のある事柄の詮索にばかり没頭していると言ってきびしくレオナルドの怠慢を叱責したというのである。
たしかにミケランジェロが指摘したとおり、レオナルドが完成させた作品の数は有名な「モナリザ」、「最後の晩餐」、「岩窟の聖母」など十数点を数えるにすぎない。これは寡作で知られたフェルメールよりはるかに少ない数である。反対に未完のまま残された作品のほうはけっして少なくはなかった。ヴァレリーが伝えた逸話というのは、レオナルドが絵の制作とは無関係に見える好事家的探索に没頭していたという伝記的事実に関するものだったのである。彼が語ることを聴いてみよう。

人間が演じた「精神の劇」のなかで、（想像上のことではあるけれど）もっとも美しい光景の一つは、ミケランジェロがレオナルドにあの偉大な、そして不思議な悪口を浴びせかけたことである。彼は、レオナルドに、彼の価値の証拠となる作品を創造してその数を増やす代わりに、いつ終わるとも知れない探究と好事家的な興味の詮索に迷い込んで時間を無駄にしていると言って激しく非難したのである。「最後の晩餐」を描いた男は、「最後の審判」を描いた男に、なにごとか奇妙な、そして深遠な事柄を言いかえすこともできたはずだったであろうに……。この二人はこと芸術に関しては、まったく異なった意見を持っていたのだから。おそらくレオナルドは作品のなかに一つの手段を見ていたのだろう、——手段というより、絵を描くという行為によって思索を巡らす方法をそこに見ていたのだろう——これは通常の哲学より必然的に優れた一種の「哲学」なのである。通常の哲学というのは、その意味が明確に定義されておらず、したがってまだ実証的な認可を受けていない用語による単なる思考の組み合わせにすぎないものなのだ。

（「ドガ　ダンス　デッサン」）

ここではミケランジェロの非難が語られているだけで、まだレオナルドの好事家的探究と絵の制作の関係は語られていない。語られているのは絵を描くことはレオナルドにとって思索を巡らす一種の哲学的「方法」だったというヴァレリーらしい感想だけである。

しかし次の美しい一節では、その二つの行為がレオナルドの精神のなかで緊密に結ばれていて、彼が一方の探究からもう一方の絵の創造に舞い戻る一瞬の出来事があざやかに描かれている。

> われわれのような時代に、レオナルド（あれほど深く思索したレオナルド。〔原文はイタリア語〕）のような芸術家を思いつくことができるものだろうか。彼はいっけん自分の芸術から遠く離れたところでなにかに没頭していて、いつ終わるとも知れない好奇心をかきたてる探究を繰り広げている。それが突然、瞑想と分析的夢想からなる彼の普遍的な時間から、なによりも愛してやまない「絵画」のもとへ一気に舞い戻ってくるのである。
>
> （「序言」）

実際、ミケランジェロがどんなに彼を非難しようとも、最終的にレオナルドは、絵画を芸術の最高の位に据えてこれを熱愛し、そこに戻って来たのである。すなわち絵画芸術を「普遍的な精神が試みる努力の最終目標」(「レオナルドと哲学者たち」一九二九年)と見なしていたのである。そして「最終目標」である絵画はそれを実現すべく彼に「全知識」の獲得を命じたのであった。

レオナルドのような芸術家が抱く人を当惑させるような野心くらい今日のわれわれからかけ離れたものがあるだろうか。彼は「絵画」を、認識の究極の目的ないしはその究極の具体的証明と見なしていたのだから、絵画は当然、全知識 omniscience の獲得を要求するものと考えて、すべてに及ぶ分析の前から一歩たりとも退こうとはしなかった。その分析の深さと正確さには今日のわれわれを呆然とさせるものがある。

(「コローをめぐって」一九三二年)

呆然とさせられたのはヴァレリーだけではない。現代のわたしたちもレオナルドの仕事の科学的精密さの前でヴァレリーとおなじ圧倒的な印象をさらに強く感じている。「すべてに及ぶ分析」というのが森羅万象を対象とする知的詮索のことであるのは言うまでもないことで、レオナルドはその「全知識」を獲得する野心的企てにみずから身を挺したのであった。

3

レオナルドが「全知識の獲得」を目指して実践した探究の跡を克明に記したのが、世に名高い「ウインザー手稿」や「マドリッド手稿」をはじめとする五千ページにおよぶと言われる膨大な手稿群とそこに挿入された素描やエスキースの数々であった。ミケランジェロがそれを見たら、おそらく本業を忘れた無駄な遊びだと言ってふたたび大いに非難したことだろう。

ところが、興味深いのは、ヴァレリーが、手稿に関してそれとはまったく異なる反応を見せたことである。

あるときヴァレリーはフランス学士院所蔵の貴重な手稿をまぢかに見る機会に恵まれた。そしてそのときの激しい感動をこう語ったのである。

> レオナルドに関する私の研究がどんなに浅薄なものであったとしても、彼のデッサン、またその手稿は、私に目が眩むような思いをさせたものだった。これら何千冊もの覚書とスケッチから、途方もない印象を受けたのである。それはなにかしら幻想的な制作品が多彩極まりない衝撃を受けることで飛び散らせる火花の目くるめくような総体といった印象であった。
>
> （「覚書と余談」）

レオナルドが慎重に鏡文字でメモを書きこみ、また同時に観察した対象の精密なデッサンを挿入した手稿は、レオナルドの万能の精神の働きをじかに記録したものであって、ヴァレリーの目には、レオナルドの天才から放たれた火花とも見えたのであろう。彼が「目が眩むような思い」がしたと言っているのも、そのときの感動の真実を素直に物語っている。激しい感動に打たれながらも、とっさにヴァレリーは、この手稿のなかにこそレオナルドの方法が存在していたことを直観したのではなかっただろうか。

わたしは、ヴァレリーがレオナルドの手稿を見てはげしく感動したことを知ったとき、ほとんど同時に、ヴァレリーのおなじく膨大なカイエを思い出していた。

年譜によると、一八九四年夏から秋にかけてだろうか、ヴァレリーは兄のジュールへの手紙で、「ダ・ヴィンチに関する論文のテーマを長々と論じている」ことを記している。これは前にも引用したことがあったが、ヴァレリーはその手紙のなかで、レオナルドの「飽くなき厳密さ」という座右銘が大いに気に入って、論文の執筆にはその精神が必要になるだろうと書いていた。そして一八九四年の終わりから翌一八九五年のはじめ頃にはこの論文を書き上げていたらしい。

一方、カイエの第一冊目が書きはじめられたのは、おなじく年譜を見ると、一八九四年からと記されている。この時間的近さは、けっしてただの偶然ではなかったように思われてならない。

ヴァレリーは手稿を見て感動した。そしてその深い感動のなかで手稿の意味についてみずから悟ることがあったのではなかったか。カイエを書くことを決意したのは、レオナルドの手稿を見てそれに触発されたためではなかっただろうか。

カイエの執筆は、テスト氏のような知性の怪物にとりつかれていたヴァレリーにとって「自分の思想を極限まで探究」（「ドガ　ダンス　デッサン」）するためにぜひとも必要な行為であって、カイエはレオナルドの手稿とおなじ方法的価値を持っていたのではなかったか。わたしはあれこれ考えながらほとんどそう確信したのであった。

ここで、レオナルドにおける絵画作品の制作とそのために行った科学的探究の関係について改めて考えてみたい。

前にも言ったとおり、レオナルドは、絵画は画家の普遍的な精神が試みる努力の最終目標と考えていた。つまり文学、音楽、彫刻といったほかのいっさいの芸術の上位に、またいっさいの科学の上位に位置するものと考えた。したがって絵画は人間の全知識の獲得を前提とし、またそれを作品のうちに総合的に表現できるものと信じていた。

あれはたしか『絵画論』のなかでだったように記憶しているが、レオナルドは絵に描けないものはなに一つとしてないと豪語していたが、それは単に絵画がほかの芸術よりも表現力において優れていることを誇示するだけのことではなかっただろう。絵画こそは人間界と自然界に関するいっさいの認識を完全に表現できる「普遍言語」（「方法序説」）であるという揺るぎない信念を表明したものだったのである。

話をもとに戻そう。少し繰り返しになるけれど、ヴァレリーはレオナルドの絵画の方法についてこんなことを言っていた。

絵を描くことは、レオナルドにとって、すべての知識、ならびにほとんどすべての技術を必要とする活動である。（「レオナルドと哲学者たち」）

そしてその知識の実例として、ヴァレリーは幾何学、力学、地質学、生理学などをあげている。

あるいは、こうも言っている。

彼の絵画は、描こうとする対象についての綿密な予備的分析をつねに要求する。この分析は、対象の視覚的特徴だけにとどまるものではまったくなく、もっとも内的なもの、もっとも有機的なものにまで――物理学、生理学、さらには心理学にまで――及んでいる。（同前）

それを具体的に説明すると、たとえば、未完成に終わった「アンギアリの戦い」という壁画がある。これは当時のフィレンツェ共和国が彼に制作を依頼したもので、市庁舎の大会議場の壁面を飾るはずのものだった。それが結局、さまざまな理由から未完成に終わってしまったのだが、ヴァレリーはこの壁画についてこういうことを言っている。

ある戦闘を描くには、〔戦場に吹き上がる〕旋風や、舞い上げられた埃についての研究が前提とされる。そこでレオナルドは、まるでそれらの現象の法則に関する知識にあふれているかのような視線で旋風や埃を観察し尽したあとでなければ、それを描こうとはしないのである。（同前）

つまりこういうことではないだろうか。旋風や舞い上がる埃の動きを正確にとらえるためには、いまでいう流体力学の知識が必要になるだろう。しかしそんな科学は当時は存在しなかったから、レオナルドは現象の綿密な観察から、のちに流体力学となるべき科学の法則をみずから導き出さなければならなかった。

またおなじような現象は、液体、つまり水の動きにも現われる。そこで彼は流水の動きにも興味を抱き、その観察によって得た知識を用いて、水がとるさまざまな形態、たとえば「モナリザ」の背後に見られる川の多様な流れ方、渦巻きの発生、ひいては地球の崩壊を思わせる大洪水までも描き出そうとするだろう。

おなじように老若男女が見せるさまざまな表情にしても、それらを的確にとらえるためには、年齢や性別の影響は言うまでもなく、骨相学、解剖学、ひいては心理学的洞察さえも必要になるだろう。

こうした旋風や舞い上がる埃というのは自然現象のほんの一例にすぎないものである。そこでレオナルドは目の前のどんな些細な現象にも強い関心を抱き、そこに隠された法則や原理を摑もうとする。かくして彼は現象から現象へ休むことなく観察をつづけて、それは森羅万象に及んだ。

膨大な手稿が伝えるその超人的な探究に、ヴァレリーが圧倒的な感銘を受けたことはすでに述べた。その感銘の余韻のなかで、手稿を読んで着想されたかと思われる文章が「方法序説」のあちらこちらにちりばめられている。まるで若輩のヴァレリーが、尊敬する偉大な師が物体や現象のあいだに思いがけない類似を見いだして物から物へ、現象から現象へと飛び移ってゆくのを必死に追いかけながら、みずからも大天才の精神の崇高な遊びを愉しんでいるのかと思わせる、そんな書きぶりの文章である。たとえばこんな一節がある。

土くれや石の落下が見せるあわただしさや緩慢さから、構造物の重厚な反りから、衣服に幾重にも付けられた波形のひだへと、彼は移行してゆく。家々の屋根に立ちのぼる煙から、はるか彼方の喬木（きょうぼく）の群れや地平線に煙るブナの木々へと、魚から鳥へと、海面に光る太陽のきらめきから無数のうすい鏡のような白樺の葉へと、うろこから湾のうえを動く光の輝きへと、耳の形と巻き毛から貝殻の固まった渦巻きへと、彼は移行してゆく。［……］水を、彼は泳いでいる人のまわりに貼り付ける、あたかも筋肉の努力をくっきりと見せるマフラーか肌着のように。大気を、彼はひばりが飛ぶ航跡のなかに定着し、吹き散らされた影か、泡立つ気泡の遁走（とんそう）とする。（「方法序説」）

ときにレオナルドの想像力は、市中の人びとの愉しみのためにも発揮されて、それがまた彼の悦びになる。

彼はたわむれ、大胆になり、自分のいっさいの感情をあの普遍言語〔絵画のこと〕のなかに明快に表現する。彼の比喩的手段の豊かさがそれを可能にしてくれるのだ。この世のどんなに軽い破片でも、どんなにつまらない断片でも、そこに含まれているものをどこまでも探究して止まない好奇心が、彼の力と、彼の存在の結集力を日々新たにする。最後に彼の悦びは祭りの装飾や、魅力的な発明品となって終わる。そして空飛ぶ男を組み立てようと夢想に耽るようなことになれば、その男が天空高く舞い上がって山の頂に雪を探しに行き、戻ってくると、夏、灼熱に震える街の石畳のうえにその雪を撒き散らすさまが彼の目に浮かぶだろう。（同前）

なんという愉しげな夢想だろうか。この、いかにも人間復興を信じたルネサンス人らしい潑剌（はつらつ）とした生き方がレオナルドの探究心をつねに新鮮に保って、想像力を生き生きと活性化させたのだ。そして、そのありあまる天才を易々とふるって、科学的探究や発明に、また最終の目的である絵画の制作に打ち込んだのであった。

最晩年になると、レオナルドはフランス国王フランソワ一世のねんごろな招きを受けて、一五一六年、フランスに赴き、ロワール川のほとり、アンボワーズ城に近い城館クルーで余生を送ることになった。このとき余命は三年と迫っていた。

そこはいまでは彼の記念館になっていて、残された設計図にもとづいて制作されたさまざまな発明品が展示されている。たしかそのなかに例の空飛ぶ装置の試作品も交じっていたような気がする。はるか昔にそこを訪れたときの遠い記憶がうっすらとよみがえる。そのころはまだレオナルドのほんとうの偉大さに気づかず、ましてヴァレリーがその偉大さに若くして心酔していたことも知らなかった。その無知な、しかし何事もなく幸せだった日々のなんと懐かしいことだろう。

年老いたレオナルドの探究心は、異国の地に暮らしていても、依然として健在だったにちがいない。しかしなによりも彼がその全精神を注いだのは、イタリアから大切に持参したあの畢生の名画「モナリザ」だった。いまではルーヴル博物館の至宝になっているが、その当時は、謎の微笑を浮かべたこの美女も、城館の一室でひとり画架にかけられていた。そして日々レオナルドから最愛の人をいつくしむような愛情をもって、その美しい顔に最後の筆を加えられていたのである。

一五一九年、レオナルドはこの世を去った。

*

西欧絵画の伝統は、言うまでもなく写実である。そしてその写実絵画は、画家にとって必須の知識である空気遠近法、解剖学、スフマートなどの技法を自在に駆使したレオナルドの天才的画業によって頂点に達したのである。その後存在の真を写すことを目指したヨーロッパの写実の技法は、ルネサンス以降およそ三世紀にわたって各時代の巨匠たちの手で創意工夫が試みられ、数々の傑作を生み出したが、ついにレオナルドを凌駕するものは現われなかった。そして写実絵画はやがて近代をむかえることになった。そのとき対象の真実を模写する写実の精神と技法は、根本的な変化をこうむることになった。なぜなら画家たちは、対象の真実より対象を見る画家一人ひとりの物の見方のほうをいっそう重要と見なし、絵はもっぱらそれを描くべしとする個性尊重の立場を標榜するに至ったからである。

実際ヴァレリーは、その変化を西欧絵画にとって決定的なものと受けとめて、たとえばモネについて、「モネは彼の網膜の感受性によってほかに類を見ない」（「マネの勝利」一九三二年）画家であると評し、彼にしか見出せない視覚の個性的な鋭さを称えたものだった。しかしそのおなじ批評眼は、モネの才能の本質を見抜くと同時に、広く西欧絵画の精神と技法が根本から見直されることになった事実を示唆するものでもあって、絵画における近代の到来を告げたのである。

ここで、絵画が近代になってそれ以前のものに比べてどんな根本的な変化を遂げることになったのか、これについてもう少し詳しくヴァレリーの思うところを聴いてみよう。

近代的絵画の好みというのは、目の直接的な悦び、物の見方、感受性の愉しみ――つまりは絵画のなかで数量的な比較によって表現できるいっさいの質――のほかにはもはやなにも考慮に入れようとはしなかったから、結局かなり狭い範囲の探究だけですべて事足りることになった。それはたとえば力強く描かれた三個のりんごとか、壁のようにがっしりした、あるいは薔薇のように柔らかな裸体とか、偶然選ばれた田園風景といったものである。

（「コローをめぐって」）

ここで強調されているのはわれわれの目を愉しませてくれる純粋に感覚的なものであって、のちに印象派と呼ばれる画家たちの絵の色彩や光を思い起こしてもらえばわかりやすいだろう。たしかにそれはルネサンス以来の、画面が一体にくすんだような暗い絵を見なれた目にはまばゆいような色彩であって、その昔、ブリヂストン美術館（現・アーティゾン美術館）ではじめてモネやルノワールやセザンヌを見たわたしを驚嘆させると同時に魅了したものだった。

それゆえまたその絵からは、われわれの精神に知的分析を要求するような問題、たとえば「聖アンナと聖母子」や「最後の晩餐」における人物の配置に託された象徴的な意味合いといった構成上の問題はいっさい排除されていた。

それにかわって、画家たちは「感受性の愉しみ」のために種々の趣向を凝らすことに夢中になった。

近代の絵画芸術が目指しているのは、感覚的な感受性だけをほとんど独占的に活かそうとすることである。しかもその際、一般的あるいは感情的な感受性は犠牲にされ、また絵の構成、永続性の付加、そして精神による変換などにかかわるわれわれの能力もまた犠牲にされている。近代の絵画芸術は人の注意力を掻き立てるのに驚異的に長けていて、そのために強烈さ、対照、謎、サプライズといったありとあらゆる手を使うのである。

（「ドガ　ダンス　デッサン」）

近代絵画はわれわれに「目の直接的な悦び」をあたえるために、見る人の目を一瞬にして奪い、魅了するように描かれている。つまり感覚を陶酔させる intoxiquer ことを目指している。しかもこれは美術にかぎらず、広く近代という時代に見られる特殊性でもあった。

> 政治にしても、経済にしても、生き方にしても、娯楽にしても、運動にしても、私が観察するところによれば、近代の行き方というのは陶酔させる *Intoxication* という行き方なのである。われわれは麻薬の分量を増やすか、あるいは薬の種類を変えなければならないのだ。そしてそれこそが掟なのである。
>
> ますます尖鋭に、ますます強烈に、ますます大きく、ますます速く、またつねにいっそう新しく、というのがその掟の要求であるが、その要求は必然的に感受性の硬化に対応している。われわれは自分が生きていると感じるためには肉体的刺激がよりいっそう激しくなり、絶え間ない気分転換がよりいっそう激しく行われることが必要になってくる……。昔の芸術では永続性への考慮がさまざまな役割を果たしていたものだが、そのいっさいの配慮がいまではほとんど消滅してしまった。いまどき二百年後に味わってもらおうと思って仕事をするものが一人でもいるだろうか。（同前）

われわれが絵に求めているのは目がいっそう強烈な刺激を受けることであり、画家はそのための手段に事欠くことはなかった。

画家たちの態度のこうした変化は、当然のことながら、絵の技量に対する考え方に変化をもたらすことになった。端的に言えば、近代は技が熟達するのを疎かにし、技が円熟するのに必要な時間の経過をみずから放棄することによって技術の衰えを招くことになるだろう。即席の画家の出現である。ヴァレリーの近代絵画への批判はこうしてはじまったのである。

4

レオナルドが絵の制作に欠かせないさまざまな探究や素描にあれほどこだわったのに対して、ヴァレリーの同時代の芸術家たちは、たとえば絵の下準備である下絵をその完成品であるタブローに対してどう見ていたのだろうか。「ドガ　ダンス　デッサン」のなかにこんな一節がある。

> この頃の画家のなかには、〔……〕下絵をそれが完成された作品と同一視するものが必ずいるもので、手段でしかないはずのものを目的と取りちがえている。これほど近代的なことはない。（同前）

最後の一行は、下絵に対する近代の芸術家の安易な見方を痛烈に突いたことばである。それならば作品を完成させるというのはどういうことになるのか。これについてヴァレリーはこう書いている。

　作品を完成させるということは、制作の跡をとどめていたり暗示したりするところをいっさい消滅させてわからなくさせることである。この時代遅れの条件にしたがえば、芸術家というものはもっぱら自分のスタイルだけで自己を表現しなければならず、仕事が仕事の痕跡をとどめなくなるまで努力を推し進めなければならない。ところが個人と利那への気づかいが作品そのものとそれが永続することへの気づかいを次第に凌駕するようになると、この作品完成の条件は、真実と、感受性と、天才の発現には無用で邪魔になるばかりか、それを損なうものだとさえ思われるようになった。個人の個性こそが一般大衆にとってさえもっとも重要なものと映った。下絵は完成されたタブローに匹敵することになった。これほどドガの好み、お望みとあれば、彼のマニアックな性癖からかけ離れたものはないのである。（同前）

　ここにヴァレリーが敬愛したドガを、彼の同時代の画家たちから決定的に区別するものがあった。彼は近代の社会を生きながら、その絵画に対する精神はいままでは「時代遅れ」になったルネサンスに属していたのである。それはまたヴァレリーの近代絵画に対する批判の根拠を特徴づけるものでもあった。

ところで、なぜ近代に入ると、下絵という本来なら人目に隠しておくべきものをタブローと同一視するような精神の堕落が生じるようになったのだろうか。ここでわたしたちは西欧絵画を何世紀にもわたって支配してきたジャンルの違いによって絵を格付けしてきた伝統的な規範を思い起こす必要がある。

その伝統的な規範に関してヨーロッパの美術界、とくにフランスでは、十八世紀以降になると、ある大きな変化が生じた。それまでは歴史的に権威のあるフランスの美術アカデミーによって、絵のジャンルのあいだに上下の序列が厳しく定められていたが、その序列の観念が次第に揺らぎはじめたのである。

ご承知のとおり、西欧絵画にあっては、ルネサンス以来、絵はそれが扱う主題によってあらかじめ絵としての価値が決定されていた。上位に位置づけられたのは宗教画、神話画、歴史画であり、ついで肖像画、風俗画、風景画、静物画などがそのあとにつづいていた。

ところが序列による絵のランク付けは、十九世紀に入ると、なかでも風景画が一般大衆に持て囃されるにおよんでその権威を失いはじめた。明らかに時代の趣味の変化が要請したことであって、多くの風景画家を輩出する事態を招くことになった。なかでもカミーユ・コローの風景画、とりわけ「モルトフォンテーヌの思い出」（一八六四年）は多くの人びとの人気を博したようである。しかしヴァレリーはこうした風景画の流行とそれに伴ういわば風景画の格上げについてかなり厳しい指摘をしているのである。

この〔風景画の〕進歩は単にコローの芸術の進歩だけではなかった。彼が選択した主要な対象である「風景画」は、次第に愛好者たちの興味を引くようになり、また批評界での評価や大衆の評判において、もっとも高尚とされていたジャンルとほとんどおなじ地位を占めるようになった。その頃までは、風景画は、歴史画、逸話画、そして肖像画の下に、「静物画」と並べて置かれていたのである。風景画、「静物画」、あるいは肖像画でさえ絵の細部か付属的な部分と見なされていたのだが、そう見なされるのも当然なことだったのである。実際、そうした部分は、絵のあらゆる問題がそこにいちどに持ち出されてたがいに調整される大作の構成要素で、その全体から取り除くこともできるのだが、しかしその部分にどれほど才能が発揮されていたとしても、品格において、あくまでも構成要素の全体に従属していなければならないものなのである。（「コローをめぐって」）

今日の絵の愛好家たちは、ここに引用したヴァレリーによる風景画の扱い方、すなわち風景画や静物画は「品格」において宗教画や歴史画のようなジャンルの絵より劣っていると言われたら、いったいどう思うだろうか。たとえばレンブラントの風景を描いた素描の高い精神性や、セザンヌが描いたりんごが持っているあの深い存在感を否定するものがいるだろうか。しかしそれはあくまでも今日のことであって、近代以前にあってはそれを認めないのが絵画における暗黙の決まりであり常識だったのである。ヴァレリーもこうした序列による評価を一応は時代遅れで、「許しがたいもの」だと認めている。

しかし、その点では譲歩しても、彼が風景画に対するきびしい批判を撤回することはあり得なかった。次の一節を読んでいただきたい。

こんな序列的な意見はいまでは考えられないばかりか、ほとんど許しがたいものになった。いったいだれが一枚のシャルダン、一枚のコローと引き換えに、聖人や女神たちであふれかえった何百枚もの絵を与えないものがいるだろうか。ただしここではっきり告白しておかなければならないが、われわれは芸術家が自らに課した絵の問題の複雑さや厳格な条件をわれわれに高く評価させようと押し付けてくることをもはや義務感から立派だと思っているにすぎないのだ。しかしわれわれとしては自分の愛するものを愛するのになんの遠慮が要るだろうか、――そしてそのわれわれが愛するものというのは、いちばん教養を要さない絵、ありきたりの物体とおなじように働きかけてくる程度の絵なのである。（同前）

なんとも辛辣な風景画への批判である。

風景が絵のなかに氾濫するようになると、だれもが戸外に出て、見よう見まねで絵を描くようになった。その結果絵の質を著しく低下させたのである。ところで十九世紀の一般の愛好家たち、いわゆる成り上がりのブルジョワたちがなによりも好んだ絵とはそういう風景画だったのである。はっきりいって、それは鑑賞するのに「いちばん教養を要さない絵」であった。そうした事態を画家の側から言えば、かつての画家たちが宗教画や歴史画を描くのに欠かせなかった絵の構成に関する緻密な判断や主題についての深い知識をもはや要求されなくなったということである。

それゆえ画家は「理性を使って熟慮すべき問題をもはや持っていない。〔……〕彼らにそうするように強いるものはなに一つないのだ。なぜなら結局すべての題材は風景あるいは静物に戻ってくるからである」(「ドガ　ダンス　デッサン」)。

たしかに絵のジャンルの等価性の確立は画家たちをジャンルに関する因襲的な規制から解放したけれど、結局それが彼らの精神の知的働きと技量の低下をもたらすことになったのである。そしてヴァレリーはその原因を次のように改めて再確認したのであった。

いったい、どうしてこれほど精神が弛緩してしまったのだろうか。

それはまず作品と作品の間および絵のジャンルの間にあるべき序列の観念が衰退したからである。〔……〕

その結果は下手くそな画家の数が増大したことである。なぜかといえば、私がいう客観的な規範が軽視されると、まっさきに芸術の(少なくとも因襲的な)むずかしさがすべて取り除かれてしまったからである。(同前)

要するに序列の観念の喪失は、守るべき技の規範を放棄させて遠近法や解剖学をはじめ、画家になるために必須だった基本的な技術の習得を不要にしたのである。そしてその結果台頭してきた風景画はヨーロッパの画家たちの全般的な能力を低下させたのであった。

遠近法と解剖学がまだすっかり無視されていなかった時代が遠ざかるにつれて、絵はますます手本にしたがって描く仕事だけに限定されるようになって、それだけ創意工夫を凝らし、構図を考え、創造することが少なくなった。

解剖学と遠近法の放棄は、端的にいって、目の瞬間的な愉しみというただそれだけのために、絵画における精神活動を放棄することだったのであった。

この瞬間に、ヨーロッパの絵画は能動する力への意志の幾分かを失ったのである……。

したがって、その自由への意志の幾分かをも失ったのであった。（同前）

これが近代絵画の功罪に関するヴァレリーの判断であった。

ただしそうは言っても、アカデミックな写実絵画は宗教や神話や歴史という絵の題材とともに十九世紀をとおして依然として勢力を保っていて、長年にわたるそのマンネリズムを批判されながらもフランスの画壇を支配していたのである。しかしその一方で、新たな絵画を求めてアカデミズムから離れていった画家たちが現われたことは周知の事実である。そして絵の愛好家たちのなかには自分の時代が生み出した近代絵画という新しい絵画の試みに共感し、いわゆる伝統的な表現の「仕上げ」le fini にこだわらない奔放な筆づかいやまったく新しい表現の魅力を進んで受け入れる人びとも出てくるようになった。アングルが仕上げた滑らかな女性の肌がまだ広く愛されていたとき、ルノワールは少女の裸身のうえに木漏れ日が落ちているところにまるで大きな傷痕かと見える紫色の絵具を塗りつけた。当然スキャンダルになった。

しかし離れて眺めると、少女の肌が木漏れ日のちらつくなかで白く輝くありさまがはっきりと浮かび上がり、人びとはその大胆な色彩の使い方を讃嘆するようになった。写実の技法が一変したのであった。

実際わたしたち現代人は多少ともそういう支持者たちの流れを汲んでいて、マネをはじめとする近代絵画の冒険を受け入れ、あえて批判するものは少なかったと言ってもいいだろう。

しかしそんな一般の好意的な傾向のなかにあって、ヴァレリーのこのきびしい批判は、画家の知的探究の放棄と技量の低下を過小評価したわれわれの軽率さを突くものだった。そして近代絵画を愛好する人びとが容易に気づこうとしなかったこの新時代の絵画のある弱点を容赦なく暴いたのである。

その弱点とは、次々に現われた絵画理論の流行のことである。

*

近代絵画についてヴァレリーの指摘するところによると、「われわれは理論から理論へさ迷い歩いている」（「序言」）。近代の画家たちは絵の技術を身に付ける代わりに、なにを描くべきか、どう描くべきかにもっぱら頭を悩ましていて、その理論の模索がそのまま十九世紀後半から二十世紀の初頭にかけて絵画がたどった歴史となった。

> 近代の画家たちの大部分のものは精神が心ならずも分裂している。彼らは自分たちめいめいのために理論体系を作り出している。ところがそんな体系はそれにあつらえ向きの文学の助けがあって、はじめてしばらくの間支持されているにすぎないものなのだ。（同前）

近代絵画がそうした理論から理論へと、それに賛同する文学者の支援に支えられて移り変わってゆくことについて、ヴァレリーは、それは画家の内面から発した必然的な変化ではなく、われわれの思考を手玉にとって思いのままに引きまわす悪魔の仕業なのだと皮肉っている。その悪魔は写実主義に代わって印象主義を流行させ、それが下火になると立体派を出現させる。そうした絵画理論のあわただしい交代劇について、ヴァレリーはこう書いている。

> 変化のための変化の悪魔こそは多くの物事の真の父親である……。
> 彼は美を投げ捨てると真実を取り、真実を投げ捨てると純粋を取り、純粋を投げ捨てると不条理を取り、不条理を投げ捨てると凡庸を取る。
> 悪魔は世紀から世紀へ、彼の大いなる歌である自然への祈りを、少なくとも百年に一度は歌う。しかしそれがおなじ自然であったためしはないのである。

自然への祈りはつねにある程度の効果を上げるものだ。しかし自分のまわりに十分人の群れが集まるのを見ると、悪魔はこっそりその場を逃げ出して、姿を変え、ふたたび群衆のなかに交じって不平を言いはじめる。そしてあちらこちらで人の耳もとで、自然もまた一つの因襲なのだと囁く。それから写実主義に代えて印象主義を唱え出して、物体などというものは存在せず、網膜に映った特性だけを表現すべきであるとほのめかす……。すると、すべての絵は振動しはじめる。（「ドガ　ダンス　デッサン」）

写実主義はロマン主義のあとに十九世紀の絵画のみならず文学をも支配した周知の芸術理論であったが、こんどはそれにかわってあらたに印象主義が世に広まるにおよんで、写実主義は退けられることになったのである。

光線が画布の上に丹念に描き出されるようになるや否や、さっそく悪魔は光線がすべての形態を食いつくしてしまったことを嘆き、もはやこの色彩の世界には幻や、きらめく木の茂みや、光る水溜まりや、建物の影しか描くべきものはなくなり、その上生きた人間もほとんどいないと不平を述べる。するとこんどは、あまりにも深いのでそこに仕舞われている一番古めかしいものでも取り出してみると最新のものかと思わせるような、どこかわからない深い場所から球体と、円錐と、円筒を取り出してくる。そして最後に、あとの愉しみに取っておいた立方体を取り出す。

悪魔は、こうした固体によって、つまりは幾何学者を気取る子供のおもちゃをもっていっさいを構成することを提案する。画家の世界は多面体と球形をもって表現できるものとなる。すると、どんな胸も、どんな腿も、どんな頬も、どんな髪の毛も、馬でも牝牛でも、そうした堅固な要素によって組み立てられないものはなくなる。その結果、出来上がった人間の裸体は見るも無残なものとなる。愛欲もおそらくそのとがった角に恐れをなして、そんな体からは逃げ出すことだろう。　（同前）

ヴァレリーがこう書いたのは一九三三年の「ドガ　ダンス　デッサン」のなかでのことであった。彼はモネにおける印象主義の発生から、ピカソやブラックたちによる立体派の誕生と流行をその目で見ていたのである。そしてそのときに受けた偽らざる感想を綴ったのであった。

　それから二年後に、例のイタリア美術展が開催され、「序言」と題された一文を草した。この章の冒頭で触れたとおり、ヴァレリーはそのなかで「現代芸術の現状を考えるとき、われわれはなんともやり切れない思いに駆られずにいられるものだろうか」と言って強い不満をあらわにした。二十世紀美術に対する批判の内容はすでに彼の内部で十分熟慮されていたのであった。

　それから百年近くがたった。その間に近代美術に関する客観的な評価もすでに定まったことであろう。おそらく近代美術を高く評価する人びとのなかにはヴァレリーの辛辣な批判を、時代の流れをあえて無視したものとしてそれに異論を唱えるものもかなりいるにちがいない。

しかし、わたしはここでそれについて詮索することには興味がない。ヴァレリーの率直な批判をここに紹介して興味ある人たちの自由な検討に供したいと思っただけである。その代わり一つのことを最後に述べておきたい。

ヴァレリーの美術に関する考えは、彼が絵の王道と考えたルネサンス以来のヨーロッパ絵画とそれに身を捧げた多くの巨匠たちの努力と偉業に基づいている。近代美術を論じるときであっても彼の判断の規準はそこに置かれていた。その結果、なかには彼の批判を時代錯誤と取りかねない人がいたかもしれないが、もちろんそう思われるのは承知の上だったにちがいない。そして彼が絵の王道とした往時の絵画芸術をあえて大芸術の名をもって呼び、それこそを人間が従事すべき理想の芸術的行為であると信じたのである。

> 私が《大芸術 Le Grand Art》と呼ぶものは、単純にいって、それを創るのに一人の人間のいっさいの能力が使われることを必要とし、そうして創られた作品を享受するのにもう一人の人間のいっさいの能力が求められ、作品の理解に関わらなければならないといった芸術のことであって、それ以外のものではないのである……。
>
> （「ドガ　ダンス　デッサン」）

これこそがヴァレリーが理想と考えた芸術だったのである。

ここでヴァレリーは一見ごく当たり前のことを言っているように思われるかもしれない

が、現実にこの大芸術が実現されるためには通常の人間の能力をはるかに超えるような才能と計り知れない努力が必要になるだろう。しかしそれがどれほど困難なことに思われようと人間にはそれが可能なのだとヴァレリーは信じた。そして迷わずにそう信じることができたところに彼の精神の偉大さがあった。

実際この一節は彼のうちにそうした人間への全幅の信頼があってはじめて言えた言葉なのである。わたしはこれを読んだときヴァレリーのうちにあふれている人間への熱い思いに感動したものだった。いきなりこう言っては唐突に聞こえるかもしれないが、わたしはここにヴァレリーのもっとも深いところに宿っている人間への愛情を感じるのである。そしてほかに適当な言葉が見つからないので、それを彼の人間至上主義とでも呼んでみたいのである。

芸術作品とは、知性も感性も含めて人間が持っているあらゆる能力を結集して作られるものでなければならない。「私としては芸術作品というものは完全な人間 *un homme complet* の行為であることが大切なのだと思っている」(同前)。彼は現代にあっても芸術についてそう信じていたのである。

その昔人間は、レオナルドのように芸術に携わるにあたって「完全な人間」になることを目指し、芸術はそうした人間によってはじめて遂行されるべき行為であった。またそうであるのが当然のことと考えられていた。しかしあわただしい現代はもはやそれが許される時代ではなくなった。それを内心だれよりも悲しく、苦々しく思っていたのはヴァレリーだったであろう。

この〔現代の〕大衆は洗練されていればいるほど、いっそう尖鋭的になる。ということは私が話しているような昔のさまざまな理想からそれだけ遠ざかっているということだ。つまり人びとは全面的に発達した人間 l'*homme total* から遠ざかっているということである。完全な人間は消えかけているのだ。（同前）

この冷静な認識のなかにどれだけの憤懣と諦めが隠されていることだろうか。だがこれは人間に対する絶望とはならなかった。大芸術はもはや存在しなくなった。完全な人間も消え去ってゆく。それにもかかわらず、人間が存在する限り、彼の人間と芸術への信頼と情熱は衰えることはなかった。

たしかにイタリア美術展の「序言」は同時代の美術への批判に終始していた。ところが最後にヴァレリーは同時代の美術家たちにむかって彼の願望とも取れるこういうことを書かずにはいられなかった。ちょっと忘れられないことが書いてあるので読んでいただきたい。

彼ら〔かつての芸術家たち〕は人から注目されようと思って努力したのではなく、行く末ながく眺めてもらおうと思って努めたのであった、――この二つのことにはたいへんな違いがある。人を驚かすことは長続きしない。人の意表を突くことは永続するような目標ではない。記憶に残ったことでふたたび見せてほしいと求められること、もう一度見てもらうという大いなる願望を打ち立てることは、過ぎ去る人間の一瞬を狙うことではなく、その人の存在の深みそのものを狙うことなのだ。後世の人びとにおのれを思い起こさせる作品は、人を挑発したにすぎない作品よりも力強いものである。このことはすべてについて真実である。私の場合、本が与えてくれた願望、もう一度読んでみたいという願望の強弱によって本を分類している。
（「序言」）

ヴァレリーは、本とおなじく絵画をこよなく愛した。そしてこよなく愛したその絵画を、もう一度見たいと思う彼の願望の強さによって分類した。その強さとは作品が彼の「存在の深み」を揺り動かした強さのことである。おそらくそういう経験があったために、本来なら擁護すべきはずの同時代の芸術家たちをあれほど激しく批判せずにはいられなくなったのだろう。それはいつの日か、彼らがわたしたちになんどでも見たいという願望を抱かせるような作品を創ってくれることをこころから切望していたからである。そしてこの切望もまた彼の遺言の一つと見なしていいだろう。

8 幻の花、巴里に繚乱す

森の精たちとおまえを張り合う
たった一人の詩人にだけは、その艶やかな体を
優しく愛撫させてほしいのだ!……

ヴァレリーは木を愛した。なかでもプラタナスや棕櫚(しゅろ)のような、空に高々とそびえる木にこころを惹かれて彼らに長い詩を捧げている。ここに掲げたのは「プラタナスの木に」(一九二二年)と題する詩からの引用であるが、この三行にも木を愛する詩人の感情が生々しく表現されている。

晩年になると、フランスがドイツ軍の占領下にあって、だれもが精神的にも物質的にも

苦しめられていたときに、『木についての対話』（一九四三年）という牧歌ふうの対話劇を書いて、人びとのこころを植物の世界に向けさせた。その上、その一部をフランス学士院でみずから朗読するほどの熱の入れようだった。朗読に先立つあいさつのなかで、この「対話は多少とも詩的なもので、木の栄光に捧げられたものです」と述べた。知性の人ヴァレリーが植物に「栄光」の文字を呈したことは異とするに足りて注目に値しよう。言葉なき木々は、彼らの真実を、詩人ヴァレリーの魂に吹き入れて彼らにかわって語らせたのであろう。

そのひそみにならい、しばらく人間社会の喧騒を離れて、パリで出会い、いっときの夢想にさそってくれた木や花たちとのこころの交遊を語るために、ここにこの章を添えることをお許しいただきたい。

1

パリのような緯度の高い北国の街では、春は不意にすがたを見せる。灰色の空の下で、石の舗道から足もとに伝わる底冷えのする寒さと、顔を打つ北風に長いこと気を取られて、春の気配が近づいていたことにも気がつかずにいるからだった。先日も、長雨のあとで、寝室の窓からモーツァルト通りを見下ろすと、太い街路樹に寄り添うように植えられた、まだ小さな若木の枝にもひさしぶりに朝日が差していた。

澄んだ朝の光のなかで、幼い少女の艶やかな爪くらいの葉の芽が、ほそい枝にびっしりと並んでいるのに気がついた。おやっと思って目を凝らした。まだ若葉ともいえない新芽の群れが、いっせいに陽の光をあびて、きらきらと銀色に光っていた。朝日が差さなければそんな新芽にも気づかずにいたところだった。冬のあいだ、朝になっても空はどんよりと厚い雲におおわれたままで日光が差すのもまれだったけれど、木々は、空が曇っていようが、寒風に枝をなぶられようが、季節をたがえずに芽を吹いていたのである。

こうしてパリにも春は近づいていて、気の早い連中は、休日になると、公園の芝生に寝ころんで待ちかねた春の光を浴びるのである。

家の近くに、ロダン広場という円形をした静かな広場がある。

その中央に、男が右手を頭の高さにあげて直立した裸体のブロンズ像が立っている。むろんあの著名な彫刻家の作品なのだが、ここは近くに住む住民のほかにはめったに人の通らない閑静な住宅街なので、孤独そうなブロンズ像を立ち止まって見返る人もいない。

その広場を取りかこんで、二十世紀の前半か中ごろに建てられた六階建ての堂々としたアパルトマンが並んでいる。政府の高官でも住んでいるのか、入り口のわきに、人ひとりが入れるくらいの狭い守衛所が設けられた建物もある。めったに守衛が詰めているところを見たことがないので、そっと覗いてみると、うす暗い守衛所のなかで、警護の人の動く気配がして、あわてて通りすぎたこともあった。

どの建物も、舗道とのさかいに鉄柵をめぐらしてあって、その内側の空間はゆったりした植え込みになっている。その植え込みに住人が植えた薔薇、やまぶき、リラ、あじさい、ほかに名を知らないが、思い思いの植物が季節を追いながら色とりどりの花をつけてゆく。

急に春めいてきたある日の夕方のことであった。散歩に出たわたしはいつものようにロダン広場に通じるゆるい坂道まで来ると、広場のほうへゆっくり下って行った。

すると、遠く広場に面した植え込みのあたり一面に、うっすらと紅にかすんだ靄のようなものが、夕方の空気に溶けこむようにぼうっとにじんでいた。まわりに人の気配がなく、物音のしない夕暮れのなかで、なにか不思議な光の現象でも起きたのだろうか。赤々とした夕日がなにかに反射して、そのあたりに光の散乱でも生んだのだろうか。

わたしは、不審に思いながら近づいて行った。

植え込みに十メートルと迫ったときだった。思わず息をのんだ。それは、みごとに満開になった八重桜だった。そんなところに日本の桜があることにいままでまったく気がつかなかった。

花は、枝も見えないほど咲き誇って、数えきれない花びらが重なり合い、いたるところ、ふっくらと柔らかそうな綿菓子になって盛り上がっていた。靄かと思ったのは、もくもくと湧き出た無数のうす紅の雲が、植え込みのあたりを、その色一色に染めていたのだった。近くに寄って眺めると、ひしめく花の群れは、あふれる命をうちに秘めて、蜜蜂の羽音のようにうなっているかと思われた。けれども花はどこまでも静かに宙に浮かんでいた。

地面には、花びらは、ひとひらも散っていない。

八重の桜は、満開の極みに上りつめようとして、内部に充満した生命にはじけそうに見えたけれど、みなぎる力に耐えてひたすらひっそりと咲いている。ちょうど内なる精神の躍動に耐えながら、静かにペンをにぎって沈思する詩人のように。しかし、外に花となってあふれ出た、これほどの木の生命を思うと、幹のなかでは、樹液が、梢にむかってほそい管をはげしく流れる音が聞こえて来そうだった。

ヴァレリーは、柘榴（ざくろ）がルビー色に熟した種子の膨張に耐えきれずに、果実の表皮が裂けるのを見て、こういう詩句をつづっていた。

お前の種子の過剰に屈して
半ば裂けた、かたい柘榴よ、
私は至高の額がそのかずかずの発見によって
はじけ散るのを見る思いがする！

（「柘榴」、『魅惑』所収）

ところが、この八重桜のほうは、花の雲がもうすこしで崩れようとするのを必死にこらえて咲いている。それほどのエネルギーの緊張には、植物が単なる物であることを疑わせるものがあって、どうしても意志のない生きもののしわざとは思われない。むしろ思考する人間が精神の緊張を持続させようとして全身の力を集中しているのを思わせた。

けれども、やがて、こうして花びらを宙に噴き上げている八重桜も、満開の絶頂をすぎれば、無言のうなりを失って、花びらをひとひらひとひら風に散らすことになるだろう。それはもう今夜かもしれない。あしたの朝かもしれない。だが、この夕方、わたしは偶然、小さな幸運に恵まれたのだ。そして花の命が頂点に達して、満開の桜の木全体が、しばらくのあいだだけ息をひそめ、不動のものとなって、夕方の空気のなかで静まり返った瞬間にめぐりあうことができたのだった。

桜といえば、忘れられないのは、数年前、強い台風が関東を襲ったときのことだ。留守にしていた東京の自宅の庭で、桜の木が強風をうけて倒された。「大きく傾いたまま、なんとかブロック塀にもたれかかっている状態なんですよ」日本からの電話だった。いつも庭の世話をしてくれる古い付き合いの植木屋がわざわざ電話をかけてよこしてくれたのだ。「あのままだとあぶないですから、途中から切るしかないでしょう」切る、と聞いて、わたしは胸がつぶれる思いがした。

数えてみると、おそらく樹齢七、八十年にはなる染井吉野である。

書斎で机に向かっていると、いつも窓の外に、その木が見えた。

武蔵野の片隅のあの家に越して来たとき、桜はもうりっぱに成長していて、春になると、無数のあわい色の花をつけた。二階の窓を開けると、枝が窓まで近づいていて、淡々とした花の雲のなかに包まれそうになった。満開をすぎて、花吹雪になると、庭一面に花びらが散り敷いて、純白の絨毯を敷きつめたようだった。若葉になると、あっというまもなく葉が生い茂った。夏の盛りが来ると、鬱蒼と茂った葉のあいだからいっせいに蟬が鳴いた。秋が深まると、赤褐色の枯れ葉が芝生のうえを、分厚い油絵具を塗りつけたように覆いつくした。あまりに枯れ葉が多かったので、積みあげて焚火をし、近所の子供たちと焼き芋をした年もあった。それは、それだけこの桜が命の盛りにあった証しだったのだ。

四十年あまり、年々歳々、そうやって木と連れ添って暮らしてきたことが、桜が倒れたと聞いた瞬間、頭のなかをかけめぐった。

後始末のために、あたふたと帰国することになった。植木屋が来てくれた。残っていた幹を根もとから五十センチくらいのところで切った。切られても木はまだ生きている。年輪が見えるその白い木肌に、一升瓶からとくとくと酒を注いだ。それから植木屋は、自分が切り倒した木の根っこに合掌して、深々とあたまをさげた。

木が生きものだということを、木自身がこのときくらい生々しく訴えてきたことはなかった。わたしは木に魂があることをほとんど信じる気持ちになった。人間には感知できない繊細な意識が木のどこかに宿っているのだ。そうでなくて、どうしてあんなみごとな花を、季節がめぐって来るたびに咲かせることができるだろうか。そんな木を救ってやることができなかったのだ。その無力感と木を失ったむなしさにからだから力がぬけて、すっかり世話になった植木屋をねぎらうことも忘れていた。

いままで桜が立っていたあたりの空間にぽっかり穴があいてしまった。そこに秋の澄んだ空が意味もなく広がっていた。

わたしは、桜の根もとに、力なくたたずんだ。

春がめぐって来るたびに、この桜は、つぼみをふくらませ、花を咲かせ、その花を風に散らし、そのあとに若葉を茂らせ、やがてそれを枯らして落葉させた。それが桜の命の営みだった。だが、漫然と無意識にしているわけではなかっただろう。すべて桜の木の意志が行わせたことではなかったのか。わたしはまだみずみずしく生きている幹の切り口を撫でながら、こころのうちで、そう桜に語りかけた。

ヴァレリーの『木についての対話』を読んだのはこの出来事があって数年してからのことだった。そのなかでヴァレリーは、そうした木の営みはすべて木の「成長の窺い知れない意志」のあらわれなのだと、対話者の一人、哲学者のリュクレースに言わせていた（ちなみにこのリュクレースというのは、『物の本性について』を書いた古代ローマの詩人ルクレチウスのフランス語読みである）。それをさらに言いかえて、それは植物の「力強く、活動的で、みずからの意図に厳密に沿ってなされる瞑想」によることなのだと言わせていた。わたしは、植物が瞑想する méditer と言っているところまで来て、ヴァレリーが植物によせた洞察の深さに打たれた。そして即座にその言葉の真実を感じとった。

いまは根だけになってしまった桜の命の営みがどれほどみごとで、どれほどわたしを感歎させたかを思い起こしながら、ヴァレリーが木の成長についてリュクレースに語らせた一節をここに引いておこう。倒れた桜の木の鎮魂のために、である。

リュクレースが語って聞かせる相手は羊飼いのチチールである。

さっきおまえに話したかったことというのは、ときどきこの私自身が「植物」に、それも考える植物になっているように感じることなのだ。〔……〕私は、「植物という種」の驚くべき企てをみずから生きている気がするのだ。植物は空間のなかに侵入し、枝たちの夢を即興で編んでやり、泥の真っ只中にもぐりこみ、大地の塩に陶酔する。その一方で、自由な大気のなかでは、幾千とも知れないみどりの唇を少しずつ大空の贈り物にむかって開いてゆく……。植物は深く潜りこんだ分だけ、それだけ高くそびえるのだ。形なきものを繋ぎ合わせるかと思うと、うつろな空間に挑みかかる。植物はすべてをおのれ自身に変えるために戦っているのだ。それこそが植物がもつ観念なのだ！……。ああ、チチールよ、私には、植物が私に命ずるこの力強く、活動的で、みずからの意図に厳密に沿ってなされる瞑想に、私の存在のすべてをあげて加わっている気がするのだ……。

（『木についての対話』。以下、『対話』）

こう語るリュクレースはヴァレリーその人であって、植物の瞑想に、おのれの存在のすべてをあげて溶け込んでいるのは彼なのだ。ヴァレリーの精神は植物の「驚くべき企て」をみずから生きることで植物の内側に入りこみ、植物と一つになっている。それを彼の精神に可能にしたのはひときわ鋭敏な彼の感性であって、知性の人ヴァレリーはすぐれて感性の人、さらにいえば官能の人でもあったのである。

羊飼いのチチールが、植物が瞑想するという言い方にとまどっていると、リュクレースは「羊飼いよ、おまえが灌木や木に見ているものは、無関心な目に映った物の外側にすぎず、その一瞬間にすぎないのだ。そんな目は世界の表面をただ軽く撫でているだけなのだ」と言って、「精神の目」で物を見よ、と諭してやる。そして、彼に助け舟を出すつもりで、さらにつづけて植物の瞑想についてこう説明している。

瞑想するということは、秩序のなかに深く入りこむことではないだろうか。見るがいい、枝を四方にひろげる盲目の「木」が、いかにして「左右対称」にしたがっておのれのまわりに増殖してゆくかを。「木」のなかの生命はある構造を計算して、それを上へと引き上げる。そして命の数を枝と若芽とによって放射状にひろげてゆき、若芽は若芽で、みずからの葉を、生まれたばかりの未来のなかに定められたそれぞれの一点でひろげてゆくのだ……。〔……〕ああ、チチールよ、植物とは歌なのだ。リズムが一つの確かな形を展開させ、空間のなかに時間の神秘をあらわにする歌なのだ。来る日も来る日も、ねじれた骨組みの重荷をすこしずつ高くそびえさせ、幾千ともしれない葉を太陽に当ててやる。すると葉という葉は、空気のなかのそれぞれの持ち場にあって、そよ風が運んできてくれるものを受け取って狂喜する。葉はそれを自分の風変わりで聖なる霊感なのだと思っているのだ……。（同前）

わたしは台風で倒された桜のことを思って、ヴァレリーを引用したのだが、こうして訳しているうちに、彼が木々を愛し、その「栄光」のために『対話』を書く気持ちになったのは、木が成長する営みを見つめるうちに、それを導く木の「瞑想」の深さに感歎したからではなかったか、ということに思いあたった。彼の「精神の目」にとって植物は「受け身で控えめな生命をもった単なる物体」ではなかった。「普遍の糸で織られた不思議な願い」をかなえようとして瞑想する存在だったのである。

ヴァレリーは、レオナルドを思わせる精密さで、そうした植物の秩序ある営みをこの『対話』によって解き明かした。それはまた、わたしにとって、倒れた桜や、あの八重桜の命の営みを間接的に称揚するものでもあって、その営みの神秘をわたしにも解明してくれたのであった。

2

この八重桜にかぎったことではなかったが、パリに来てから、よくわたしは街を歩いていて、マロニエの白い、ときには桃色の花や、高々とそびえ立つプラタナスの太い幹を、知らず知らずにじっと眺めている自分がいることに気がつくことがあった。

家の近くに花屋が何軒かあって、店先を通ると、花に引きとめられることがある。秋が深まったある日のこと、話に聞くだけでいままで見たことがなかったヒースが店先に並んでいた。ルソーゆかりのヒース、フランス語でいう la bruyère が、店先一面を赤紫に染めているのをはじめて見たとき、あっ、これが、植物採集に出かけた途中で、彼が野原で出会ったあのヒースなのか、と長年探し求めていたものにやっとめぐりあえたような気持ちになった。そのヒースが見渡すかぎり野原に群生するさまを想像するうちに、わたしは、店員の若いむすめが話しかけるのも構わずにいつまでも夢想に耽っていた。

また、あるときは、長い茎の先に澄ました顔で咲いているアマリリスがこんなにも愛すべきコケットな花だったのかと、はじめてそれに気づかせてくれたのもパリでのことだった。房をなしてしだれるミモザの花の、目が覚めるような黄色とあの独特の強い匂いに酔わされたのも、パリの花屋の店先でのことだった。

どうやらわたしは、この街で、植物と近づきになれたようだった。そしてほんの少しだが、それを「無関心な目」ではなく、「精神の目」で見ようと努めるようになった。なによりも花を見てその命に触れて、美しい姿を愉しもうとするようになった。物の本質を探究するのは学者の勝手だが、われわれの仕事は物を享受すること、愉しむことだ、と教えてくれたのは、『エセー』を残してくれたあのモンテーニュだったが、年を重ねたわたしが生きることに求めるようになったのも、彼が言うその愉しむこと、la jouissance だった。

わたしは、夢想をふりはらってあらためて八重の桜を見た。

この木に必要なのは陽の光と、水と、空気と、大地である。そしていったん大地に根を下ろせば、あとはもう何もこころを煩わせるものはなかった。だれかの手で故郷の日本から運ばれて来て、見知らぬ異国の土地にひとり孤立していようと思い煩うことはなかった。人間のように仲間を求めて動きまわることなど思いもよらないことだ。木は動く必要さえもないからだ。必要がないのではなく、ある土地に根づけば、もう生涯その土地を動いてはならない。先へ行くほど細くなるあの無数の根毛を地中深く張ることが、花をつけて実を実らせるための仕事なのだから。

それに、わたしが満開のみごとさに感歎したところで花にとってはなんの意味もないことだろう。あの広場にあったロダンの彫像が人に見られることではじめて意味を生じて一個の作品になるのとはちがって、花はわたしに見られる必要さえもなかった。植物は誇り高い孤独を守って自立しているだけでいいのだ。

たしかにヴァレリーは「プラタナスの木に」のなかでこの木にむかって、

純白の木よ、お前は大きく成長することはできても、
お前を永遠にひきとめる結び目を断ち切ることはできない！

と呼びかけて、幹がどんなに空高くそびえても、根は大地に結びつけられた囚われの身であることを木に代わって嘆いた。けれども、永遠に不動であることは木々にとって高貴な宿命でもあるはずだ。木は定められた土地の一角を無言で守ってその生涯をみごとに全うするのだから。

一方、わたしたち人間は、地中から水と養分を吸いあげる器官を与えられていない。それゆえ大地のうえを動きまわって生きる糧をさがす。人間は多少とも放浪の民であり、原始の時代に森に木の実を求め、草原に野生の動物を追って走りまわったのとまったくおなじように、現代のわたしたちは市場やスーパーに食べものを求めて歩きまわる。

それだけではない。このわたしはあるとき、歳をかえりみずに遠い東の島国からヨーロッパ大陸のパリにやって来た。むろん生きる糧を求めるためではなかった。住みたいと思う土地に住むために、いくつもの海や山を越えてやって来たのだ。それをもっとかみ砕い

ていえば、体に馴染んだ古い服を愛し、それを好んで身にまとう人のように、この街で身につけた、その気になればいつでも独りになれる暮らしをもういちど身にまとうためである。そして、その静かな生活の単調なリズムの反復のなかで、あわよくば八重の桜が見せたあの内部の充実がときには精神の飛躍をもたらすかもしれないと、根気よくそのときが来るのを待ちながら暮らすためだった。その複雑さに比べると、木の営みのなんと直接的で純粋なことか。

この八重桜は、幹の太さから推して、わたしがはじめてパリに来た一九六〇年代より前にこの異国の土地にやって来たのかもしれない。仮にそれがアパルトマンが建ったころだとすれば、それは二十世紀の前半か中ごろのことだから、この木はここに根を下ろしてからすでに半世紀か、それ以上にはなるだろう。

それだけの年月のあいだ、われわれ人間のほうは、歴史上最悪の時代を送っていた。世界規模の戦争や、おぞましいホロコーストや、東西の冷戦や、欲望の果てにやって来た経済恐慌や、発展途上国での革命や、巨大な地震や大津波と、あらゆる愚行と自然災害に見舞われてきた。

一方の八重桜は、どんな事情でここに植えられることになったのだろうか。そのときからこの木にどんな歳月が流れ、どんな風雪に耐えてきたのか。そう問いかけても、木にことばがない以上わたしの問いかけは無意味にひとしい。が、翻って木の立場になって考えると、いまもいったことだが、あの広場にあったロダンの彫像とちがって、木はわたしに見られることも、みごとな営みを感歎されることも、もともと必要ではなかった。木は、高貴な孤独のうちに自立していればよかったのだ。

しかし、たとえ八重桜が無言でいても、おなじ祖国をもったこの木が、長い年月をくぐり抜け、わたしの住まいのこんな近くで孤独に育ち、みごとな花を咲かせているのを知っただけで、そこに一人の同胞の半生を見る思いがして、そのけなげさが言いようもなく愛おしかった。

こうしていま八重桜への思いを綴っていても、くれないの色に煙った花のまぼろしが宙に浮かぶ。……

わたしは、空気の冷たさに夢想を破られて、ふとわれにかえった。まだ北国の春は浅く、日暮れとともに静かな広場に肌寒い夕風が立った。

妻が夕飯の支度をしながら待っているだろう。花がなによりも好きな彼女に、この満開の八重桜の話をしたら、どんな顔をするだろうか。

わたしは、そそくさと木に別れを告げると、坂道のモーツァルト通りを足早に上って行った。

3

これまでわたしはヴァレリーが第一次世界大戦後のヨーロッパにおける精神的危機や社

会の混乱を論じた幾篇かの論文を対象として話を進めてきた。そしてそのあとに、それとは直接関係のない木を愛したヴァレリーという彼の一面を取り上げたのであるが、読者はそれを不思議に思われたかもしれない。たしかにわたしもそんな気がしないでもなかった。しかしまた植物を愛し、木々が生長する生命の深遠な営みに感歎したヴァレリーを思い起こしたことはごく自然な感情の動きでもあったように思われた。なぜなら同時代の人びとの不安や苦しみにあれほどこころを砕いた人間が、同時に木々を愛する感性豊かな人間でもあったことがいかにも似つかわしいことのように感じられたからである。

その上、『木についての対話』がまさにドイツ軍による国土の占領という最悪の事態のなかで執筆されたことも意味のないことではなかったように思われた。おそらくヴァレリーはそんな最悪の状況とは何の関係もない植物の世界に人びとの目を向けさせることによって、彼らの苦悩する精神を少しのあいだでも平穏に保たせようと望んだのではなかったか。これはわたしの憶測にすぎないけれど、しかしもし仮にそういう側面もあったとしたら、あの対話劇を書いたヴァレリーをこの章に取り上げたいと思ったわたしの思い付きを多少は理解していただけるかもしれない。そしてそんなヴァレリーの行動にこころを打たれたわたしは、おこがましくも彼の真似をして木や花々と交わしたわたし自身の交流の跡をふりかえってみる気持ちになった。といっても彼のような高尚な目的のためではない。もう長いとは言えないこの命のために、忘れることのできない幾つかの記憶を書き留めておく私的な目的のためである。

さて八重桜に出会う二か月ほどまえの、まだ寒さがきびしい冬の日のことであった。花屋の店先に、たくさんの水仙の鉢植えが並んでいて、そのあたりを黄色く染めていた。そんな折に、わたしはどこかヨーロッパの野原で、何百何千という水仙が群れをなして自生する光景を想像することがあった。しかしそれは本で得た知識が想像させたことであって、まだわたしは野に咲く水仙を現実に見たことがなかった。わたしが見るのはきまって花屋で売られている水仙ばかりである。その上、水仙にかぎらないが、それらの花を自分から買うなどということはめったにないことで、花を買って自分の部屋に飾ったこともなかった。

ところが一度だけ、その可憐な気品に惹かれたのか、数本の水仙を買って自室に飾ったことがあった。それは、はじめてフランスに留学してパリのある学寮に住んでいた学生の頃の話である。

すると、どうしたわけか、それまで潤いのなかった部屋の感じが一変したのである。店先に並んでいるのを見たときは気がつかなかったが、生花というものには不思議な力があることをそのときはじめて知った。それも何種類もの花をぎっしりと束ねたヨーロッパの人間が作るブーケではなく、茶室で見るような一種類か二種類の花を、一輪か、多くても数輪活けただけの生花でなくてはならない。

不思議な力といったのはこういうことである。花が部屋に活けてあるのとないのとでは、部屋の雰囲気がまるでちがってくるということである。花が置かれたあたりにはある気配が漂っている。西洋人が好むような、どっしりしたバカラかラリックの花瓶に盛り沢山の花を活けたのは、たしかにその豪華さで部屋を引き立てて人目を惹く。パーティーや晩餐会には打ってつけのアレンジメントである。が、花同士が妍（けん）を競いあうあまり、花それぞれの気配というものがしない。

それに対して、一輪か二輪の生花が部屋に活けてあると、もうそれだけで花のまわりにある気配が匂い立つ。それは人に気配があるのを思わせるもので、ちょうど外の光が障子を透かして入り込む、ほのかに明るい和室のなかに、女がひっそりと端座している、そんな気配がして来る。その気配は、女の場合とおなじことで、花の種類によってさまざまにかわって、清楚にもなれば、妖艶にもなり、可憐にもなれば、豪華にもなる。

その豪華ということで想像が飛躍して、わたしはそんな花の気配に惹かれた作家に、文人画の画家としても大成した俳人の蕪村があったことを思い出す。彼の画人としての代表作「夜色楼台図（やしょくろうだいず）」は降りつもった夜の雪に、家々の明かりがやわらかに映っている夜景の余情を描かずして彷彿とさせる名画であるが、あたかもそれに通じるかのように、彼には言葉では容易に表わしがたい花の気配を、技のかぎりを尽くして詠んだ秀句がいくつも残されている。

その蕪村が、ことのほか愛した花は牡丹だったが、その牡丹を詠んだものに、たとえば、

寂（せき）として客の絶間（たえま）のぼたん哉

という名句がある。客が去っても部屋のなかは空虚になったのではない。かえって人の

気配が消えたあとで花の気配が妖しいばかりに匂い立つのである。花はまるで意識あるもののように客の退出を狙っていたかのようにさえ思われる。客の話し声がしなくなって静かになった部屋のなかで、いまは牡丹が部屋のあるじに化している。蕪村は全身でその気息のようなものを摑み取ろうとしている。花の気配は、生きものが無言のうちに放つ昏い意志の表われか、と怪しむほどの濃さである。

ほかにもこういう句があった。牡丹が咲き誇る盛んな勢いに、花の豪放な意志を感じ取って作られたのが、

方百里雨雲よせぬぼたむ哉

という句である。これは室内に活けられたというより庭の一隅に咲き誇る牡丹のようだ。うちに秘めた花の意志は、天を覆った雨雲さえも支配するはげしさがある。そのはげしさに蕪村が迫ろうとして見せたおなじくはげしい気迫が、花の勢いとぎりぎり拮抗するなかで得られたのがこの句であろう。

これに比べたら、わたしの水仙はいかにも華奢である。が、それでもその気配はまぎれもないものだった。学寮の自室に活けた、しなやかに立った緑色のほそい茎の先に咲く黄色い水仙は、からだのほっそりした気品ある若い娘が、髪の毛のかすかな匂いを漂わせて部屋の一角に立っているそんな風情があった。そして無我夢中だった留学の日々のなかで孤独になりがちだったわたしのこころを、幾日かのあいだ、ものいわぬ伴侶となって和ま

せてくれたのである。

*

そうした水仙が、現実に群れをなして野原に自生していたら、どんな光景を出現させるだろうか。はじめにも言ったように、わたしはなにかの弾みにそういう光景を思い描くことがあった。

なぜ、わざわざそんな想像をするかというと、わたしがこの花にはじめてこころを惹かれたのは花屋の店先でのことではなかった。まだ少年だった頃、昭和二十八年頃だっただろうか、高校三年の英語の教科書にワーズワースの The Daffodils という英詩が載っていたからで、その詩のなかで水仙は野に群生していたのである。

その詩を読むまえに、この花を実際にどこかで見たことがあったのかどうか。珍しい花ではないからおそらくどこかで見かけたことはあっただろう。けれども、水仙が動かしがたい存在としてわたしの記憶に刻まれたのは現実の花を見たからではなかった。英詩の力に打たれたためだったのだ。

高校生の英語の力など高が知れていて、当時のわたしに英詩を理解する能力があったとはとても思えない。それでもこの詩に詠われた水仙の花は、それこそ言葉の力というほかはないものによって記憶の深いところに沈んで、生涯わたしから離れることはなくなったのである。

そんなことになるなんて、高校生のわたしはまったく思ってもみなかった。わたしはただ教室で英詩をはじめて読まされて、そこに描かれた野に自生する水仙の群れが、あまりにも鮮やかに目に浮かぶのに驚かされたのだった。

Beside the lake, beneath the trees
Fluttering and dancing in the breeze.

というあたりはまだかすかに記憶に残っている。金色にかがやく無数の水仙が、みずうみのそばで、そよ風に揺れている光景は、現実にわたしがその場にいて、そよ風が吹きわたるのを肌に感じながら眺めているかのようだった。それは生まれてはじめての経験だった。詩とはなんて不思議なものなのだろうかと、やはりその頃はじめて教室で読まされた、これも漢文の教科書にあった王維の漢詩とともに、突然、目の前に、見も知らない世界がぱっと拓けた気持ちになった。

わたしは夏休みになるのを待ちかねて、学校に近い皇居のお濠端にあった千代田区の図書館に出かけて行った。そしてワーズワースのほかにも何人かの詩人たちの詩集を借り出した。キーツや、コールリッジや、シェリーなど、有名そうな詩人のずっしりと重い原書が机のうえに並んだ。高校生の英語の力では歯が立つはずもなかったのに、翌年に迫った大学入試のことなぞそっちのけで、幾日も幾日も通い詰めた。

でも、ほんとうのことを白状すると、外の暑い日差しとは打ってかわって、閲覧室の気持ちのいい涼しさに、机に顔をのせて、ほとんどうたた寝ばかりしていたのだけれど。でも、おかげで図書館ですごしたあのさわやかな夏の昼下がりの時間が、そこだけ切り取られたように、机のうえに開かれた原書のページの古びた匂いとともに、いまでもふっとよみがえってくるのである。

＊

少年の思い込みというのはおそろしいもので、その頃からわたしは大学に入ったら英文科に進もうとこころを決めてしまった。たまたま教室で読まされた、たった一篇の英詩が少年の運命を決したのである。

ところが、運命のほうはわたしよりもっとうわ手で、もっと気まぐれだったから、大学に入ったばかりの若者のまえに、ある日、一冊の本を投げ出したのである。それはプルーストという、これもそのときはじめて知ったフランスの小説家の本だった。そしてこのもう一つの出会いの偶然が、わたしの最初の決意をあっけなく覆してしまった。そんな偶然がなかったら、いまごろわたしは、日本を遠く離れて、こうしてパリに暮らしてはいなかったかもしれないのだ。

そうかといって、それで英文学への思いが消えたわけではなかった。大学の教養課程ではじめて受けた英語の授業にわたしは夢中になった。なかでも堀大司先生のウォルター・ペイターの『ルネサンス』の講読は無類に面白かった。先生は熱が入ってくると、学生のことなんかもう眼中になかった。太い声で朗々と原文を朗読し、解説とも訳ともつかないものをほどこすと、あとはありあまる博識を休む間もなく披露して倦むことを知らなかった。学生は半分あっけにとられながら、その熱弁をむさぼり聴いた。

先生は、学生に手をとって教えるのではなく、みずから文学を愉しむすがたを見せるだけだった。大学の授業というのは、少なくとも文学作品の授業というのはこういうものなのかと、高校を出たばかりのわたしは目を輝かせて大先生のことばに聴き入った。高校にいたときにはそんな世界があるとは思いもしなかったのだが、滾々（こんこん）とわきでる湧き水のような文学の汲み尽くせない清新な喜びと、それを探っては味わう学問の奥深さをほんのわずかに垣間見て、ほとんど目がくらむ思いがした。

シェイクスピアの授業もそれに負けないくらいわたしを魅了した。

シェイクスピアの英語による表現は、この天才的な劇詩人の手にかかると、そこに描かれたものがすっと立ち現われて来る、あるいはそれが人間なら生身の人間となってセリフのなかから飛び出してくる。そうとでも言わなければいられない生々しい喚起力をもっていた。シェイクスピアが使う英語の単語一つひとつがまるでアウラを帯びて、そこに置かれているかと思われた。いまでもそのときに受けた言葉の洗礼を忘れることができない。

いくら名訳であっても、原文でなければそのときの印象を伝えるのはむずかしいかもしれないけれど、すこしだけ引用してみよう。

蜂が蜜を吸う所で、私も蜜を吸う。
桜草の花の中に横たわり、
梟（ふくろう）が鳴く頃になればそこに寝る。

蝙蝠（こうもり）の背に乗って、
楽しく夏を追って行く。

（吉田健一『シェイクスピア物語』・「嵐」より。新字・新かなに改めルビを付した）

太古の時代の人間は、はじめて言葉が発せられるのを聴いたとき、言葉が人やものをその場によびだす降霊的な魔力に戦慄したにちがいないという話を聞いたことがあったが、わたしの体験もそれに近いものだった。わたしは子供じみた衝動に駆られて、自分の力で読めるかどうかもあやしいくせに、彼の本を探しに日本橋の丸善に出かけて行った。そしてシェイクスピアの原書を買った。原書というものを買ったのもそのときがはじめてのことだったから、こころがわくわくしてきて、若者に特有の知的スノビスムから、内心誇らしい気持ちになって、家に持ち帰ったのを覚えている。

その原書は彼の主だった作品を収めた、薄くて手触りのいいインディアペーパーにぎっしり活字がつまった分厚い本で、表紙は濃い緑色だった。そのときからすでに半世紀にあまる年月が流れた。「去年（こぞ）の雪いまいずこ」ではないが、わが青春のその本は、いったいどこへ行ってしまったのか。もしその本が手もとにあれば、あのとき一語一語辞書をたよりに読んだページのあいだから、まだ二十歳にもみたない若者がひょっこり顔を出すのに出会えるかもしれないのに。

実際、文学のことなんかなにもわかっていないのに、ある作品に出会っただけで、十八歳の高校生がほとんどためらうことなく大学の文学部を選んだというのも、考えてみると不思議な気がする。世間を知らない未熟なあたまで将来の職業とか、やりたい仕事とかについて思い悩むまえに、もとはといえば水仙をうたった一篇の英詩にこころを奪われて、文学部へ進もうといちずに進路を決めてしまったのだ。それがいまのわたしにまで繋がっているのを思うと、野に群生する水仙が、いまもこころの深いところで、いっせいにそよ風にあたまを振っている光景が思い浮かぶのである。

さっき街の花屋で見かけたほんものの水仙の鉢植えは、そんな思いを人に呼び覚ましたことなどまるで知らないといった顔をして、まだ春が遠いパリの舗道のうえで黄色い花を咲かせていた。

4

高校で出会ったこの水仙の話には、忘れられない後日談がある。

わたしがほんとうに書きたかったのは、じつはその後日談なのである。遠回りをしてしまったが、ここまで書いてきたことはわたしにとって大切なその後日談を語るための前置きなのである。

あれはいつのことだったのだろうか。なんでもパリの仕事部屋で、あたらしく出た須賀敦子さんの最後のエッセイ集『遠い朝の本たち』を日本から買って帰って読んでいたときのことだった。

これは彼女が昔、まだほんの少女だった頃や、女学生になってから読んだ本の思い出をなんとも濃（こま）やかな情感をこめて語ったものである。いま彼女を「さん」づけで呼んだのは生前に親しくしていたからではない。じつは一面識もなかった。けれども彼女の本をあれこれ読んでいるうちに、ちょっとほかの作家たちには感じたことのない親しみを覚えるようになったからで、とても呼び捨てにはできない気持ちが勝手に胸のうちに芽生えてしまったのである。

なぜ特別な親しみを感じるようになったのか。本から受けた印象のほかに、それをひと言でいえば、彼女も若い頃、おなじくパリに留学して、フランスの精神性、合理性にはじめて対決したとき、そのきびしさに圧倒された経験をしていたことを知ったからだった。しかし、やがて彼女は、「フランスの精神性をどこかうるさく感じて〔……〕「精神」ではなく、もっと総括的な「たましい」があると信じて」（『ユルスナールの靴』）イタリアへ渡ってしまうのだが。

けれども、それだけではなかったことがこの後日談なのである。

それについてはすぐあとで書くことにして、そんな彼女の本と最初に出会ったのがいつのことだったのか。これも記憶がぼんやりしていて思い出せない。もうずいぶん前に話題になったミラノでの生活をつづった本は、東京の家の本棚に収まったまま、気まぐれなわたしは、よし読もうと機が熟するまで、いつまでも手に取ることがなかった。

その後、須賀さんが出す本がつぎつぎに巷で話題になってから大分たった頃、遅れてやって来た読者としてわたしが最初に読みだしたのは『ユルスナールの靴』だった。これはフランスの女流小説家マルグリット・ユルスナールの作家活動と旅が多かった人生の軌跡を、須賀さん自身のこころの遍歴を織り交ぜながら語ったもので、本文は緊張感のある文体で書かれているのに、プロローグは彼女が少女の頃から憧れていた足にぴったりあった靴への思いを、これ以上はない柔らかな情感にあふれた文体で語っていて、いっけん本の主題とは関係のなさそうな内容がじつは本文へのみごとな導入になっているのに感歎した。そしてこんな文体も、こんな自在な話の進め方も、これまでほかの作家では読んだことがなかったと、いい作家にめぐりあえたうれしさにこころが晴れやかになったのを覚えている。それからあれこれ読んでいくうちに、最後のエッセイ集『遠い朝の本たち』にたどりつくことになった。

その本の目次を見ると、終わりのほうに「ダフォディルがきんいろにはためいて……」という題の一章があった。わたしは、その題を見ても、まだそれが、わたしが高校生のときに読まされた水仙の詩のことだとは気がつかなかった。

須賀さんはこの文章を、実家の父の本棚に、父が戦前に買った緑色の表紙のついたイギリスの詩集を見つけて、「まるで奇跡みたいな本だった」といって驚喜する思い出から書き起こしている。まだ終戦直後のことで外国の本なんか手に入れるのが困難な時代だったのである。彼女は当時十八歳くらいで、英語を学ぶほんの一握りの同級生たちといっしょに、あるミッションスクールでイギリス人やオーストラリア人などのシスターたちに英語をみっちり仕込まれているところだった。そして発音の練習のためにやさしい英詩をいくつも暗誦させられていた。実際、物事のきっかけというのは、いつ、どこで人を待ち伏せしているかわかったものではない。彼女はこの練習のおかげで詩の美しさにこころを惹かれて詩の世界にのめりこんでいった。「自分は散文より詩が好きだ、という、天から降ってきた確信のようなものに振りまわされていて、それが私を詩に駆りたてていた。〔……〕私は雲のなかを漂うように、詩を愉しみ、味わっていた」

須賀さんはこう当時を回想してから、わたしにとってまったく想像もしていなかった一行を書き加えたのだ、「こうして私がはまりこんだ詩のなかに、ワーズワースの有名な「ダフォディル」があった」と。

わたしはこころのなかで、あっと声をあげた。須賀さんもそうだったのかと。若かりし日におなじ詩を読み、おなじ経験をした人に年老いてから出会ったことに、なんとも言いようのない親しみを味わった。彼女はわたしより八歳くらい年上だったけれど、わたしとおなじ十七、八の年ごろに彼女もこの詩を読んだのだ。そしてこの詩にはまりこんでしまったのだ。わたしは思いもかけないところで少年の自分に出会ったような驚きと懐かしさに胸がはずんだ。そして、われ知らず、

―― Oh les beaux jours ! ああ、美しかった日々よ!

と、なんどもつぶやいた。

あの頃の日本といえば、敗戦直後の混乱と困窮のなかで国も人びとも貧しくて、だれもがお腹を空かせていた。けれども、その分だけ水仙の群れは、わたしたちのこころのなかで燦然とかがやいた。

須賀さんはエッセイのなかで詩の最初の一連を訳しているので、その昔、これを読んだ高校の教室にもどったつもりになって、ここに掲げてみよう。

谷や丘のずっとうえに浮かんでいる雲
みたいに、ひとりさまよっていたとき、
いきなり見えた群れさわぐもの、
幾千の軍勢、金いろのダフォディル。
みずうみのすぐそばに、樹々の蔭に、
そよ風にひらひらして、踊っていて。

このダフォディルについての文章は、彼女が病を得て、それでも書きつづけるのをやめなかった最晩年の頃に執筆された一篇だというから、この詩に描かれた野に群生するダフォディルの映像は、少女のときから生涯にわたって、彼女のなかに生きつづけて来たのである。それは戦争に敗れたあとの日本の混乱した暮らしを通り抜け、まだ日本からの留学生が珍しかったヨーロッパで哀しみも苦しみも人一倍味わいながら送った青春の日々を経て、その後の、これもけっして平坦ではなかったイタリアと日本での人生を、彼女といっしょにくぐりぬけて来たのである。

そんな生涯の伴侶のような水仙を、須賀さんは自分の命が消えようとするとき、記憶のなかから呼びもどして、それに言葉で命を授けた。それが原詩につけられたこの日本語訳だったのだ。おかげで花は、日本の言葉に化身して生きつづけて、ある日わたしは、言葉に化したその花に、遠い異国の仕事部屋でめぐりあうことになった。そして、わたしのはるかな少年時代を、ここパリに、奇蹟のようによみがえらせてくれたのだった。

その金色にきらめく幾千もの水仙の「軍勢」は、須賀さんが人生の最後の日々に、死を待つ病床に就いてからも、あるじを守護する幻の花影となって、その「目の奥のほうの水辺にひらひらとはため」(「ダフォディルがきんいろにはためいて……」)いていたのである。

9 ヨハン・シュトラウスが聞こえてくる部屋

1

もしもわたしの人生に珠玉のような時間があったとしたら、それは、イレーヌ・ド・ボンシュテッテン夫人のパリのアパルトマンに仮寓した二年の日々をおいてほかにはないだろう。こうして四十年をこえる長い時間が過ぎ去っても、その名を記すだけで、忘れられないおもかげが時の向こうからあざやかに浮かび上がってくる。

夫人（マダム）のアパルトマンがあった建物はいまでもパリの西のはずれ、ブーローニュの森に近いラ・キュール街十四番地に建っている。そこは、背の高い並木が舗道のうえに小暗い木蔭を落としているモーツァルト通りから斜めに枝分かれしたほとんど人の通らない静かな小路である。夫人が住んでいた建物は、表通りに立ち並ぶオスマン様式の広壮な建造物とはちがって、おなじ十九世紀に建てられたものであっても、五階建てのこぢんまりとした瀟洒な建物で、正面の壁には蔦(つた)が這っていた。

ある年の秋、パリに着いてはじめて十四番地の前に立ったとき、紅葉した蔦が壁一面を覆って、朝日を浴びて赤々と輝いていた。

古めかしいエレベーターで三階に上がる。らせん階段の吹き抜けの空間にあとから取り付けたもので、大きな四角い鳥かごが上下するのを想像していただければいい。実際パリっ子たちは面白半分にそれをパニエ（かご）と呼んでいたものだ。エレベーターを降りると、どっしりした入口の扉がある。中に入ると、幅の広い廊下が左右に続いている。左手の奥にドアがあって、そこから先が独立した小さなアパルトマンになっている。おそらく昔の住まいによくあった泊り客用の部屋だったのだろう。サロンと寝室、それに小さなキッチンと浴室が付いていた。

わたしが妻と住むことになったのはその独立した一角だった。

寝室のフランス窓から、なんの樹か知らないが、大きな樹が鬱蒼と繁っているのが見えた。朝になると、樹々のあいだでしきりに小鳥が囀(さえず)った。窓のそばに、引き出しがいくつも付いた繊細な作りの白い書きもの机が置かれている。ゆったりした寝台には薄い色合いのベッドカバーが掛かっている。サロンにあった淡いブルーのビロードを張ったソファーとともに、どれも夫人の好みをうかがわせる上品な色調の家具である。

そういえば、夫人は年を重ねても美しい金髪だったせいか、身に着けるものはきまって淡い色だった。その優しい色がおおらかな人柄と一つになって、いつ顔を合わせておしゃべりしても、おっとりした和やかな雰囲気が漂っていた。

たしかにそれが普段夫人が見せる姿だったのだが、それは彼女の外見を示すものにすぎなくて、おだやかな顔立ちの裏に、めったなことではものに動じない強いものが秘められていた。十九世紀の終わりに生まれた夫人の年を思えば、ヨーロッパを襲ったあの二つの世界大戦の悲劇をどこかで経験していたはずで、立ち入ったことは知らないけれど、きっとその逆境も持ち前の芯の強い性格で乗り切ったにちがいなかった。

そうした気性に気づいたのはずっとあとのことだったが、そのときはさすがに由緒ある家柄に嫁いできた女性だと、はじめて貴婦人 grande dame というものの片鱗を垣間見た思いをしたものだった。夫人は結婚して男爵夫人の爵位をもつことになったが、ボンシュテッテン家というのはスイスの旧家の一つである。十八世紀には政治や文学の世界で活躍した名士を輩出した名門の家だったことが物の本に載っている。

夫人はそんなことはおくびにも出さず、こちらが歴史も風習もまったく異なる日本からやって来た異邦人だったうえに、年も孫と言ってもいいほど離れていたから、いつも祖母も同然の優しい鷹揚な態度で接してくれたものだった。

ところが、あるとき、ふと部屋から廊下に出ようとしたわたしは偶然、思いもかけない光景を目撃することになった。夫人には娘がいたが、夫は「パリ・マッチ」のジャーナリストだった。その娘婿が夫人を訪ねてきて、ちょうど帰るところだった。彼は夫人の前にすっと片膝をついた。そしてその手を取ると、うやうやしく手の甲に口づけした。夫人のほうは王妃のように直立したまま、その別れの挨拶をまったく当たり前のことのように受けた。わたしたちの前では一度も見せたことがない凜とした立ち姿だった。これが貴婦人というものであり、いま目撃した夫人への挨拶が貴婦人に対するヨーロッパ古来の作法というものなのかと思った。その作法は当時でも生活のなかに生きていたのである。

わたしは夫人の自然で優雅な態度にヨーロッパの文明を感じずにはいられなかった。なかでもその文明が頂点に達した十八世紀の優雅さと格式と気概を現代に伝えるヨーロッパの古い最良のものが夫人のなかに生きつづけているように思われた。

その昔、ナポレオンの敗戦処理にあたったウィーン会議は各国の思惑がぶつかって議題の審議が進まないかわりに宴と社交ばかりがつづいたので、あとになって会議は踊ると皮肉られたようだが、そのウィーン会議で辣腕を揮（ふる）ったフランスの外交官タレーラン（一七五四～一八三八年）は、フランスの十八世紀を生きたことがなければ、人は生きる歓び la douceur de vivre を知らないだろうと言ったそうだ。いまでは貴族たちの優雅な社交の場は失われたかもしれないが、朝夕夫人の傍らで暮らしてきたわたしには、夫人はあの激動の二十世紀にあっても、身につけた気概一つでその歓びに生きた人だったように思われた。たしかにわたしが最後の目撃者になった夫人の晩年は、華やかな社交とは無縁の穏やかなものだった。そして夫人の生きる歓びはひとり何事もない日常を生きることに向けられていて、傍から見ると夫人はなにもしていないように見えた。しかしその姿には暖かな夕日のなかで「紫色と金色に染まる」（ボードレール「旅への誘い」）夕暮れのようなこころ鎮まる静かさが感じられるのだった。

*

こうして始まった夫人の家での二年間の生活は、ふりかえってみると、僥倖というほかはなかった。まだ学生だった頃はじめてのフランス留学から帰国したあと、ほぼ十年して降って湧いたように持ち上がったパリ滞在だったからである。フランス政府から給費が出るというので、わたしは勤めていた大学を休職させてもらってパリへ飛んだ。四十代に差しかかっていた。

朝はやく妻はソルボンヌの文明講座へ出かけて行く。日本で学び始めたフランス語を初歩から学び直すためである。そのあとわたしはゆっくり起きだして、コーヒーを淹れてすすってから、例の白い書きもの机に向かう。朝のすがすがしさのなかで、はじめてプルーストについて本を書いてみようと思い立った。妻は学校へ、わたしは執筆というのがおたがいに二年間つづいたこの家での暮らしのかなめになったのである。

机に向かっていると、毎朝通いでマリアという働き者の女中がやって来る。しばらくはこつこつと廊下を歩く靴音が聞こえて来る。が、それも、書くことに熱が入ってくるといつのまにかもう耳に入らない。

どのくらい時間がたったのかわからなかったが、ふと気がつくと、フランス窓の白いカーテンを透かして差しこむ朝の光が絨毯にあたって、細い絹の糸を金色に光らせている。家の中は静まりかえって、いるはずの人の気配がしない。わたしのまわりから物音がまるで潮が引くようにいっせいに遠のいて行った。

沈黙の一粒一粒の粒子が

熟した果実をもたらす機会なのだ！
いずれ思いもかけない幸運な驚きがやって来る。
一羽の鳩が、そよ風が、
棕櫚の木のこの上もなくおだやかな揺らぎが、
そこに身をよせるひとりの女が、
やがてあの実りの雨を降らせるだろう、
すると人はその雨のなかに身を投じて跪く！

あるとき、天使がそうヴァレリーに囁いた。彼は黎明とともに起き出すと、精神が苦痛なまでに澄み切った明晰さに陶酔しながら、早朝の静寂のなかで仕事に打ち込んだ。そして、長い年月にわたる試練を重ねた末に、天使の予言どおり、「実りの雨」が彼の頭上に降り注いだ。

ここに引いたのは、そんな慈雨の一つ、「棕櫚の木」（一九一九年）の一詩節である。彼に語りかけた天使は愛する妻ジャニーの化身だったのかもしれない。ヴァレリーはこの詩を彼女に捧げているからだ。

しばらくしてわたしは仕事の手をやすめる。そして張りつめていた精神の集中をゆるめてやる。ほっと一息つくと、忘れていた部屋の静けさに改めて気がつく。朝の至福のときである。そんなことの繰り返しがわたしの朝の日課だったのである。

2

夫人の家に仮寓して三か月が過ぎた冬の日のことだった。

わたしは午後の遅いお茶に招かれて、夫人と居間で雑談していた。

そのうち玄関のほうでドアがひらく気配がした。妻が学校から帰って来たのだ。夫人もそれを察して、声をかけた。

「ここですよ。あなたも、こちらにいらっしゃい」

すると、思いがけない返事が返ってきた。

「Oui, merci, j'arrive ! Mais je vais me débarrasser d'abord !」

夫人の目がキラッと輝いた。

「彼女がしゃべったわ！　フランス語を！　立派なフランス語を！」

いったい、彼女は、いつ、こんなフランス語らしいフランス語をしゃべれるようになったのか。驚いたわたしと夫人は目を見つめあった。

「J'arrive いま行きます」というフランス語ならともかくとして、se débarrasser という動詞は、日本の初級フランス語の教科書にはまず出てこない単語である。しかしここフランスでは、日常の色々な場面に応じてよく登場する単語である。それだけにこのとき彼女が口にしたフランス語をどう日本語に訳したらいいだろうか。教科書やノートを部屋に置いて、重たい外套も脱いで身軽になってから行きますと言っているのだが、それを一語で表現したのがこの動詞なのである。

　夫人は、彼女が毎日しゃべるフランス語を聞いていて、一日一日の進歩にまるで幼い孫娘の言葉遣いを気にするように、それとなく気を配っていてくれたのだ。それがその時の驚きでよくわかった。

　だからまた妻の口から、学校で聞き覚えた学生言葉が飛び出すと、

「très sympa !（すごく感じがいい）なんて言ったらだめです。ちゃんと、très sympathiqueって言うのです」

と、きびしく注文が出た。

　それに対して faire l'argenterie 銀食器や銀製品を磨くという、これもヨーロッパの生活に密着したいかにもフランス語らしい表現を使ったときなど夫人は目を丸くして喜んだものだった。きっと学校でこの基本の動詞 faire について、さまざまな使い方を教えられて帰って来たところだったにちがいなかった。

　その日、妻に小さな出来事が起きた。彼女はそれをその席でこんなふうに報告した。朝、地下鉄の駅に行くと、賃上げを要求するストライキで電車が止まっていた。パリでは十二月にはよくあることだ。彼女は急いで外に出ると、タクシーを捕まえてサン＝ジェルマンよりもっと先のラスパーユ大通りの学校へ向かった。おなじくメトロのストで困っている人がいたから、相乗りさせて途中で下ろしてあげたそうだ。学校に着くと、タクシーを待たせたまま教室へ駆け込んだ。もし休講だったらそのタクシーで戻るつもりだったのだ。

が、担任の maîtresse、女の先生は時間どおりに来ていて授業はいつもと変わりなく行われる。彼女は取って返すと、運転手に礼を言ってタクシーを帰した。

フランス語を習いはじめてまだ三か月だというのに、驚くことに妻はそれだけのことを曲がりなりにもフランス語で伝えられるようになっていたのである。

＊

妻が通っていたのは、はじめにも言ったように外国人向けに開設されたソルボンヌ大学に付属する文明講座である。日本で行われている語学教育と比較してみるために、そこでの授業のあらましを記してみたい。外国語教育のもっともすぐれた実践例の一つだと思われるからだ。しかしほんとうのことをいうと、そこには忘れられない思い出が詰まっていて、それを書き留めておきたい気持ちがあるからでもある。

午前中は会話と文法の授業が行われる。はじめのうちは教科書をいっさい開かせない。まずこれが語学を学ぶ初級者に対してもっとも適切な扱いだった。大切なのは耳から覚えることなのだ。そして何週間も、動詞の être と avoir の使い方だけを、英語でいえば be と have だけを徹底して教えこむ。これにも驚かされたが、この動詞がフランス語の基本中の基本だからで、それだけ覚えてもかなりのことを言えるようになる。そのあとでようやくほかの動詞が登場する。

言うまでもないが、先生はほとんどフランス語のわからない生徒たちにフランス語をフランス語で教えるのである。よほど熟練した教師でなければ務まらない仕事であるが、彼らはそろってその道の専門家で、生徒は一日五時間、週五日、フランス語のシャワーを浴びせられるのだ。

そんな先生のもとで、イギリス人、スペイン人、日本人、イラン人、ロシア人が机を並べている。年も十代から六十代までと多彩で、最古参はロシアの老婦人だったが、先生の質問に戸惑っていたりすると、すぐさまだれかが助け舟を出した。素直で優しい性格がみんなから愛されていたのである。

休み時間になると、習ったばかりのフランス語で、それ以外に共通の言語はないのだから、身ぶり手ぶりをまじえておしゃべりに熱中する。おたがい異邦人同士であり、話したいことは山のようにあるから、だれもが体じゅうを使ってしゃべっている。わたしはなんどかその場に居合わせたことがあったが、その愉しそうなおしゃべりに圧倒されたものだった。生徒たちは習ったばかりの片言のフランス語で、なんと生き生きとおしゃべりに興じていたことだろう。

学食での昼食をはさんで、午後はめいめいが発音の授業をうける。これはいかにもフランス語の美しさを誇りに思い、自国の言語を大切にする国民にふさわしい授業である。

しかしわたしが感歎したのは、生徒たちが少しフランス語に馴染んできたところで、フランスの文明、すなわちその歴史、政治、経済、農業、そして美術の基本的な知識を教える授業だった。文明講座と銘打っただけのことはある充実した内容である。

先生は、口で説明したあとで要点を黒板に書いていく。生徒たちはそれが消されないうちに必死になってノートを取る。意味のわからない単語も、綴りが判読できないのも、そのまま書き写す。フランス語が耳から入って、同時に綴りが自分の手でノートされる。教師も生徒もたいへんな労力である。しかしそれは教育のための機材が当時はまだ揃っていなかったせいばかりとは言い切れない。いま考えてみても理にかなった教え方だったのである。

たしかに今日の日本でのようにパソコンやその他の便利な機器が完備した教室では考えられないことかもしれない。便利なものが発明されると、それを使うのが時の風潮になってその器材を使うことを強いられる。しかし、そうした便利な器材を使って学ぶことが生徒にとってつねに役に立つとはかぎらない。安易に学んだことはいとも簡単に忘れられる。その反面、手間暇をかけて苦労したおかげで知識が身に付いて学ぶことが面白くなり、もっと学びたいという気持ちに誘われるということもあるだろう。人間の手間を省く便利さばかりが先走ると、折角芽生えたやる気を摘み取ってしまうことにもなりかねないからだ。

妻は帰宅すると、綴りがわからなかった単語をわたしにたずね、それをわたしが書き直す。それではじめて意味が通って彼女は納得する。こうして単語が彼女の記憶に刻まれる。おかげで妻の口から、Philippe le Hardi とか、Philippe le Bel とか、思いがけない中世フランスの国王たちの名がなにかの拍子に飛び出したりしたものだった。

授業のなかでいちばん異色であり役にも立ったのは、美術の授業だったかもしれない。先生は、まず中世の建築から教えはじめて、パリのノートルダム大聖堂の内部と外部の構造を、建築の専門用語を使って、図版を見せながら説明した。たとえばゴシック様式の教会に特有の厚い外壁とそのまた外側の控え壁のあいだに渡された飛び梁を、アルク・ブッタン arc-boutant と言うことを知ったのは、妻がそれを教室で覚えてきたからだった。

そのフランス語が、何十年たったいまでも、意味もなく、ふっと記憶によみがえることがある。すると、カフェ・クゥポールに近いラスパーユ大通りから奥まったあの校舎がすっと記憶にあらわれる。あるいは夕方、薄暗くなった居間の円い食卓で、まだ若かった亡き妻が、ノートをひらいて復習に余念がなかった姿が目に浮かんでくる。そんなとき、よくバッハの平均律ピアノ曲集が部屋の隅のカセットデッキから低く流れていた。いまでもその曲を耳にすると、あの居間ですることもなく暮れて行く午後の終わりのけだるさが体の記憶に戻って来て、胸が詰まり、あやうく底なしの懐かしさにつかまりそうになる。……

*

ゴシックの教会建築の授業があってしばらくして、先生は十数人の生徒を連れてシャルトルで課外授業を行うことにした。

あるものは電車で、あるものは車でボース平野の真っ只中にある聖地へ向かった。その日の朝、わたしは妻とその友達二人をのせて、百キロの道のりをシャルトル目指して車を走らせた。

見渡すかぎり地平線までつづく平野は、一面に光があふれて、早春の淡い緑一色に染まっていた。

先生はパリのノートルダム大聖堂と並ぶこの中世の教会建築の傑作を実地に生徒たちに見せることで、教えた知識に命を吹き込もうという考えなのだ。たしかにこれだけはフランスでなければ真似のできない贅沢な課外授業だった。

けれどもこの遠出の授業は、単に知識の確認のためだけのものではなかった。フランスでは教会は過去の遺物ではない。日本でも昔は街中の小さな祠（ほこら）や村の鎮守の森がそうだったように、有名な大聖堂も、村のつつましい教会堂も、日頃そのそばで暮らす人びとの生活のなかに溶け込んでいて、たとえ信仰心が薄れても、幼いころから親しんだ教会は彼らの精神の一部となってこころの深みに宿っている。パリのノートルダム大聖堂が劫火に包まれて尖塔がゆっくりと焼け落ちるのを見てこころが震えなかった人がいただろうか。あるいは少年だったプルーストの語り手が「私は大好きだった、いまでもはっきり目に浮かぶ、私たちの教会が！」と言って、コンブレの村の教会に測り知れない愛着を寄せていたのを回想する場面があった。そんなふうに教会がいまでも人びとのこころのなかに生きていることを先生は異国の生徒たちに感じてもらいたいのだ。

生徒たちは、大聖堂の前の広場に集まった。この日ばかりは一日じゅう、いつもの教室での授業から解放されて、子どもに返ったようにはしゃいでいた。

ところが、いったん大聖堂のなかに入ると、仄暗さと、ひんやりした空気と、なによりもその静寂に打たれて、ぴたりとおしゃべりをやめた。そこには外からは想像もつかない別世界が待っていた。

壮麗なステンドグラスが、彼らの頭上で、考えられないほど深い赤や青や緑に輝いていた。色彩がこれほどこころに染み入るというのはどうしたことなのか。このステンドグラスを作った中世の無欲な職人たちの神を信じる篤いこころが、一枚一枚の色絵ガラスに塗りこめられていて、それがあの深みを生んだのだろうか。たしかなのはこれが芸術作品ではなく、深い信仰心によって作られた作品だということである。中世に芸術などという観念は存在しなかった。石を彫り、穹窿（きゅうりゅう）を組みあげ、尖塔を建て、色絵ガラスを焼く手練の技があるばかりだった。とりわけその色彩がいまの技術でも再現できないばかりか、近代の洗練を極めた芸術が容易に達し得ない深みを生じたというところに信仰の偉大さと、理知では解けない物づくりの神秘が宿っていることを感じないではいられなかった。

先生は、ステンドグラスの下に生徒たちを集めると、低い声で説明をはじめた。妻もわたしから離れて、みんなといっしょに先生を囲んだ。だれもが、親鳥に寄り添うひな鳥のようにそろって顔を上向けたまま、荘厳な色にかがやくステンドグラスを見あげて、じっと先生の言葉に聴き入った。目には見たこともない永遠に神秘な色彩が、耳にはやさしく語りかける囁きが染み入った。なにかしら教室にいるときとはちがう、たがいにこころを寄せあうような親密で、真剣なものが、先生と生徒の小さな集団を包んでいた。

先生の説明が終わっても、しばらくのあいだ、だれも動こうとしなかった。やがて魔法が解かれたように、生徒の輪がくずれた。そして、無言のまま、思い思いに、大聖堂の奥の薄暗い内陣のほうへ散っていった。

暗い堂内から、まぶしい白日のもとに立ったとき、わたしはいっときの深い白昼夢から覚めたような思いがした。

それは、晴れ渡ったボース平野に白い陽光が降り注ぐ早春の一日のことであった。

3

この家に来て、はじめての春がめぐって来た。正面の蔦も、知らぬ間に緑の若葉に変わっていた。

ボンシュテッテン夫人のアパルトマンは、玄関を入ると、広い廊下に面してサロンと食堂が並んでいる。夫人はいつも食堂の奥の書きもの机に向かって、書きものをするか、寛いで本を読むかしている。ときどき開いたままのドアからそんな夫人を見かけることがある。その静かな後ろ姿には、長い航海を終えて、やがて港に入ろうとしている船の安らかな気配があった。

机のすぐそばの壁に、何枚か肖像画が飾られている。夫人の血筋につながる人たちのものにちがいないが、なかに一枚、美しい女性を描いた肖像画があった。こうして身近に飾るくらいだから、ごく近しい人、おそらく母親ではなかっただろうか。濃い臙脂(えんじ)の服を着て、もの静かで気品ある面立ちがどこか夫人を思わせる肖像画だった。こうして代々の家族の肖像画が伝えられ、そこに込められた祖先たちの慣わしや気風を受け継いでゆくのが王家をはじめ由緒ある旧家の仕来たりなのだろう。そうやって一国の文化や伝統もあわせて伝えられて来たのだろう。その連綿と続いてきた伝統の流れが時代の大きな変化によっていま途絶えようとしているとしても。

ある日、ボンシュテッテン夫人はわたしたちを午後のお茶に招いてくれた。

サロンのテーブルのうえに美味しそうなプチ・フールが用意してあった。そのわきにパッチワークの厚手のカバーをかぶせた紅茶ポットが置かれている。

サロンと食堂を仕切る何枚かの引き戸はいつも開かれていて、ゆったりとした空間が広がっている。そこへラ・キュール街に面した窓からたっぷり光が差し込んでいる。

サロンの片隅にかなり大型の電蓄が置かれていた。最新の家電製品などには興味のない夫人だったが、おそらくこれだけは昔から愛用してきたのであろう。

その日は、妻がいっしょだったので、夫人は女同士の共通の話題ということで、毎日の料理で不自由なことはないかと異国から来た妻を気づかってたずねたりしてくれた。

この家の台所は、わたしたちの部屋とは反対側に、廊下を右手に進んで一番奥の突き当たりにあった。夫人は、客がないときはいつもそこの大きな配膳台でひとりで食事をする。いつだったか、そのキッチンでスイスの名物料理のフォンデュを、妻に支度を手伝わせながらご馳走してくれたことがあったが、妻が少しフランス語がわかるようになると、夫人は折を見てやさしいフランス料理の手ほどきをしてくれるようになった。フランスの家庭料理をわたしたち自身で作って賞味させたいという親切心からだったのだろう。

といっても夫人が格別料理が得意だったからではなかった。これには忘れることのできないこんな話が絡んでいたのである。

夫人はめったなことでは身の上話などする人ではなかったけれど、そのときは話の流れで意外なことを告白したのである。

「いまだってりっぱなお料理が作れるわけじゃあないのですが、ごく普通のものなら作れますわ」と前置きしてから、

「でも結婚した当時はまったくお料理ができなかったのです」

と、半世紀も前のことをまるで昨日のことのように話すのだった。

昔は普通の家庭なら、娘たちは料理をする母の傍らにいて、見よう見まねで料理を覚えたものである。夫人が少女だった二十世紀のはじめと言えば、日本でもフランスでもまだ日々の暮らしの仕来たりは旧式で、娘は外に出て働くということもなかっただろうから、たいていは家で母親のそばを離れずにいて、自然と家事を身につけたものだった。だから母親のほうも嫁入り修業と称して、若い娘たちに料理の手伝いをさせたものだった。

そんな世代の夫人がまったく料理ができなかったというのは、いったいどういうことなのだろう。

しかし夫人は、これについて言い訳めいたことは何ひとつ口にしなかった。

そのときわたしの頭にふと浮かんだことがあった。夫人の母親も料理をしなかったのではなかっただろうか。きっとその必要がなかったからだ。男爵家に嫁ぐくらいだから、夫人の実家は料理人を抱えているようなスイスの旧家だったのではなかっただろうか。わたしは勝手に想像をたくましくした。しかし、たとえそうであったとしても、夫人はそんなことを間違っても言う人ではなかった。その代わりこんなふうに言葉をつづけたのである。

「仕方がないので、結婚したあとで、初めからお料理の手ほどきをしてもらって、一つ一

つ覚えていったのです」

夫人はそう言うと、愉しかった昔のことを思い出すかのように微かに笑みを浮かべた。料理ができなかったことを恥じる様子はどこにもなく、むしろ料理を一から学ぶことになった愉しさを懐かしむようだった。

それから何を思ったのか、急に席を外すと台所のほうへ姿を消した。残されたわたしたちは少し狐につつまれたような気がして顔を見合わせた。

夫人はすぐに戻って来た。なぜかどことなく振舞いが生き生きと活気づいていた。見ると手には、手ごろなアルバムくらいの大きさで臙脂色の革張りをしたノートのようなものを持っていた。見るからに長いこと使い込んだ感じがした。

「これなのですけれど」

と言って、まだ事情の呑み込めないわたしたちに、大切な宝物のように見せてくれた。実際それは夫人にとって宝物と言うにふさわしい自慢のノートだったのだ。

「習った料理を、毎日一つか二つずつ、忘れないようにここに書き留めていったのです。しまいに献立はこんなにたくさんになってしまって」

と言って、厚くなったノートの表紙を優しく撫でた。

夫人はその料理ノートをわたしたちの前のテーブルの上に置いた。

「手に取って、ごらんになって」

と言われるままに、手もとに引きよせて最初のページを開いてみた。

わたしはおもわずあっと声を上げそうになった。

なんという繊細で気品のある文字なのだろうか。それははじめて見る夫人の筆跡だった。そこには料理の手順らしきものがページいっぱいに綴られていたが、わたしの目をとらえたのはその筆跡だった。よくフランスの子どもたちは印刷されたアルファベットの手本を真似て文字の書き方を習うけれど、そうして覚えた人工的な感じが残る文字ではなかった。教えられたことをこころをこめて一字一字書くうちに自然とその人の性格を反映するように形成された、どこにもわざとらしさのない素直な文字だった。フランスの博物学者ビュフォンは「文は人なり」と言ったが、夫人の自筆を見ていると、筆跡もまた人なりと言いたいような気がしたものだった。

それにしてもこの料理ノートを夫人が台所からすぐに持って戻って来たということは、それがつねにあるべき場所にあって、いつでも必要なときに取り出せるということではないだろうか。ということはこの料理ノートはいまでも現役であり、夫人は必要があればこれを参照しながら料理をしているのではないだろうか。わたしの夢想はふくらむばかりだった。

そして、もしこれがいまでも現役だとすれば、ノートが綴られてからこの日までの半世紀を超える長い間、ずっと夫人の傍らに置かれていたことになるだろう。半世紀といったけれど、二十世紀前半の半世紀は、ヴァレリーがたびたび語ったように、とりわけヨーロッパにとって二度にわたる世界大戦を経験した苦難と悲劇の時代だった。それが夫人の生活に影響しなかったはずはないのである。その苦しみのなかで娘時代や新婚生活をどんなふうに過ごしたのだろうか。わたしは夫人の生涯のことはほとんど知るところがなかった。

個人の生活の細部に立ち入るようなことは礼儀上あえて夫人にたずねたことはなかったからだ。それだけに戦時下の耐乏生活や、戦後の混乱した社会状況のなかで、夫人がどんな暮らしを送っていたかが気にかかった。しかし言うまでもなく、すべてのフランス人がそうだったように、彼女もまた苦しい生活を強いられたことは間違いなかった。

その何十年という長い年月の間、この料理ノートはいわば彼女の生涯の物言わぬ伴侶のように夫人の身辺につねに置かれていたのだ。それだけ愛着のある品だったということであろう。そして夫人は夫人で、若き日に習い覚えた料理の献立をみずから書き留めた作品としてこれを大切にしてきたのだった。

一方、このノートを知ってからというもの、わたしにとって、表向きはなにも変わらなくても、夫人はこころの秘密、それも愉しい秘密を打ち明けてくれた人として特別な親しみを感じるようになった。こうしてたった一冊の料理ノートは、夫人の過去について普通だったら知りえないことをわたしたちに漏らしてくれたのであった。……

夫人は相変わらず心地よさそうに椅子に坐って、自分がした昔話の余韻に浸るように寛いだ様子だった。きっとあの料理ノートはめったに人に話したことのない自慢のノートだったのだ。それだけに思いがけずノートの秘密をわたしたち夫婦に話すことができて、こころが晴れ晴れとして満ち足りていたのかもしれなかった。

夫人は、ふと気がついてわたしたちの茶碗に紅茶を注ぎ足して、プチ・フールを勧めてくれた。しばらく三人は話すこともなく黙っていた。それは気まずい沈黙ではなく、めいめいがそれぞれの想いを、相手を気にせずに思い返している時間だった。それからまた夫人が口を切って、とりとめのない雑談になった。

どのくらい時が経ったのかわからなかった。窓から差しこむ午後の光はまだ傾いていなかった。その暖かな光のなかで時間も流れるのを忘れてしまって、この午後のひと時をその時刻に引き留めているかのようだった。

4

わたしの日課は、朝起きると、プルースト論の原稿を書くことである。どこかの出版社から注文を受けて書いていたわけではない。偶然与えられたようなパリでの自由な時間を利用して書きたいと思っていたことを書いてみようと、出版の当てもなくひとり意気込んでいたのである。

ある日、夫人のサロンで雑談していたときのことだった。毎日どんな勉強をしているのかと、夫人がいかにも興味ありそうにたずねたので、プルーストについて書いていますと答えた。それに加えて日本にはいまではかなりの数のプルースト研究者が存在していて、多くの読者もいるんですと言い添えて、このむずかしいフランス語を書く小説家が遠く離れた極東の日本でも流行していることを話してみた。

すると夫人は、日本でもそうなのかと言いたそうに目もとに皮肉っぽい微笑を浮かべた。そして思いがけない返事を返してきたのである。

「いまではプルーストは神ですものね」

わたしはその返事に不意をつかれた。日本での流行に夫人が素直に驚くのではないかと内心期待していたのだが、まったくそうはならなかった。驚いたのはわたしのほうだった。さりげない返事だったが、そこにはかなり辛辣な皮肉が感じられたからである。「神」という言葉は明らかにプルーストをむやみにありがたがる者たちへの皮肉だった。そうかといって彼の文学性を頭から否定しているのではなかった。夫人はフランスばかりでなく日本にまで流行の波が広がっているのを知って、この作家に対する過熱ぶりを揶揄しているのである。またそこには本質を見ずに流行に流される人たちへの皮肉も含まれていただろう。おそらく夫人の生き方のなかには行き過ぎたことに本能的に反撥する正常な感覚が働いていて、それがいまのように皮肉な言葉となってあらわれたのだろう。よく言われるようにフランス人には批判精神が生まれながらに備わっていると物の本で読んだり、人に教えられたりもしたけれど、偶然それを夫人が身をもって示したことによってその真実性が肌身を通して感じられたものだった。

それにしても、わたしの話を聞いて、すかさず夫人の口からこの機知に富んだ言葉が出たところに、普段はあまり表に見せない精神のすばやい働きが認められて、夫人はけっして優雅なだけの人ではないとわたしは改めてこころのうちで舌を巻いたものだった。

批判というものは非難とちがってどこかにユーモアが込められていて、相手を決定的に打ちのめすようなことはしない。その前に手を引くものである。それゆえ批判にはつねに前向きなところがあって、批判し合う者同士のこころをユーモアが溶かして結びつけ、さらに議論を発展させる余地を残している。夫人の言った「神」という批判的な言葉にもそんなユーモアあるいは巧まざる皮肉が込められていたから、夫人の言葉を聞いても少しも不快なものを感じなかった。もしそれが十八世紀のパリでのように才人才女が集まる社交界での出来事だったら、夫人の発言はまちがいなく人びとの喝采を浴びたにちがいないと、またしてもわたしは想像を飛躍させたものだった。

ボンシュテッテン夫人の愛読書はプルーストと同世代のアンドレ・ジッドだった。それもただ愛読しているだけではなく、夫人の姿勢はもう少し積極的なものだった。ジッドの友の会といったようなある組織の会員になっていて、会報に短いエッセイを書くこともあったらしい。ジッドについての思い出を書きたいと思うのですがと漏らしたこともあったが、どんな思い出なのか、書きあがったらぜひとも読んでみたかった。またときには組織のために簡単な事務的な仕事を引き受けて、それを自宅のサロンで処理していることもあった。

あれはいつのことだったのだろうか。妻はいつのまにか夫人に気に入られたらしく、おたがいに暇なときには夫人のお相手をするようになった。その日は天気の良い日で、廊下に面した食堂とサロンのドアは風を通すために開け放してあった。妻が廊下を通りかかると、食卓の上に、少し大きめの封筒が何十通となく広げてあった。それを相手に夫人がなにか一心に作業をしている横顔が見えた。どうも封筒の糊づけのようで、封筒の端に一通一通糊をつけているらしい。察するところ、会員たちになにかの通知を出すために封筒に糊づけをしているのだ。しかしその作業はいかにも老人らしくゆっくりしていて、いつ終わるとも知れなかった。

　妻は見かねて、

「もしよろしければ、お手伝いさせてくださいますか」

　と、廊下から声をかけた。夫人は妻に気づいて、中へ招じ入れた。

「お願いしてもいいかしら」

　と、ほっとした顔つきになって申し出を素直に受け入れた。

　あとで妻が話してくれたところによると、作業はやはり封筒の糊づけだった。彼女は食卓の上に散らばっている封筒を自分の前に集めた。そして封筒の糊づけする部分がそれぞれ一センチほど頭を出すように揃えて、封筒を七、八通ずつ重ね合わせると、糊代のところに一気にへらで糊を伸ばした。あとは糊代の部分を折り返して封をするだけである。その作業を数回繰り返すと、残り全部の封筒は封がされた。

　夫人はすべてを妻がするままに任せて、そばで作業を見守っていた。そして数分もしないうちに仕事が終わるのを見ると、「Bravo !」と声を上げて、妻の顔を見つめた。そしてその手際の良さに目を輝かせた。

「あなたはなんて器用な人なのかしら。信じられませんわ」

　しかし少し器用な日本人ならば、この程度のことはだれにでもできる日常的な作業だった。しばらくすると妻は自分から申し出たことが夫人のお役に立てたことに満足そうな顔をして部屋にもどって来た。

きっと娘時代の夫人は、まわりにいくらでも使用人がいて、こんな手作業をさせられたことはなかったにちがいなかった。そしてそのまま成人してしまったのだろう。それからというもの、夫人は妻に一目置くようになって、少し手がかかることがあると妻に手伝いを頼んでくるようになった。

読者よ、こんな他愛もない話をすることを諒（りょう）とされよ。ほかの人にはなんの意味もなくても、わたしには一つひとつが一期一会の貴重な思い出なのであるから。

＊

静かな昼下がりのことであった。いつものように机に向かって仕事をしていたとき、廊下のほうからかすかに音楽の何小節かのようなものが聞こえて来たように思った。しばらく耳を澄ませていると、たしかになにかのメロディーが鳴っていた。空耳ではなかった。わたしは好奇心にかられて立ち上がると、廊下に出る入口のドアを細めに開けてみた。音楽は夫人のサロンから廊下に漏れていた。サロンにあったあの大型の蓄音器で、夫人は音楽を聴いているのだ。いまの夫人にとってひとり静かにレコードを聴くことは、好きな本を読むこととともになによりの愉しみだったにちがいなかった。本もレコードも人の手を借りずにひとりで好きなときに、好きなだけ愉しめるからだ。

わたしはドアのそばにたたずんで耳を傾けた。それはこころを弾ませるようなリズムのウィンナ・ワルツだった。曲の名はよくわからなかったが、ワルツといえば「ワルツ王」と称されたヨハン・シュトラウス二世の曲にちがいないだろう。わたしは日本にいたとき

「美しく青きドナウ」や「皇帝円舞曲」といった名曲の優雅さと軽快さに魅せられてレコードでなんども聴いたことがあった。これならばボンシュテッテン夫人が好きになるのも無理はなかった。というよりこれこそは彼女の性格と生い立ちにもっともふさわしい音楽だとわたしは思った。

それに、もしかすると夫人は娘時代に社交界で催される舞踏会に招かれて、夜が更けるまでワルツを踊ったことがあったかもしれなかった。そしてそれ以来すっかりワルツが好きになって、こうして老境に入ったいまも変わらずにワルツを愉しんでいるのではないだろうか。わたしはそんな想像さえもしてみた。

ウィンナ・ワルツといえば十九世紀のはじめにウィーンで流行して各国に広まったあたらしい音楽だったが、その頃のヨーロッパにはまだ多分に十八世紀の気風が残っていて、このワルツにもそれが感じられた。この章のはじめにも書いたように、世紀の中ごろに名門貴族の家に生まれた政治家のタレーランは、十八世紀を生きたことがなければ人は生きる歓びを知らないだろうと言ったそうだが、ワルツにはその「生きる歓び」に人を誘うものがあった。

しかし、タレーランが言った「生きる歓び」というのはいったいどういう意味なのだろうか。わかったつもりでいたけれど、よく知られたこの言葉を思い浮かべるたびに、内心わたしは気になっていたのである。とりわけその歓びが十八世紀でなければ味わえないと言っているのはなぜなのだろうか。民主主義も人間の自由や平等もまだ未来の夢だったこの絶対王政の封建時代にあって、どうして人は生きる歓びを感じることができたのだろうか。

ところが、タレーランの発言を思わせるようなことを、ヴァレリーもある手紙のなかで述べていたのである。「つねづね私は十八世紀の中葉を私のお気に入りの時代と見なしてきました。そこには私が愛するものが最高度に存在し、嫌悪するものは最低限度にしかなかったように思われるのです」と。

また「『ペルシア人の手紙』への序文」（一九二六年）では彼にしては珍しいことだったが、自分の個人的な好みを隠さずに語って十八世紀への偏愛をこんなふうに告白したのであった。

もしも運命の女神たちがどこかの自由な人間に、それまでに知られているすべての世紀のなかから自分の好きな世紀を選んで、そこで一生を過ごすことを許してくれたとしたら、その幸運な人間はまちがいなくモンテスキュウ〔一六八九〜一七五五年〕の時代を指名しただろうと私は思っている。私にも弱みがないわけではないから、私もおなじ選択をするだろう。なんといっても当時ヨーロッパは可能な世界のうちで最良の世界だったのである。そこには権威もさまざまな便宜もでき上がっていた。真実はまだ若干の中庸を保っていた。物質とエネルギーは直接には支配せず、まだこの世に君臨してはいなかった。科学はすでに十分見事であり、諸芸術は非常に繊細だった。宗教もまだ生き残っていた。

（「『ペルシア人の手紙』への序文」）

これは要するに、真実をはじめとして科学も思想も中庸を守っていて、人間を必要以上に支配することをせず、人間に仕えて生活を豊かにする本来の使命を果たしていたということであろう。

では、おなじくヴァレリーによれば、その時期の日常生活の実態はどんな具合だったのだろうか。

通りのなかでさえ人びとには礼儀があった。商人たちはちゃんと文を綴ることができた。徴税請負人や、売春婦や、スパイや密告者にいたるまで今日のだれよりもまともに自分の意見を述べたものだ。徴税所の税の取り立ても優雅なものだった。

〔……〕一日一日の日程はぎっしり詰めこまれることもなくあわただしくもなく、ゆったりと流れていて自由だった。時間割が思考を細切れに分断することもなく、個人をたがいに平均的労働時間の犠牲にすることもなかった。

人びとは政府に反対して叫び声をあげていた。いまよりもっと良いことで、まだなすべきことがあると信じていたのだ。しかし不安は度を超すほど激しくはなかった。

血の気が多くて官能の鋭い人間も大勢いて、その知性はヨーロッパを動揺させ、神聖なこともそうでないことも、いっさいの事柄を軽率にも混乱させていた。ご婦人がたは生まれたばかりの微分を気にしたり、恋愛にとってほとんど本質的な微小動物が目の下の顕微鏡のなかを元気に動き回っているのを不安そうにのぞき込んだりした。そうかと思うと、幼い「電気」が横たわっているガラスと銅のゆりかごの上に、まる

で妖精のように身を乗り出したりしていた。（同前）

これが十八世紀の中ごろのことであって、絶対王政を確立したルイ十四世が崩御し、その制度が爛熟してから数十年が経つ一方で、絶対王政を覆すフランス革命が起きるまでにはまだ数十年を必要とする過渡期だった。そして人びとはそのなかで「生きる歓び」を味わっていたのである。

ヴァレリーは、ご覧のとおりこの時期の社会の状況を半ば戯画的に描いて見せたが、そうした時期が人が生きるのに快適な時代だったことはこの状況分析によって容易に想像することができる。しかし、その稀な一時期を出現させた一般的な条件があるとすれば、それはなんだろうか。ヴァレリーの厳密を好む精神はただ快適な状況の提示だけでは満足せずに、そうした状況を生み出すことになった特定の時代の特徴を突き止めないではおかなかった。そして例によって鋭い分析力を用いて、この問題をほかの国の場合にも通用し得るような普遍性をもって解明してみせたのである。

秩序はつねに個人の上に重くのしかかる。無秩序は個人に公共の安寧か死を望ませる。これは二つの極端な状況であって、人間の本性はそんな状況のなかでは寛いでいられるものではない。個人は自分がもっとも自由であり、もっとも支援を受けているようなこの上なく快適な一時期を探し求めるものである。そしてそれをある社会体制の終焉の始まりのなかに見出すのである。（同前）

ここに指摘された「ある社会体制の終焉の始まり」がこの問題に対するヴァレリーの答えであった。これは歴史上のきわめて微妙な一時期を指すものであり、その捉えがたい時期を的確に指摘してみせたヴァレリーの洞察に、わたしはこんどもまた教えられることになった。ヨーロッパはこの一時期のなかに「可能な世界のうちで最良の世界」を見出したのであって、そのなかで人びとは「生きる歓び」を味わっていたのであった。

そのとき秩序と無秩序のあいだにいっときの甘美な時が支配する。権力と義務の配備がもたらすいっさいの善なるものが獲得された時、そのときこそ人はその体制の最初のゆるみを享楽することができるのである。さまざまな制度はまだ持ちこたえている。立派で堂々としている。しかし制度のなかで変質しているところはなにひとつ目に見えないのに、それはもはやほとんどあの美しい現存に過ぎない。制度の効力はすべて発揮された。その未来はひそかに汲み尽くされている。その性格はもう神聖なものではない。あるいはもはや神聖なものでしかなくなった。批判と軽蔑が制度を衰弱させ、手の届くところにあったいっさいの価値を制度から抜き取ってしまう。社会の総体は自らの明日を音もなく失ってゆく。これが享楽と一般的な消費の時なのである。

（同前）

みごとな分析というほかはない。ある時代が円熟期を過ぎて、やがてその時代の体制が凋落へ向かおうとしているときに訪れる制度の「最初のゆるみ」を、ヴァレリーはまるで生きものの生態を観察するかのような目をもって精密に分析してみせた。なぜタレーランが例の発言をすることができたのか。これ以上の説明は望めるものではなかった。……

わたしはドアのそばでしばらく耳を澄ませていたが、仕事に戻る気をなくしていた。居間に入って肘掛け椅子に腰を下ろした。ヴァレリーの言葉を反芻しながら、静かな昼下がりのなかで少しのあいだぼんやりと夢想に耽りたかった。夫人もサロンでシュトラウスのワルツを聴きながら、昼下がりのひと時を過ごしていることだろう。

そのとき前にも感じたことがふとよみがえった。サロンで寛いでいる夫人の姿にヨーロッパというものが浮かんで来たのだ。これまでにも、たとえばバッハの音楽を聴いていてそこにヨーロッパを感じることがあったが、それはヨーロッパ文明の強靭な知的側面が彼の音楽の整然とした構成に表われているからだった。しかしある人がどんなに傑出した人物であっても、その人のうちにヨーロッパを感じるなどということはなかった。それなのに、なぜか夫人のうちにヨーロッパというものが息づいていて、ああ、これがヨーロッパなのだと、ヨーロッパを説明するどんな理論や知識よりもヨーロッパを感じさせたのである。

強いてその印象を詮索しようとは思わなかったけれど、ただこんなことをぼんやりと考えた。わたしは夫人のそばにいて毎日の暮らしに接して来た。彼女はみずから進んで日々を愉しもうとはしていなかった。そうした積極的な姿勢はどこにも見られなかった。ただ音楽を聴き、本を読み、料理を作り、人と付き合うといった日々の営みを繰り返しているだけなのだが、その姿にはある満ち足りたものがあった。そうした生活を送ることのできる精神のゆとりは夫人の性格だけから生まれたものではなく、なにかもっと大きなものが背景にあるのではないのか。ある文明が熟して、人びとがある制度の最初のゆるみのなかでゆったりと生きる歓びを知ったあとでは、その一時期が過ぎ去ってからも、その歓びはいわば人間の共通の記憶として残るのではないだろうか。ヴァレリーが愛した十八世紀の中葉は生きるということに関してそれだけ得がたいものを見出したのであり、それが時と場合に応じてヨーロッパ的なものとして甦って来るのではないのか。わたしが夫人のなかに感じたものはおそらくそのヨーロッパだったのであって、彼女は自分では気づかなくてもヨーロッパ文明が残した最良のものに包まれて暮らしていたのではなかっただろうか。

そういう人のそばで暮らしてきたことに、わたしは言いようのない幸福を感じずにはいられなかった。そばにいるだけで、夫人のこころの安らぎが伝わって来て、わたしたちまで暮らしのなかでその幾分かを味わうことになったからであった。

5

ついに二年目の秋が近づいてきた。夫人には二年がわたしたちの滞在期間であることを前から伝えてあった。

ある日のこと、めずらしく夫人は入口のドアをノックして、わたしたちのアパルトマンに入ってきた。手には分厚い帳面のようなものを持っていた。それをわたしに手渡すと、

「ここになにか書いてくださいませんか」

と言いおいて出て行った。

中を見ると、どのページにもびっしりとフランス語や英語の文字が並んでいる。それはこれまでにこの家に滞在した人たちが綴ったもので、どれも夫人への感謝の気持ちやここでの生活の思い出を記したものだった。わたしたちが来る以前にそれだけの人びとがここに仮寓していたのだ。それまで知らなかったこの家の歴史が目の前に広がるようだった。それがいつからのことなのか。それにはどんな事情があったのか。わたしには知る由もなかったけれど、ページの厚さから見て十数年、いや数十年は続いていたかもしれない。そうするとこの芳名帳に記された思い思いの言葉は夫人の人生の半分以上に関わっていることになるだろう。彼女はそれを読むだけで人生の忘れがたい思い出を甦らせることができるのだろう。わたしは途方もなく大きなものが夫人のなかに埋蔵されているのを感じた。

いったいそこになにを書いたらいいだろうかと迷った末に、結局わたしと妻が綴ったのは夫人への尽きせぬ感謝と、この家でなんの憂いもなく過ごすことができた日々の思い出だった。そして最後に、夫人が本当の祖母のように優しく接してくれたことをこころをこめて書き添えた。

書き終えると、芳名帳を夫人へ返してきた。

別れの言葉を書いてしまったことで、いよいよこの家を去らねばならない日が迫ってい

ることを自分から認めることになった。わたしと妻は悲しみに胸を絞めつけられておたがいに言葉がなかった。

そのとき、またドアをノックする音が聞こえて、夫人が入って来た。

「ほら、あなたたちのおばあさんが来ましたよ」

夫人はわざとおどけた表情をして、わたしたちの前に現われた。二人が書いた別れの言葉を読んで、さっそく来てくれたのだ。おそらくあんな打ち解けたことを書いた人はわたしたちのほかにはいなかったのであろう。夫人もあれを読んで悪い気がしなかったのか、すぐにおばあさん役を買って出て、わたしたちが夫人を慕う気持ちに応えようとしてくれたのだ。夫人らしいそのこころ遣いがなによりもうれしかった。沈んでいた二人の気分も彼女の明るい態度に救われて立ち直ることができた。

ところが夫人は立ち去るとき、思いがけないことを言ったのである。

「あなたたちが書いてくださった言葉を最後に、この芳名帳を終わりにすることにしました」

わたしはとっさに言葉の意味を解しかねたが、芳名帳を閉じるということはこの家の長くつづいた歴史をわたしたちを最後に終わりにするということではないか。夫人がなぜそう決断したのかわからなかったが、聡明な彼女のことだから、なにかこころに期するものがあったにちがいなかった。

出発の朝になった。夫人はわたしたちを見送るためにわざわざ階下の玄関まで降りて来てくれた。

わたしは感謝と別れの言葉を繰り返しながら、はじめて夫人の手を両手で包んだ。それから彼女は妻を抱き寄せて優しく抱擁した。

わたしが夫人の目を見つめながら、

「またもう一度お会いしたいです」

と言うと、夫人は空を指さして、

「もうそのときは、私はあそこにいますわ」

とつぶやいた。その目は涙にうるんでいた。

正面の壁を這う蔦はその秋もみごとに紅葉して、夜来の雨にぬれて、朝日にきらきらと輝いていた。

付記。

しかし、夫人との交遊はこれで終わったわけではなかった。その後も何年にもわたって手紙のやり取りがつづいた。こちらからの手紙をいつも心待ちにしていたようで、どんなに短い手紙でも喜んでくれた。

ところが、あるとき届いた手紙を開けると、いつものあの繊細な筆跡にかわって見知らぬ筆跡が現われた。一瞬胸騒ぎがしたが、手紙は代筆だった。夫人は年とともに視力が衰えて書くことも読むこともままならなくなっていたのだ。ほとんど人に頼らずに生きてきた夫人にとって、失明がどんなに打撃だったかを想像して居たたまれない気持ちになった。

ところが彼女は「でも幸いなことに世の中と切り離されることはありません。四人のご婦人方が来てくれて最新刊の本を読んでくれるからです」と近況を伝えてきたのである。昔の貴婦人のように朗読係を侍らせていたのだ。

　その上驚いたことに、九十歳をとうに超えているはずの夫人は、好きなジッドのほかに、ジャック・コポーの日記や、サン＝シモンや、ディドロといった文学者たちの作品を録音したカセットテープを取り寄せて聴いていたのである。「こういうものが精神を衰えさせないように私を支えてくれています」。この一行を読んで、失明に負けずに生きようとする夫人の生き方に体が震えるほど感動した。飛んで行けるものならすぐにでも夫人のもとに行きたかった。視力をなくしても夫人の精神はまったく衰えを知らなかったのである。

　この代筆の手紙が来てから長いこと便りがなかった。そしてある冬の日、恐れていたことが起きた。家族から訃報が届いたのだ。イレーヌ・ド・ボンシュテッテン夫人が百歳の天寿を全うして安らかに眠りに就きましたことを深い悲しみをこめてお知らせいたしますと書かれてあった。わたしはわきあがる無数の想いを押し殺し、ただ夫人の冥福を祈って瞑目した。こうして夫人との何物にも代えられない交遊は終わりを告げたのである。

初出一覧

第一回　「すばる」二〇一九年九月号
「パリが教えてくれたこと——序に代えて」
第二回　「すばる」二〇一九年一〇月号
「黒い壁——フランス的精神とはなにか」
第三回　「すばる」二〇一九年一一月号
「パリは沈まない——戦争、レジスタンス、そしてテロ事件 1」
第四回　「すばる」二〇一九年一二月号
「パリは沈まない——戦争、レジスタンス、そしてテロ事件 2」
第五回　「すばる」二〇二〇年一月号
「機械文明のなかの人間 1」
第六回　「すばる」二〇二〇年二月号
「機械文明のなかの人間 2」
第七回　「すばる」二〇二〇年三月号
「機械文明のなかの人間 3」
第八回　「すばる」二〇二〇年四月号
「機械文明のなかの人間 4」

第九回　「すばる」二〇二〇年五月号
「時代と戦う二つの知性――ヴァレリー、ヴォルテールを語る」
第十回　「すばる」二〇二〇年六月号
「なぜパリでは外国人に道をたずねるのか――国民の多様性と単一性と 1」
第十一回　「すばる」二〇二〇年七月号
「なぜパリでは外国人に道をたずねるのか――国民の多様性と単一性と 2」
第十二回　「すばる」二〇二〇年九月号
「ヴァレリーは二十世紀芸術をどう見ていたか 1」
第十三回　「すばる」二〇二〇年一〇月号
「ヴァレリーは二十世紀芸術をどう見ていたか 2」
第十四回　「すばる」二〇二〇年一一月号
「幻の花、巴里に繚乱す 1」
第十五回　「すばる」二〇二〇年一二月号
「幻の花、巴里に繚乱す 2」
第十六回　「すばる」二〇二一年一月号（最終回）
「ヨハン・シュトラウスが聞こえてくる部屋」

＊連載時タイトル「ポール・ヴァレリー　現代への遺言――わたしたちはどんな時代に生きているのか」

＊本書は著者の没後に編集されました。単行本化にあたり、体裁を整え、明らかな誤植と思われる箇所は修正しました。また、ポール・ヴァレリー他の引用や出典、ヨーロッパの地名・人名などに関する校正上の疑問点については、東北大学大学院文学研究科でヴァレリーの研究者である今井勉教授と協議の上、必要と判断した箇所について軽微な修正を施しました。

（編集部）

保苅瑞穂（ほかり・みずほ）

一九三七年一二月二三日、東京神田生まれ。一九六一年、東京大学文学部フランス文学科卒業。一九六八年、東京大学大学院人文科学研究科博士課程単位取得満期退学（一九六四年～六七年にパリ留学、エコル・ノルマル・シュペリウールに在籍）。東京大学名誉教授、獨協大学名誉教授。専門はフランス文学。

主な著書に『プルースト・印象と隠喩』（筑摩書房、一九八二年）、『プルースト・夢の方法』（筑摩書房、一九九七年）、『モンテーニュ私記　よく生き、よく死ぬために』（筑摩書房、二〇〇三年）、『ヴォルテールの世紀　精神の自由への軌跡』（岩波書店、二〇〇九年）、『プルースト　読書の喜び　私の好きな名場面』（筑摩書房、二〇一〇年）、『恋文　パリの名花レスピナス嬢悲話』（筑摩書房、二〇一四年）、『モンテーニュの書斎　「エセー」を読む』（講談社、二〇一七年／第六九回読売文学賞（随筆・紀行賞））、主な訳編著に『プルースト全集』第一二巻～一八巻（筑摩書房、一九八五年～九七年）、『プルースト評論選』全二冊（筑摩書房、二〇〇二年）、ロラン・バルト『批評と真実』（みすず書房、二〇〇六年）など。監修にフィリップ・ミシェル＝チリエ『事典　プルースト博物館』（筑摩書房、二〇〇二年）。

二〇二一年七月一〇日、パリにて逝去。

装画　野田弘志「四つの林檎と白い貝」一九七一年
（『聖なるもの　野田弘志画集』求龍堂、二〇一四年より）
装幀　間村俊一

ポール・ヴァレリーの遺言（ゆいごん）

わたしたちはどんな時代（じだい）を生（い）きているのか？

二〇二二年 七 月一〇日　第一刷発行

著　者　保苅瑞穂（ほかりみずほ）

発行者　徳永真
発行所　株式会社集英社
　東京都千代田区一ッ橋二―五―一〇
　〒一〇一―八〇五〇
　電話〇三（三二三〇）六一〇〇［編集部］
　　〇三（三二三〇）六〇八〇［読者係］
　　〇三（三二三〇）六三九三［販売部］書店専用
印刷所　大日本印刷株式会社
製本所　加藤製本株式会社

ISBN978-4-08-771790-7 C0095
定価はカバーに表示してあります。